WILLA
MARSH

Le journal secret d'Amy Wingate

ROMAN

Traduit de l'anglais (Grande-Bretagne)
par Éric McComber

Titre original :
AMY WINGATE'S JOURNAL

Éditeur original : Sceptre

Le journal secret d'Amy Wingate

Du même auteur
aux Éditions J'ai lu

MEURTRES AU MANOIR
N° 10209

Pour Marigold

Mercredi, 21 octobre

Enfin ! Francesca vient de partir et je peux commencer. La pauvre chérie ne pouvait se douter qu'elle m'empêchait de me consacrer à mon nouveau projet. J'espère qu'elle n'a pas senti mon manque d'intérêt devant l'énumération de toutes les bénédictions dont elle jouit. Elles ne semblent atteindre leur réelle valeur que lorsque Francesca en dresse la liste exhaustive et en analyse chaque détail à voix haute en ma présence. Comme il est étrange qu'une femme d'une telle beauté, profitant de tant de richesses matérielles, puisse rester aussi pusillanime ! Elle ne s'en doute nullement, mais je vois au-delà des apparences, au-delà de son assurance extravertie, de son éclatante splendeur, de ses formes élégantes. J'ai toujours envié les femmes dotées de belles jambes. Par « belles », je veux dire ces jambes longues, minces, pourvues de chevilles étroites, magnifiques dans la soie noire. Le genre de jambes qu'on nous présente dans les publicités pour des collants, le pied en extension, pointé de manière séduisante, sanglé dans son talon aiguille, qui jaillit par la portière surbaissée d'une berline de grand luxe. Est-il donc vrai que des femmes émergent parfois des voitures de cette façon si précautionneuse, si étudiée ? C'est possible. Cela pourrait bien être le cas de Francesca. En fait, maintenant que j'y songe, j'en suis certaine. Francesca a un mari charmant, des enfants splendides et une grande maison. Mais elle est également pourvue du type de jambes mis en scène dans ces réclames et c'est exactement le genre d'impression qu'elle adore susciter.

Quel aigre parfum émane de mes mots ! Sont-ce les acariâtres divagations d'une célibataire entre deux âges ? Qui me croira si je proteste en affirmant que je n'ai pas plus envie de posséder un mari alliant charme et réussite que de disposer d'une mignonne progéniture ? Personne. La plupart des gens peinent à envisager qu'on puisse *choisir* un mode de vie qui diffère du leur. Ils préfèrent penser que si les autres mènent une vie différente, c'est qu'elle leur a été imposée par la nécessité, ou qu'ils sont tout bonnement des excentriques. Cela leur épargne d'y voir une critique de leurs propres choix. Voilà du moins mon expérience personnelle. Je sais la pitié que mon célibat inspire, même si certaines se plaignent devant moi de leurs maris et de leurs enfants.

— Vieille chanceuse, disent-elles sans en croire un traître mot, tu n'as jamais à faire la queue devant la salle de bains.

Elles sourient avec condescendance et me tapotent le bras en élaborant des stratagèmes pour adoucir ma prétendue solitude.

Francesca s'adonne régulièrement à cette manie et parfois cela me vexe. Je suis plutôt susceptible, ces derniers temps ; c'est d'ailleurs pourquoi j'ai entrepris d'aller consulter mon médecin de famille, Marion Westlake. Après avoir patiemment écouté la litanie de mes symptômes, Marion s'est mise à rire.

— C'est l'âge, m'a-t-elle annoncé. On n'y peut rien, j'en ai bien peur.

— Je m'en rends bien compte, ai-je rétorqué (après tout, je ne suis pas *totalement* stupide), mais ces colères !... J'atteins les limites de la rage. Cela ne ressemble en rien à mon caractère habituel et je trouve cela pour le moins inquiétant, voilà tout.

Elle m'a regardée de plus près. Je pouvais presque voir ses pensées s'articuler derrière ses sourcils minces et haut perchés.

« Ah, ces vierges cinquantenaires ! » devait-elle songer, j'en suis persuadée. « Elles se prennent vraiment trop au sérieux, les pauvres chéries. »

— Une de mes amies a abordé la ménopause une bouteille dans chaque main, m'a-t-elle dit, m'invitant à en rire avec elle. Ce n'est pas une si mauvaise idée, tu sais. Il ne faut pas broyer du noir. C'est le plus important. Il faut sortir, voir du monde. Tiens-tu un journal ?

— Non, pas vraiment.

Je me suis sentie plutôt éberluée par sa question.

— Ou alors uniquement pour me rappeler des anniversaires et la révision annuelle de la voiture. Ce genre de choses.

— C'est une simple suggestion. Prends note de ce qui t'irrite, analyse tes émotions, et ainsi de suite. Tu as été professeure. Cela devrait te venir naturellement.

Je me suis bien gardée de l'informer que je préférais de beaucoup la prescription de son amie – que je suivais déjà à la lettre – et lui ai promis d'essayer.

Et voilà comment ce journal est venu au monde, même si je m'étonne de constater que je l'ai entamé par une dissertation sur les jambes des femmes. Peut-être est-ce parce que Francesca vient de prendre congé de moi et que l'image de ses longues jambes – en bleu de travail, plutôt qu'en collant – m'obnubile ? Quelle qu'en soit la raison, je ne vais rien effacer. Je me dis que je vais écrire comme cela vient, de manière naturelle.

Jeudi, 22 octobre

C'est avec un réel enthousiasme que j'ai pris place à mon pupitre ce matin afin de me relire intégralement et d'ajouter quelques phrases. Moi qui ai corrigé tant de dissertations au cours des ans, je trouve bien difficile d'évaluer mon propre travail ! Mais j'ai fini par conclure qu'en définitive, cela ne revêtait pas la moindre importance, puisque personne ne lira jamais ce journal. Malgré tout, j'ai résolu de faire comme si j'écrivais pour d'autres yeux que les miens. Je me suis dit que c'était la manière idéale de parvenir à m'exprimer suffisamment en détail pour que ma « cure par l'écriture » vienne à bout de mon anxiété. Quoi qu'il en soit, il s'agit d'une saine activité et je n'ai pas grand-chose d'autre à faire. Mes amis avaient raison de me mettre en garde contre un départ en retraite anticipé, mais depuis la mort de Hugo…

Je m'aperçois que je n'ai toujours pas la force d'écrire sur Hugo. Tout au plus puis-je noter que, peu de temps après sa disparition, j'ai hérité de mon oncle cette maison qui date de l'époque victorienne, dans une petite ville perdue sur la côte. Elle m'a offert un refuge. Ce fut comme une sorte de retour d'exil.

Mon oncle était le frère préféré de ma mère. Nous avons passé tant de vacances heureuses ici, pendant que mon père faisait sa tournée annuelle des terrains de golf en Écosse. C'est une maison à pignon, haute et élancée, prise en sandwich entre deux résidences plus opulentes. Elle est située face à une promenade qui longe la mer. Le petit jardin devant le bâtiment est envahi de buissons d'escallonias et de fuchsias et barré d'un rail de fer. L'arrière-cour, qui abrite la poubelle et la remise à charbon, donne sur un petit chemin qui mène droit au centre commercial. Avec la mer à ma porte, je n'ai nul besoin d'un immense jardin, et lorsque je ressens une envie irrépressible de humer des fleurs ou d'arpenter un bout de pelouse, il me suffit d'aller m'asseoir sur un banc, au parc. En attendant, j'ai l'océan sous les yeux en permanence, ce qui sans avoir à sortir de la maison me donne une sensation d'espace et de liberté.

Comme du temps de mon oncle, les deux pièces du premier étage me servent de bureau et de salon. Les fenêtres donnent sur toute la baie, de la péninsule qui avance son bras osseux et protecteur loin dans la mer jusqu'au petit port de pêche niché à l'extrême nord de l'anse. Entre les deux l'onde s'agite, passant d'un état à l'autre. J'ai installé mon pupitre directement devant la fenêtre, dans le bureau de mon oncle, encore encombré de tous ses livres, empilés sur des étagères adossées aux murs. Mon oncle était un littéraire. Il écrivait des articles, des critiques, et il a signé de nombreux petits bouquins relativement ésotériques. Il trouvait que cette vue splendide le distrayait de son travail, mais je ne fais pas grand-chose qui requière ma concentration et je ne peux résister à l'appel grandiose de ce spectacle époustouflant.

Enfant, je me souviens avoir été attirée encore et encore par ces fenêtres. Je restais sans voix devant l'écrasante immensité de la mer et j'étais fascinée par la nacre douce et vacillante de la lumière qui éclaboussait ces pièces orientées au nord. Pendant la guerre, les plages furent désertes, mais progressivement les voyageurs et vacanciers revinrent et reprirent leur rythme. Il redevint régulier comme celui des hirondelles de rivage qui établissent leurs nids dans les falaises longeant la côte. Les auberges se remplirent à nouveau et les chambres du seul hôtel chic furent réservées à bloc.

Comme je profitais alors de mon statut d'« autochtone » ! J'embellissais souvent la vérité – enfin... je mentais ! Mieux vaut l'admettre ! – et je faisais croire aux enfants de passage que j'habitais ici. Comme ils enviaient ma chance de pouvoir toute l'année courir dans le sable, plonger dans les vagues étincelantes et escalader les rochers ! Comme je me délectais de leur admiration ! Et comme je craignais que l'un d'entre eux ne rencontre un jour ma mère et n'apprenne la vérité ! J'étais heureuse de n'avoir ni frère ni sœur qui eût pu me dénoncer auprès de mon petit cercle d'admirateurs.

— Pourquoi Amy n'invite-t-elle pas ses camarades à prendre le thé ? demandait mon oncle de sa voix tendre. Ça ne m'embêterait nullement, tu sais, pour autant qu'ils ne mettent pas les pieds dans mon bureau.

J'étais accroupie derrière la porte, j'évitais de respirer, poings serrés entre les cuisses.

— C'est une enfant à part (elle disait cela avec indulgence, non pas comme une critique). Il lui faut préserver ses petits secrets, comme nous tous. Si elle a envie d'inviter quelqu'un, je suis certaine qu'elle le demandera.

Je m'éloignais sans bruit et grimpais les marches de ma chambre au grenier, sous le pignon pointu, en me demandant quels pouvaient être les secrets de ma mère. Agenouillée à la fenêtre, le menton appuyé sur le rebord, j'admirais la mer changeante et agitée et je me prenais à espérer que ni elle ni moi n'aurions à rentrer un jour chez mon père. C'était *ma maison* et je savais de façon très instinctive que ma mère le sentait tout autant que moi.

Vendredi, 23 octobre

Mes réminiscences ont été interrompues hier par un coup de téléphone : Francesca m'invite à venir déjeuner dimanche. Elle m'impose régulièrement d'assister au spectacle de sa vie de famille. D'une part, elle est persuadée que j'ai raté mon existence et tient à me faire partager la sienne, si réussie ; d'autre part, il est primordial pour elle de sentir qu'on jalouse son univers – sa vie, ses biens, sa famille, qui n'en deviennent que plus précieux pour elle. Je comprends tout cela. C'est la même nécessité qui me poussait autrefois à m'inventer une vie pour le bénéfice des petits vacanciers. Malgré tout, le phénomène peut parfois m'agacer un tantinet.

— Viens déjeuner, implore-t-elle dans ces moments-là. Reste pour le thé, ensuite nous pourrons donner leur bain aux enfants et prendre un verre tranquillement. Reste pour le dîner. Allez, viens ! Les dimanches solitaires sont d'un ennui mortel.

Elle veut dire par là que la vie d'une femme est inéluctablement insignifiante à moins d'être entourée de gens qui lui réclament boisson, nourriture et attention. Je trouve ma vie *paisible*, sans le moindre doute ; voilà simplement une vision très différente de l'existence.

En relisant ce dernier passage, j'y détecte encore une fois ce ton aigri qui me donne à croire que je pourrai sans doute réussir ma cure par l'écriture et drainer ma colère. Il est vrai que bien des choses m'ulcèrent. Si je pouvais les transcrire ici, il me serait certes possible d'y voir plus clair. Je suis persuadée que la plupart des femmes de mon âge cachent des regrets abscons, des déceptions, des frustrations ensevelies au fond d'elles-mêmes. Nous songeons aux années passées et contemplons nos erreurs avec lucidité. Ou, pire, les bourdes que d'autres ont commises à nos dépens, ou nous ont forcées à commettre. Ce sont ces dernières qui engendrent les plus amers souvenirs. Mon anxiété n'est peut-être en définitive qu'une douleur à retardement, qui dissimule mes véritables émotions et cache la racine du problème. Nous verrons bien.

Mardi, 27 octobre

J'ai résolu d'écrire quotidiennement, mais je dois déjà déplorer une interruption de plusieurs jours. Au début, je croyais que cela me deviendrait une habitude, une sorte de rituel exécuté à heures fixes, la dernière tâche, peut-être, avant d'aller au lit. Ce n'est point le cas. J'ai découvert qu'il valait mieux m'y atteler lorsque j'avais quelque chose à dire, puisque après tout, rien ne presse. Je ne vois aucun danger d'oublier ni de tirer au flanc. Je m'amuse. Parce que c'est Marion qui l'a suggéré, j'arrive presque à me persuader qu'il s'agit d'un *travail,* un boulot qui se doit d'être accompli. Je juge cet aspect essentiel. Cela dote le projet d'une sorte d'objectif. Quoi qu'il en soit, je n'ai nullement l'intention de remplir les pages de ce journal de détails quotidiens ennuyeux, de descriptions du temps qu'il fait, etc. Je dois discipliner mes pensées et m'efforcer de n'écrire que ce qui est pertinent, en fonction de l'objectif que je me suis assigné.

J'ai passé la plus grande partie de mon dimanche avec Francesca et Simon. On aurait dit une longue pièce de théâtre jouée pour mon seul divertissement. Il y a deux ans, ils ont procédé à l'acquisition de l'un de ces presbytères, abbayes ou prieurés qui ont récemment inondé le marché immobilier. Francesca et Simon offrent désormais une belle imitation des pages du magazine *La Vie à la campagne*, par opposition à *La Vie rurale*. *La Vie à la campagne*, c'est la vie rurale sans la boue, les bottes sales et les poils de chien. Francesca et Simon sont ce que ma mère aurait appelé des « nouveaux riches » et ce que ma grand-mère appelait des « parvenus ». Ce sont des animaux des villes qui ont décidé de se parachuter en milieu rural. Ils sont abonnés à des magazines qui les instruisent avec précision sur ce qu'il faut faire et, fort heureusement, ils disposent d'assez d'argent pour suivre avec succès ce type de prescriptions.

Ah là là ! Encore ce ton aigri ! Il me faut signaler tout de go que je suis très entichée de leur petite famille et admettre que la manière dont ils choisissent de vivre n'est pas de mes affaires. Lorsque je gare ma voiture devant leur presbytère le dimanche matin, toute la famille se déverse par le grand escalier pour se précipiter à ma rencontre. Sophy et Lucy portent des robes-tabliers Laura Ashley et des collants de laine assortis. Henry arbore une salopette et un pull Benetton. Le nourrisson, Sam, est encore trop jeune pour être mis en démonstration. Francesca salue de la main, mimant une sorte de charmant abandon face au comportement de ses petits, prétendument trop excités de me voir pour garder leur calme. Balivernes ! Les gamins jouent leur rôle soigneusement, m'extirpent de la voiture, me câlinent, me prennent les mains. Au moins, ils ne m'appellent pas « tatie » ! Et juste au bon moment, Simon fait son entrée en scène ; il apparaît nonchalamment sur le seuil, une bouteille à la main, rappelant sa progéniture.

— Oh, mon Dieu ! Laissez-la respirer ! Laissez-la *respirer* !

Il vient à ma rencontre, m'enserre de son bras libre, me complimente de façon exagérée. Francesca nous observe patiemment, heureuse de me voir profiter de ces miettes tombant de la table des riches. Peut-être croit-elle qu'il me plaît ? Eh bien, pourquoi pas ? Cela galvanise leur ego de l'imaginer, nul doute. Même si, franchement, je suis surtout intéressée par la bouteille de vin qu'il tient à la main. Simon entretient une très bonne cave – il y a des magazines consacrés à cela aussi –, chose que mes revenus ne me permettent pas. Je me demande à quel type de dimanche il faut s'attendre. Parfois, nous nous contentons de rafraîchissements dans le jardin et d'un barbecue, et parfois nous mangeons en famille à l'immense table de cuisine, pain de campagne, soupe maison, excellents fromages.

Il y a d'autres invités aujourd'hui, ce qui implique un authentique déjeuner de première classe dans la salle à dîner. Francesca est un vrai cordon-bleu et Simon un hôte magnifique. Ils adorent ça ! Je me délecte... Pourquoi pas ? Cela n'est pas parce qu'on en voit à l'occasion les coulisses que la pièce cesse de divertir. Les jours où il y a d'autres convives, je suis la seule à rester pour le thé.

— Après tout, dit Francesca en arpentant le gravier tout en saluant les hôtes qui repartent, tu n'as rien d'autre à faire, n'est-ce pas ?

Elle sous-entend que sans famille, ma vie est insipide, ennuyante, futile. Dans ces moments-là, j'ai bien hâte de retourner à ma maison tout en hauteur, où je pourrais écouter Telemann, écrire des lettres et poursuivre la rédaction de mon journal. Cependant, une partie du plaisir de Francesca s'évanouirait si j'osais admettre une telle chose. Nous rentrons donc dans la grande demeure pour entreprendre le rituel du bain et de la mise au lit.

Très tôt, j'ai dû m'assurer de faire éclater un mythe : non, je n'adorais pas donner son bain au bébé. Je n'ai aucune affection pour le bébé. Il ne fait essentiellement que baver, hurler, ou les deux à la fois. Lorsque j'ai compris qu'on s'apprêtait à me transformer en forçat de l'heure du bain...

« Mais si, elle est fantastique avec les enfants, ma chère, et elle adore ça, la pauvre petite, vraiment. »

... j'ai été bien contrainte de prendre certaines dispositions. J'ai fait en sorte de lâcher une ou deux fois le nourrisson sur la table à langer, après quoi j'ai bien failli le noyer – des peccadilles de cet acabit. Il est si fréquent d'être maladroit, lorsqu'on n'a pas l'habitude d'une activité physique en particulier... J'ai été rapidement rétrogradée et je suis désormais affectée aux contes. Cela est mille fois mieux. Les enfants, frottés, parfumés, posant à la perfection dans leurs pyjamas *design*, continuent à jouer leurs rôles. Je leur lis chacun une histoire – je suis incapable d'inventer –, la langue pendante, assoiffée, obsédée par l'idée du verre de vin que Simon a déjà versé pour moi au rez-de-chaussée. Je me précipite en bas après la tempête de câlins et de bisous, laissant Francesca en pleine séance de catch avec son bébé, et j'annonce à Simon qu'ils sont prêts pour les bonne-nuit. Je profite de quelques moments de calme et je sirote mon verre avant qu'ils ne redescendent, rayonnants d'un mélange de complaisance et d'épuisement.

— Honnêtement... (Francesca s'écroule dans un fauteuil.) Vite, mon chéri ! Un verre !... Dieu du ciel, pourquoi avons-nous des gamins ?

C'est une question de pure forme, mais je me demande parfois quelle serait sa réaction si je répondais avec sincérité :

— Non, je ne vois vraiment pas pourquoi vous en avez !

Mais je me tais, comme toujours, bien évidemment.

Vendredi, 30 octobre

Une fraîcheur automnale s'empare des aubes et des crépuscules. Ce matin, comme j'effectuais ma promenade de santé le long de la grève, j'ai su qu'il me faudrait bientôt sortir mes tweeds et mes pulls de laine. J'aime le cycle des saisons. Il y a quelque chose de profondément satisfaisant à rester assise dans une pièce confortable, à regarder les vagues qui tonnent contre la jetée, projetant des éclaboussures que le vent souffle en buées jusqu'à ma fenêtre. Les rares courageux qui bravent les éléments passent sous moi et se penchent contre la bourrasque, retenant leurs chapeaux, les joues piquées par le froid, rouges comme des coquelicots. Je m'aventure dehors juste avant l'heure du thé et j'écoute le son de la marée qui recule et se traîne au-dessus des galets avant de lancer de nouvelles chevauchées qui se brisent contre la digue. Une bourrasque m'arrache le souffle des lèvres et je suis bousculée le long de la promenade, plaquée par les vents hurlants. Il m'est arrivé une fois d'être boutée hors du trottoir. Je suis souvent trempée. Je rentre à la maison, tout agitée et essoufflée, et je me fais du pain grillé dans la cheminée. Je tartine le beurre en couches épaisses pour qu'il mouille la mie blanche et fumante, je mords dans les croûtes et j'avale à grandes rasades mon thé brûlant et parfumé.

Mon oncle a eu la bonne idée d'installer le chauffage central dans sa résidence et, même si je n'ai pas les moyens de gaspiller, la maison est à température convenable. Je n'ai pratiquement rien modifié. Il y a deux pièces par étage. La cuisine est au rez-de-chaussée, elle donne sur la salle à manger et l'arrière-cuisine. Les pièces du premier étage me servent de bureau et de salon. Ma chambre est au second. L'autre chambre est ma buanderie, bien qu'il soit possible de la convertir rapidement en chambre d'amis en cas de besoin. La salle de bains est située au-dessus de l'arrière-cuisine et reste plutôt traditionnelle. Le grenier qui me servait de chambre quand j'étais enfant n'est qu'un débarras que je me promets constamment de ranger. Je n'y fais jamais plus que rêvasser près de la fenêtre où je m'agenouillais jadis pour songer aux secrets de ma mère.

Ma mère avait deux secrets. Le premier était un homme, Edward Moreton. C'est à cause de lui que mon père l'a mise à la porte. Elle est alors partie vivre en compagnie de son frère, dans cette maison tout en hauteur au bord de la mer. Je l'ai suppliée de m'emmener avec elle. J'ai crié et je me suis agrippée à elle, tandis qu'elle toisait son mari livide en caressant mes cheveux pour m'apaiser.

— S'il te plaît, a-t-elle imploré. S'il te plaît, Frank. Laisse-la venir avec moi, s'il te plaît. Tu n'as pas de temps à lui consacrer. S'il te plaît.

Nous le fixions. Son visage froid et ascétique nous restait fermé.

— Tu as renoncé à tous tes droits, lui a-t-il répondu – et j'ai su à cet instant qu'il ne voulait pas de moi, mais assouvir sa vengeance. Si je présentais mes preuves à un tribunal, a-t-il repris, tu serais jugée inapte à t'occuper d'une fille de treize ans.

— Oh, je t'en prie, a-t-elle soupiré en étendant la main vers lui. Ne fais pas ça. Tu n'as jamais voulu de moi, de toute façon. Je ne suis allée vers Edward que parce que…

— *Pas* devant la petite, a-t-il sifflé, approchant son visage si près que nous nous sommes plaquées contre le mur. As-tu perdu toute dignité ? Tu me dégoûtes.

Elle a fait ses bagages et nos larmes sont tombées sur ses vêtements. Elle m'a promis que je serais autorisée à aller lui rendre visite pour les vacances. Nous parlions tout bas, guettant les pas dans l'escalier. Je l'ai avertie que j'allais m'enfuir, mais elle m'a priée d'essayer de supporter la situation, du moins jusqu'à ce que je sois assez grande.

— Quand tu auras seize ans, m'a-t-elle dit.

Seize ans ! Je l'ai dévisagée, ébahie. Trois années complètes ! Comment pourrais-je survivre trois ans ? Et s'il refusait de me laisser passer les vacances avec elle ?

— Il le permettra, a-t-elle affirmé d'une voix durcie, et elle a pincé les lèvres en une ligne mince et déterminée.

Elle avait tout à fait raison. Je me suis dit que c'était parce qu'il n'avait aucune envie que je l'accompagne dans sa tournée des golfs. Ce n'est que beaucoup plus tard que j'ai compris que mon papa cachait lui aussi un secret et que ma mère l'a fait chanter pour qu'il me laisse la retrouver.

— Tu aurais dû te battre, ai-je entendu mon oncle lui affirmer. On sait bien qu'il a une maîtresse depuis des années. Tu n'aurais pas dû capituler si facilement.

— Oh, Charles, a-t-elle lâché, au désespoir. Comment aurais-je pu l'affronter ? Peux-tu t'imaginer ce qui se serait passé ? La façon dont il aurait présenté les choses ?

— Je sais.

La voix de mon oncle était douce.

— Et tu es plus heureuse ici.

— Oh, oui… Mais Amy… Oh, Charles !

Elle s'est mise à pleurer et j'ai entendu mon oncle se lever pour aller vers elle. Je me suis glissée vers l'escalier, puis je suis montée dans ma chambre et me suis agenouillée à nouveau à la fenêtre. Je me demandais ce que pouvait bien être une maîtresse, en priant pour que ces trois années fussent bientôt écoulées.

Mardi, 3 novembre

J'ai déjeuné en ville avec Francesca, aujourd'hui. Je m'interroge souvent sur ce qui la pousse à rechercher ma compagnie avec autant d'assiduité. Il y a quelques jeunes femmes du même âge qu'elle au village, même si la majorité des habitants sont des retraités. Elle compte sur le fait, je crois, qu'elle obtiendra plus facilement d'une célibataire esseulée l'admiration et l'envie dont elle a besoin. Lors de nos déjeuners du dimanche, je croise régulièrement ses amies, une bande de jeunes femmes gaies et sûres d'elles. Il est clair qu'elles ont leurs propres vies et sont aussi solides sur leurs pieds que Simon et Francesca. Elles ont bien peu à lui offrir en termes de galvanisation de l'ego ou d'augmentation de l'estime de soi.

Nous nous sommes donné rendez-vous dans le nouveau bistro du village. La salle est sombre et intime, parée de pimpantes nappes à carreaux, avec des lampions couverts de cire insérés dans de vieilles bouteilles de vin. Elle s'attend à ce que je trouve le tout audacieux et grisant – moi, habillée de tweed et chaussée d'Oxford – et je songe à ces jours volés en compagnie de Hugo dans les petits villages de France. Ô midis torrides et somnolents... nuits éternelles.

Francesca est déjà là à mon arrivée. Elle est en pleine conversation avec une femme aussi différente d'elle qu'il soit possible de l'imaginer : petite, boulotte, cheveux très blonds, yeux bleu pâle très écartés.

— Amy ! s'écrie Francesca, les prunelles brillantes de plaisir. Tu ne le croiras jamais... Voici Jenny. Nous nous sommes connues à la petite école et elle vient d'emménager dans le village voisin ! N'est-ce pas incroyable ? Je ne peux simplement pas le croire !

Elle hoche la tête pour illustrer son incrédulité, tandis que Jenny m'adresse un sourire doux et plein d'embarras.

— Comment allez-vous ?

— Pardon. Voici Amy Wingate. Elle vit dans une délicieuse petite maison de poupée, sur le front de mer. Jenny, il faut absolument te joindre à nous ! N'est-ce pas, Amy ? Non, Amy n'y voit pas d'objection !

Je hoche la tête, corroborant d'un sourire cette déclaration. Jenny, quelque peu hésitante, se glisse sur un siège à la table de Francesca.

— Peut-être pour un petit verre, alors. Je ne devrais vraiment pas m'attarder...

Francesca se dirige vers le comptoir pour commander des boissons. Jenny me semble plutôt mal à l'aise.

— Francesca a toujours su ce qu'elle voulait, dit-elle d'un air pensif. Elle a toujours été une meneuse.

Je n'en doute pas un instant. J'ai connu tellement de filles du genre de Francesca.

— Nous l'adorions toutes.

Je souris à nouveau, mais n'ajoute rien. Le regard de Jenny se porte plus loin et accroche celui de Francesca, qui nous encourage d'un signe de la tête. Jenny se lance dans la discussion comme si le geste de Francesca l'avait ranimée.

— Elle m'a dit avoir quatre enfants. Quatre...

Elle retombe aussitôt dans son mutisme, comme soufflée par cette idée.

Puisqu'il n'y a rien d'intelligent à répliquer, je me tais, mais je la regarde soupirer, perdue dans ses pensées, les yeux presque tristes. Francesca revient avec les verres et la conversation reprend de plus belle. Je me contente d'un rôle de spectatrice, en sirotant mon breuvage. Jenny campe sur ses positions et refuse de se joindre à nous pour le déjeuner.

— Dans ce cas, tu dois me promettre que vous serez des nôtres dimanche, Rob et toi. Simon serait ravi de faire votre connaissance... Oh mais, zut ! C'est impossible ce dimanche, nous avons un cocktail. Eh bien, la semaine suivante, alors ! Écoute, je t'appellerai.

Elles échangent leurs numéros de téléphone, et Jenny et moi sommes temporairement assurées, en attendant, d'une place pour le dimanche de la semaine prochaine. Je me demande parfois ce que pensent les amies de Francesca de ma présence continuelle. Je suppose que je suis inscrite dans la catégorie « bonnes actions ». Je l'imagine leur expliquant :

— Pauvre vieille chérie. Elle est complètement seule, vous savez. C'est bon, pour elle, de faire partie d'une famille.

Ses amies sont touchées et impressionnées par sa nature généreuse et son bon cœur. Seules Francesca et moi savons la vérité.

Vendredi, 6 novembre

Je dois consigner un événement qui s'est produit plus tôt dans la journée. Même si le soir est déjà tombé, le choc de cet – je ne sais trop comment appeler cela ! Incident ? Péripétie ? – continue de m'horrifier et de m'amuser tour à tour. L'amusement, je le crains, est plus près de l'hystérie que de la véritable joie. Des fous rires jaillissent de moi en halètements incontrôlables et j'ai l'impression d'avoir à nouveau douze ans. Je dois mettre de l'ordre dans tout cela. Analyser mes pensées et les traduire sur papier me permettra peut-être de retrouver mon calme.

Ce matin, je suis allée visiter une vieille amie, dans un village voisin. Nous avons passé une matinée plaisante, mais avant de rentrer à la maison, je me suis arrêtée au magasin du coin pour leur laisser la liste des provisions dont mon amie avait besoin et faire moi-même quelques emplettes. Je connais plutôt bien la propriétaire qui, comme mon amie, est une veuve d'un certain âge, et nous avons bavardé tout en passant la liste en revue. En sortant, je me suis attardée près d'un étalage de cartes de souhaits. De l'autre côté de l'allée, un jeune homme examinait un paquet de gâteaux. Il était vêtu de cuir noir des pieds à la tête et rutilait de chaînes et de pointes. Sa chevelure était rasée de près, sauf une crête de couleur mauve. Il avait l'air d'être le représentant tout-puissant d'une race extraterrestre, dans cette épicerie de village sans histoire (bien qu'il me soit déjà arrivé d'apercevoir certains de ses semblables ailleurs). Comme j'étudiais son extravagant accoutrement, je l'ai vu prendre un emballage sur une tablette et le glisser dans la poche de sa veste de cuir. Sous mes yeux, il s'est également emparé d'une boîte de gâteaux et d'un paquet de chips, avant de se diriger vers la sortie. C'est à ce moment qu'il m'a vue et qu'il a eu l'impudence de me ricaner au nez avec un air de défi. Avant que je n'aie pu faire quoi que ce soit, il était sorti et déambulait dans le village. Il a dépassé une jeune maman poussant son landau accompagnée d'un petit bambin, qui ont ralenti ma course alors que je tentais de le suivre.

— Attendez ! ai-je crié, mais le son de ma voix a été noyé par le passage d'un poids lourd et les hurlements du bébé.

Je me suis précipitée dans l'épicerie et j'ai raconté toute l'histoire à la patronne du magasin qui, malgré son émotion, ne pouvait rien y faire. C'était, selon ses explications, le prix à payer pour avoir succombé aux pressions qui l'incitaient à transformer sa vieille boutique à l'ancienne en supérette. Il lui aurait fallu des yeux derrière la tête et six paires de mains, me confia-t-elle. Elle se résignait à supporter ces agissements, même si les pertes étaient élevées et étranglaient sa très fine marge de rentabilité. Ce jeune homme n'était pas du coin et les chances de l'attraper semblaient fort réduites. Il devait déjà être loin.

Cet incident m'a tracassée et, en conduisant vers la maison, je ruminais l'affaire, indignée pour la commerçante. Plusieurs kilomètres plus loin, comme je ralentissais à l'approche d'un petit pont à dos rond, quelle ne fut pas ma stupeur lorsque je l'ai aperçu, lui, le jeune homme en cuir noir, assis sur le parapet, tout occupé à jouir de ses biens mal acquis. Cette route est très étroite. Comme je m'approchais, il s'est retourné pour me lancer un regard. La vitre de ma portière était abaissée. Lorsque nos yeux se sont rencontrés et qu'il m'a reconnue, son expression s'est élargie. Il a souri à nouveau – un sourire insolent, presque méprisant – et a poussé l'audace jusqu'à m'adresser une révérence en agitant le gâteau qu'il tenait à la main, avant de se retourner pour admirer la rivière à ses pieds. Il se riait de mon impuissance, jouissait de sa victoire…

J'ai senti une explosion de rage monter en moi devant tant de suffisance et, comme ma voiture passait à sa hauteur, j'ai sorti le bras et je lui ai donné une poussée qui l'a catapulté par-dessus le pont. Son corps a disparu derrière le parapet. Ma paume reste marquée par la sensation du cuir chauffé au soleil et la brève résistance offerte par son échine. Surpris et déséquilibré, il est tombé. J'ai pu entendre son hurlement de rage et de douleur avant d'écraser l'accélérateur. Je me souviens avoir espéré qu'il se soit brisé ou, à tout le moins, foulé la cheville, et j'ai ri aux éclats, tout en m'assurant de prendre les plus petites routes secondaires pour rentrer chez moi (comme j'avais aperçu furtivement une puissante motocyclette dans les buissons près du pont, je jugeai sage d'éviter les routes principales). L'image de ce garçon seul dans la rivière, les membres rompus, ne me causa pas le moindre pincement de remords. Cette rivière est beaucoup trop peu profonde pour espérer qu'il puisse s'y être noyé ! J'avais l'impression qu'il m'avait délibérément provoquée en duel et que j'avais remporté le match de façon loyale.

Les heures ont passé, ma raison s'est réinstallée sur son trône glacial et je me découvre tour à tour horrifiée et amusée par mon geste. Je suis ravie d'avoir la ressource de garer ma voiture dans la ruelle, au cas où il tenterait de me retrouver, mais il n'existe pas le moindre indice qui pourrait le ramener jusqu'ici. J'aurais pu filer dans une douzaine de directions différentes et il est peu probable qu'il ose retourner à la boutique demander s'ils me connaissent ! Tout bien considéré, je me sens à l'abri. Il s'agit cependant d'une nouvelle manifestation de cette rage qui semble encore là, tapie derrière mon apparente sérénité. Que se passera-t-il ensuite, je me le demande.

Samedi, 7 novembre

C'est avec excitation que j'ouvre mon journal intime ce matin pour y lire avec une sorte de fascination hébétée ma description des événements de la veille. Toute envie de rire se résorbe rapidement et je n'arrive pas à imaginer quelle mouche m'a piquée. En me réveillant, j'avais envisagé de prendre rendez-vous avec Marion, mais j'ai reculé devant l'idée d'avoir à lui décrire mon comportement. J'ai avalé mon petit-déjeuner en me forçant à repenser à mes émotions du moment : mon empathie colérique pour la boutiquière et cette impression que le jeune délinquant me provoquait sciemment et me défiait d'agir. Eh bien, j'ai agi. Ma raison rejette maintenant toutes mes tentatives de justification. Il est inacceptable de s'improviser justicier. J'aurais simplement dû noter le numéro de la plaque minéralogique de sa diabolique machine et me rendre au plus proche commissariat, plutôt que de le précipiter du haut d'un pont. Tout en écrivant ces lignes, je dois consigner un léger reste d'hystérie qui explose dans ma cage thoracique et laisse gicler un minuscule geyser de triomphe hors la loi. Comme j'ai dû le surprendre ! Et comme il a dû se sentir humilié !

J'ai dû arrêter d'écrire à ce point de mon récit, saisie par un profond éclat de rire. Je me résous désormais à abandonner toute velléité de répugnance et de censure et à admettre ma joie malsaine. Assise là à m'essuyer les yeux, je suis envahie de souvenirs semblables qui remontent à près de quarante ans, à l'école. Pourquoi certaines paroles, actions ou apparitions entraînaient-elles des rires si intenses qu'ils pliaient en deux leurs victimes, incapables de faire cesser cette douce et joviale agonie ? Pourquoi ces moments se produisaient-ils particulièrement au cours des occasions solennelles : dans les assemblées, à l'église, ou pendant les heures de retenue ?

Tout au long de ma carrière d'enseignante, j'ai tâché de me rappeler ma jeunesse, même si je crois en avoir muré les souvenirs les plus douloureux. Peut-être ces souvenirs ont-ils moisi en moi, scellés pendant toutes ces années. Peut-être sont-ils la cause de cette rage qui me fait pousser les jeunes gens du haut des ponts, peut-être vaudrait-il mieux les déterrer, leur faire prendre l'air, leur permettre de se décomposer naturellement jusqu'à ne plus représenter qu'un inoffensif tas de poussière. Il est clair que ce projet d'écriture m'a amenée à emprunter les chemins détournés de ma mémoire, outre la chronique de mes activités et de mes émotions d'aujourd'hui. Je me suis promis de ne rien omettre de ce qui me venait en tête naturellement et, avec le souvenir de ces fous rires d'écolière, remonte celui de David Lawes.

David Lawes. Me voilà transportée vers ma classe. Je me remémore le grain du bois du pupitre sous mes doigts, l'odeur de la craie et de l'encre emplit mes narines. Ma tête est plongée dans un livre, mais du coin de l'œil, j'aperçois la manche brune de son tweed rustique, et sa main posée à quelques centimètres de la mienne. Je sens la tension tout autour de moi et je suis assez certaine qu'il est en mesure d'entendre les battements de mon cœur qui cogne comme un bélier mécanique sous mon uniforme bleu marine. David Lawes. Il nous semblait vieux, à nous, mais il ne devait être âgé que de vingt-cinq ou vingt-six ans. Grand, blond, doté d'yeux bleus moqueurs. Toutes les filles de l'établissement en étaient amoureuses, y compris les plus jeunes, les gamines de huit ans.

Il appelait les filles par leur prénom, précédé d'un « mademoiselle » affecté que nous adorions. Il ne commença à m'appeler « Amy » qu'au cours de son deuxième trimestre. Être traitée ainsi de manière particulière fut un titre de gloire quelque peu embarrassant. Peu importaient les quolibets des autres élèves, je les savais simplement jalouses jusqu'au bout des doigts de pied… En apparence, je dédaignais leurs blagues, les vulgaires comme les autres, mais intimement, je tremblais. Que voulait-il signifier ? Je devinais instinctivement qu'il n'y avait aucune méchanceté dans cette manière de me traiter différemment des autres, même s'il est arrivé qu'il me taquine gentiment, mais à quinze ans, j'étais douloureusement immature, et innocente des choses de la vie. Je ne *savais* rien, mais je *ressentais* tout.

Bizarrement, je n'arrive pas à me souvenir de la matière qu'il enseignait. Au cours de ces années, juste après la guerre, le personnel changeait continuellement. Certaines racontaient que David Lawes avait été pilote de chasse, d'autres qu'il avait été commandant de sous-marin. Nous étions prêtes à croire n'importe quoi. Il esquivait habilement toutes les questions des élèves assez effrontées pour l'interroger directement, et il les ridiculisait. Malgré cela, elles continuaient à l'adorer. Nous l'adorions toutes. Quant à moi, j'étais prête à aimer. Je me rends compte aujourd'hui que mon père n'a pas tardé à regretter de m'avoir gardée pour assouvir sa vengeance, mais que son orgueil l'empêchait de me laisser partir. Il me fut bientôt possible de passer l'intégralité de mes vacances dans la maison tout en hauteur au bord de la mer, mais il restait ces longues et mornes semaines de sessions scolaires au travers desquelles je devais passer avant de me retrouver dans les bras de ma mère et de revoir le bon visage souriant de mon oncle Charles.

Je vis de moins en moins mon père. Il rentrait tard le soir et s'absentait presque chaque fin de semaine. Je sais aujourd'hui qu'il passait ce temps en compagnie de sa maîtresse ; cette femme qu'il entretenait dans un petit logement de la ville voisine. Il l'avait connue bien avant que ma mère ne rencontre Edward Moreton et, même après toutes ces années, je suis toujours éblouie par l'hypocrisie de mon père. S'il m'avait manifesté le moindre amour, ou encore un tout petit peu d'affection, je pourrais être en mesure de lui pardonner. Physiquement, je ressemblais beaucoup à maman, ce qui n'aidait pas ma cause auprès de lui. Elle m'avait légué ses cheveux blonds et ses prunelles noisette, même si j'étais bien plus grande et plus robuste qu'elle. Mon père ne me donnait rien. Je faisais nos courses avec la piètre allocation dont il me gratifiait et je cuisinais principalement pour moi-même. La maison, entretenue par une femme de ménage qui passait tandis que j'étais à l'école, dégageait cependant une atmosphère triste et négligée lorsque chaque jour j'ouvrais la porte d'entrée en rentrant de classe et que je me tenais dans le couloir, seule, à écouter le silence.

J'avais toujours été de nature solitaire et la séparation de mes parents n'a fait qu'accentuer cette tendance. Je détestais l'idée de mes camarades de classe en train de fouiller dans mes affaires ou de discuter du comportement de mes parents. Je ne soupçonnais toujours pas quel méfait ma mère avait pu commettre, mais je supposais que c'était mal. Sinon, pourquoi m'aurait-elle abandonnée ? Quel que fût son secret, c'était assez honteux pour l'obliger à quitter le foyer et à me laisser seule avec mon père. La froideur de ce dernier me fournissait des indices de ce qu'elle avait dû supporter et, parce qu'elle m'aimait, je lui pardonnais tout. Je ne vivais que pour le premier jour des vacances, lorsqu'on me poussait dans le train, avec mes maigres affaires, sans même un bisou d'adieu.

Oh, la joie de réintégrer ma petite chambre sous le pignon ! L'amour qui régnait dans cette maison tout en hauteur et la liberté de la plage et des rochers me montaient à la tête comme du vin. J'étais quasi délirante de joie durant les premiers jours. J'avais l'habitude d'aller en ville le premier matin, vêtue d'adorables et confortables vêtements de vacances, afin de renouer mes vieilles amitiés. Je retrouvais M. Ashley, le pharmacien, dont les vitrines étaient décorées de longs flacons aux formes étranges, miroitant comme des joyaux bleus, verts et rouges. M. Harris possédait la boutique de primeurs où nous achetions notre arbre de Noël. Il me faisait un clin d'œil et me refilait une pomme en tirant ma natte, que je me laissais pousser jusqu'à la taille. Mme Timms, de la confiserie, roulait des yeux à mon apparition, faisant semblant de ne pas croire que les vacances étaient déjà arrivées. Elle ajoutait chaque fois une tablette de chocolat ou un caramel à ma sélection de bonbons, une façon de célébrer mon retour au bercail. Je faisais signe de la main à Bert Swales dans son chapeau de paille et son tablier de boucher bleu à rayures ; parfois il passait sous ses volailles suspendues par les pattes et me rejoignait dehors pour me souhaiter la bienvenue au village, l'air de se demander s'il n'allait pas me glisser quelques saucisses pour enrichir notre ordinaire rationné.

Puis je passais à la librairie, aujourd'hui encore ma boutique préférée. M. et Mme Sellars sont partis depuis longtemps mais, jadis, M. Sellars s'avançait vers moi et me serrait la main avec cérémonie, m'accueillant comme une vieille habituée. Évidemment, c'était exactement le cas de mon oncle Charles. J'avais droit à un livre au début de chaque période de vacances – et à plusieurs autres pour mon anniversaire et à Noël – et j'avais coutume de l'acheter le premier matin de mon arrivée. Une fois que j'avais choisi mon livre, je me dépêchais d'aller retrouver maman chez l'artisan glacier, au bout de la vaste allée centrale bordée d'arbres, pour ma troisième gâterie : un énorme parfait. Nous prenions place dans des fauteuils d'osier autour d'une table de verre, et ma mère dégustait un café à l'arôme enivrant tandis que je plongeais ma cuiller dans le glorieux échafaudage qui trônait devant moi.

Comme ces jours furent heureux ! Tout autant qu'étaient misérables les derniers moments des vacances, alors que le début du trimestre suivant approchait. Avec quel désespoir faisais-je face au voyage solitaire de retour vers cette maison inhospitalière ! Comme je priais pour que passent les mois et les années qui me séparaient de l'instant où je pourrais vivre éternellement auprès de ma mère et de mon oncle Charles, dans la maison tout en hauteur au bord de la mer.

Dimanche, 15 novembre

Je viens de revenir du déjeuner du dimanche – qui s'est encore une fois prolongé jusqu'à l'heure du thé, puis jusqu'au dîner – et il me faut consigner mes impressions tandis qu'elles sont encore fraîches. Il est clair que le nouveau quatuor semble destiné à un grand succès. Simon adore être entouré de jolies femmes et il se délecte visiblement de l'addition d'une autre créature à son harem, qui compte déjà Francesca, moi, Sophy, Lucy, n'importe laquelle des amies de sa femme passant par là, et maintenant Jenny. Celle-ci semble heureuse de se voir incorporée dans le groupe et apprécie le flot de compliments qui lui est adressé. Francesca ne paraît pas en prendre ombrage. Pourquoi le devrait-elle ? Lorsqu'elles sont côte à côte, Jenny a l'air d'un poney du Dartmoor pataugeant derrière un pur-sang. Quoi qu'il en soit, tout se joue ici dans un esprit de pur plaisir. Rob, le mari de Jenny, est un homme tranquille, de belle prestance, qui sourit avec bienveillance devant les saynètes de Simon et discute avec Henry de ses modèles réduits. Jenny est impressionnée par les richesses matérielles accumulées par sa vieille camarade de classe, ce qui m'amène à espérer que je pourrais bientôt être mutée de ma position d'admiratrice en chef à un simple rôle d'observatrice ; cela me plairait splendidement. Aucun doute, Jenny est prête à prendre ma place auprès des enfants. Leur présence lui procure une joie sincère et la manière qu'elle a de tenir le bébé dans ses bras est très touchante. L'on en vient à se demander comment il est possible qu'elle n'ait pas encore elle-même enfanté.

La table est mise pour que de telles assemblées se répètent fréquemment, mais quoi qu'il arrive, il n'est pas question que je sois laissée de côté. Vraiment, ces gens sont très gentils. Malgré tout, j'ai remarqué un remous, un blocage ténébreux dans l'atmosphère, un léger malaise, trop subtil pour être défini avec précision. Simon était-il un tant soit peu trop enjoué ? Jenny cherchait-elle un tantinet trop à plaire ? Rob... d'une tranquillité exagérée ? Même au moment d'écrire ces lignes, après avoir bien considéré toute la scène à nouveau, il m'est impossible de mettre le doigt dessus. Nous prenions place à la table de la cuisine – potage, pâté, petits pains, tout cela fait maison et délicieux – lorsqu'un souffle prémonitoire m'a un instant glacée. Je sais que demain matin j'aurai rejeté cette impression et c'est la raison pour laquelle il est important que je note sur-le-champ ce que je ressens. Rien ne m'énerve plus que la brigade des « Je le savais, je l'avais dit ! », en particulier lorsqu'il est indubitable qu'ils ne savaient rien et n'ont rien dit non plus !

Je commence déjà à croire que cette étrange impression n'était que le produit de mon imagination. Après tout, que pourrait-il y avoir de menaçant dans une telle occasion ? Toutefois, je n'ai pas l'habitude de si futiles mouvements d'humeur. On peut même dire qu'au contraire, il m'arrive de ne pas remarquer ce qui me pend au bout du nez. En vieillissant, je deviens plus apte à détecter les indices et à repérer les détails, mais j'étais jadis une jeune femme affligée d'une atroce sottise. En songeant à ma vie, je me demande souvent comment j'ai pu faire pour être aussi imbécilement aveugle, si balourde, si naïve. Et malgré la possibilité de plaider l'innocence et la jeunesse, je n'arrive pas à me pardonner tout à fait certaines erreurs, par action ou par omission.

L'année de mes quinze ans, ma mère se mourait du cancer. Ce fut là son second secret. Le souvenir du spectacle splendide qu'elle m'a présenté lors de notre dernier Noël me fendra éternellement le cœur. Elle s'était déclarée légèrement malade, rien de grave, une petite pleurésie. Crédule comme je l'étais, je la crus d'emblée. En fait, il ne m'était jamais passé par la tête que quelque chose pourrait lui arriver. J'avais besoin d'elle. La gorge serrée, je me rappelle certaines phrases qu'elle m'a adressées au cours de ces dernières semaines, certains objets qu'elle m'a offerts. Je me souviens de sa façon de me suivre des yeux et de son refus de me relâcher chaque fois que nous nous embrassions. Comment ai-je pu ne rien soupçonner de la vérité ? Ma sensibilité était émoussée, je ne pensais qu'à moi. Nous passâmes des fêtes merveilleuses mais tranquilles. Elle restait assise et appuyait ses jambes maigres sur un tabouret. Ses yeux s'enfonçaient dans son visage aux traits tirés. Je n'y ai vu que le résultat de son malaise et je l'ai crue lorsqu'elle prétendit se sentir mieux. Il m'est impossible d'imaginer combien ont pu lui coûter ce simulacre de gaieté et ce généreux déversement d'amour.

Elle s'éteignit avant Pâques. Je fus certaine que j'allais mourir moi aussi, de chagrin. Mon père m'annonça la nouvelle de façon brutale et refusa de me laisser assister aux funérailles. Pourquoi lui ai-je obéi ? Pourquoi n'ai-je pas simplement pris le train ? Se peut-il qu'à quinze ans, j'aie été à ce point accoutumée à me soumettre aux ordres ? Je ne possédais bien sûr pas un traître sou, mais oncle Charles m'aurait sans hésiter gratifiée du nécessaire. Oh, pourquoi ne m'a-t-elle pas dit la vérité ? Pourquoi ne m'a-t-elle pas permis de lui faire mes adieux de manière convenable ? J'ai appris plus tard qu'elle avait exprimé la volonté de ne me laisser en souvenir que les jours heureux, qu'elle avait voulu me protéger de toute morbidité. Mais à l'époque, j'eus plutôt l'impression qu'elle m'avait rejetée. Je crus que je ne comptais pas pour elle, puisqu'elle avait pu s'embarquer vers cette immense aventure sans moi à ses côtés pour lui souhaiter bon voyage. Je passai des jours striés de larmes et des nuits tourmentées par d'horribles visions d'un corps se corrompant dans la tombe. Ma solitude devenait une agonie. Je me réveillais fréquemment d'un sommeil lourd et sans repos, convaincue d'émerger d'un cauchemar, et qu'elle était toujours en vie. Oh, le soulagement de ces brefs instants ! Et chaque fois que retombait sur moi le voile lugubre de la réalité, c'était comme si elle mourait de nouveau.

Mon oncle Charles barricada la maison et partit vivre à l'étranger. Il m'écrivit, ce qui représenta ma seule consolation, mais j'avais l'impression qu'il m'avait lui aussi abandonnée. Préoccupée par mon propre deuil, je ne pouvais admettre l'existence du sien. Je fus heureuse de rentrer en classe. La sympathie de mes camarades me fut bénéfique, ainsi que la sollicitude de la plupart des membres du personnel. David Lawes fut particulièrement gentil et je devins avide de sa sympathie, assoiffée que j'étais, me traînant parmi les dunes d'un désert affectif. Les autres filles ne me harcelaient plus à son propos. Elles étaient choquées et attristées par ce qui m'arrivait, moi qui n'avais ni frères ni sœurs pour me consoler. Jouir du statut de favorite de David Lawes remplaçait mal tout ce que j'avais perdu, mais c'était mieux que rien et mes consœurs approuvaient cela. En fait, ce fut le seul et unique rayon de consolation au cours de ces semaines si sombres. Je ne pouvais plus désormais rêver de vacances radieuses au bout de mon tunnel : plus de maman, plus d'oncle Charles, plus de maison tout en hauteur au bord de la mer.

Mon père n'avait nullement l'intention de modifier ses plans de vacances. Il suggéra que je trouve une copine d'école avec qui passer l'été. Je refusai. Je n'en avais pas envie et je ne pouvais croire que l'oncle Charles resterait si longtemps à l'étranger. J'étais alors convaincue qu'il reviendrait au pays et me demanderait de venir le retrouver. Mon père haussa les épaules. Il savait que je pouvais parfaitement prendre soin de moi et que j'avais l'habitude de vivre toute seule. Il prit la route, tandis que je m'installai dans ma misérable et solitaire existence. Comme les jours furent longs ! Je m'accordais la permission de dormir aussi longtemps que possible chaque matin et j'étirais le petit-déjeuner au maximum. Je faisais les courses chaque jour, simplement parce que cela me donnait des choses à faire et, tous les après-midi, je passais une heure ou deux à la bibliothèque. Les longues soirées claires semblaient interminables et je me promenais sur des kilomètres avant de rentrer écouter la radio en me faisant à manger. Je prenais de longs bains pour me relaxer avant de me mettre au lit, mais le sommeil m'échappait généralement jusqu'au petit matin. Mon enfance venait de connaître une fin abrupte.

Mercredi, 18 novembre

J'ai dû cesser d'écrire à ce moment du récit. Il y a plusieurs jours que je n'ai ouvert mon journal. La douleur que m'a infligée le décès de ma mère se ravive après toutes ces années. J'ai constamment à l'esprit l'attitude de mon père et la solitude de ces moments. Je n'avais aucune intention de transformer ce journal en tragédie mélodramatique mais, en me relisant, je me rends compte que mes pensées dérivent inéluctablement vers le passé et j'ai fait le vœu d'écrire naturellement ce qui vient. Mes souvenirs sont stockés loin dans la remise de mon esprit, certains faits y sont rangés proprement, d'autres jetés pêle-mêle, d'autres encore enterrés sommairement. Comment ne pas voir la fascinante ressemblance entre mon état d'esprit et le grenier au-dessus de ma tête ? Je me tiens à l'entrée et je regarde. J'avance dans la pièce. Je ramasse un objet, puis un autre, mais je finis inévitablement par me laisser attirer par la fenêtre. Le tri et le ménage sont remis à un autre jour.

Bien, je viens de décider que je ne me laisserai plus distraire. J'ai entrepris cette tâche et je dois tenter de rester honnête dans ces pages.

C'est au cours d'une de mes visites à la bibliothèque que j'ai revu David Lawes. Je me trouvais dans la section des ouvrages de référence et je lisais les journaux lorsque j'ai aperçu ses mains. Elles reposaient sur la table devant moi. J'ai vu ensuite les manches de tweed si familières. Puis, je l'ai toisé. Mon souffle était court, mes veines battaient fort contre mes tempes. Je n'avais jamais songé qu'il fût possible que nous nous rencontrions. J'avais appris, je ne sais trop comment, que sa famille était du sud-ouest de la Grande-Bretagne et qu'il allait leur rendre visite au cours des vacances.

— Vous semblez bien studieuse, dit-il en me souriant.

Il désignait la montagne de livres à mes côtés (comment aurais-je survécu sans leur compagnie ?). Sa voix était gentille, comme toujours, mais j'y détectai une autre qualité que la gentillesse et cela me fit frissonner.

— Je vous croyais au bord de la mer.

Au moment même de les prononcer, je vis qu'il regrettait déjà ses paroles, craignant d'avoir commis un faux pas, redoutant de m'avoir blessée, et il parut mal à l'aise. Cela me fit craquer.

— Mon oncle est à l'étranger, répondis-je. Et mon père aussi.

Qu'est-ce qui m'a pris de lui annoncer cela ? Tout innocente que j'étais, je nous savais maintenant engagés ensemble sur une voie à la fois dangereuse et infiniment séduisante.

— Alors, vous vivez seule ?

La question avait été posée avec désinvolture, avec sympathie, mais mon échine frissonna et mon ventre se serra.

J'acquiesçai d'un mouvement de la tête, levant les yeux vers lui. Il me sourit.

Je ferme les paupières. Je revois ce sourire et mon cœur se tord dans ma poitrine exactement comme il s'est tordu il y a presque quarante ans.

— Venez prendre le thé, suggéra-t-il. Emportez vos livres. Tenez, laissez-moi en prendre quelques-uns.

Nous sortîmes de la bibliothèque et nous avançâmes dans l'air émoussé de cet après-midi d'août, nous dirigeant vers le quartier des boutiques. Je me souviens que nous discutions des livres que nous portions, en particulier de Cromwell parce que – bien sûr ! *Ça y est,* je me souviens, il enseignait l'histoire ! – nous allions étudier la guerre civile dans le cours de niveau A. Il était si facile de discuter avec lui, c'était si agréable de se trouver en sa compagnie – je me sentais croître et m'ouvrir, comme seulement je l'avais senti en présence de l'oncle Charles et de ma mère. Je l'intéressais véritablement. C'était une expérience aussi nouvelle qu'excitante.

Plus tard

Je suis encore une fois arrachée à mon journal par le tintement de la sonnette de la porte d'entrée. C'est Jenny. Je m'efforce de dissimuler ma surprise – et la légère irritation que me cause cette interruption – et je l'invite à entrer. J'ai converti l'ancienne salle à dîner qui faisait face à la cuisine en un petit salon où je reçois les personnes qui ne me sont pas suffisamment proches pour que j'aie envie de les inviter en haut, au cœur de mon chez-moi. C'est une pièce confortable que je prends soin d'aérer et d'épousseter régulièrement. La plupart des visiteurs ne se rendent pas compte qu'il ne s'agit pas du véritable salon. Je suis instinctivement jalouse de ma vie privée et j'accueille prudemment mes nouvelles connaissances. Je suis persuadée que Jenny ne comprend pas que je la maintienne à une certaine distance. Elle me complimente pour la décoration de la pièce et la maison en général. Je souris et lui propose un café.

— Non, non, je ne veux pas m'attarder.

Elle regarde autour d'elle distraitement et je me sens encore une fois piquée par une montée d'impatience. Je suis maintenant censée l'implorer de rester. Pourquoi diable est-elle venue là, si elle n'a rien à me dire et refuse une tasse ? Je me contrains à continuer de sourire.

— J'étais sur le point de me faire du café, dis-je en mentant. Pourquoi ne m'accompagnez-vous pas ?

— Oh, dans ce cas, dit-elle d'un air pathétiquement reconnaissant, c'est très gentil. Si vous êtes bien certaine que je ne vous interromps en rien.

Je suis venue faire des courses et je vous ai apporté ceci.

Elle farfouille dans son sac et en sort un bocal de gelée de mûres maison. Je le prends et je la remercie comme il sied, tout en me remémorant notre conversation chez Francesca, au cours de laquelle j'avais confessé mon amour de la gelée de mûres. C'est gentil de sa part et elle vient par ce geste de mériter ma compagnie, pour autant qu'elle considère cela comme une transaction honnête. Elle me suit dans la cuisine, dont elle commente favorablement l'aménagement et le confort. Je prends mes repas ici et j'ai fait convertir au gaz le vieux poêle de l'oncle Charles, ce qui garde la pièce chaude et accueillante. Je prépare le café et je lui narre un peu l'histoire de la maison.

— Ces maisons valent une fortune, de nos jours, n'est-ce pas ? soupire-t-elle d'envie. Quelle chance vous avez ! La vue depuis les fenêtres du haut doit être époustouflante.

Je suis bien d'accord, mais je n'ai pas la moindre intention de la lui faire partager. Je soupçonne Jenny d'être une personne malheureuse et je me demande si c'est d'elle qu'émanaient ces drôles de remous dimanche dernier. Qu'elle ne compte surtout pas sur moi pour la soulager de ses soucis. Elle n'a qu'à s'adresser à Francesca ! Ce sont de vieilles amies, après tout. Nous apportons nos cafés au salon du rez-de-chaussée et nous nous lançons dans une conversation décousue.

— Il y a longtemps que vous connaissez Francesca et Simon ? demande-t-elle soudain, et je sens qu'on arrive finalement à l'objectif de sa visite.

— Pas très longtemps, non. Un peu plus d'un an, peut-être. Je l'ai rencontrée à un déjeuner de bienfaisance et elle m'a invitée à prendre un café. Ils venaient d'emménager par ici et elle travaillait activement à se faire de nouveaux amis.

— Ce ne sera jamais un souci pour Francesca, dit-elle en laissant à nouveau poindre une touche de convoitise. À l'école, elle était déjà l'une des filles les plus populaires.

J'acquiesce, mais je refuse de me laisser entraîner sur ce terrain. Nous avalons nos cafés dans un silence méditatif, jusqu'à ce qu'elle remue un peu :

— Simon est gentil, ne trouvez-vous pas ? éclate-t-elle subitement, et mon cœur se serre.

— Charmant. Un mari dévoué, un excellent père, réponds-je, légèrement sur la défensive.

— Tout à fait vrai, n'est-ce pas ? relance-t-elle avec enthousiasme, contente de voir ses propos approuvés, ce qui me rend curieuse.

— C'est une famille très heureuse, dis-je avec précaution, incapable de deviner où tout ça va mener, mais nettement alarmée. Ils ont été très gentils avec moi.

— Ils vous adorent, réplique-t-elle, comme si j'avais besoin qu'on me rassure. Ils viennent dîner la semaine prochaine et Rob et moi espérons que vous serez des nôtres.

Elle me regarde avec tant d'espoir que je me retrouve encore plus confuse. Pourquoi voudraient-ils qu'une femme seule – de vingt ans leur aînée – se joigne à leur joyeux quatuor ? Pourtant, son angoisse est palpable. J'accepte l'invitation, et son soulagement est manifeste. Mais pourquoi ? Nous vidons nos tasses et elle prend congé. Je me précipite à l'étage pour noter notre conversation, mais je dois maintenant m'arrêter pour manger. Peut-être vais-je goûter à cette gelée aux mûres !

Le soir même

Vers la fin de la soirée, je reviens à mon bureau pour relire les pages qui précèdent. Je cesse soudainement toute spéculation à propos du comportement de Jenny et je me retrouve à nouveau transportée vers le passé. La radio est réglée sur la troisième chaîne en prévision du concert et, comme je relis mes mots, les premières notes de la sérénade pour cordes d'Antonín Dvořák emplissent la pièce et je me retrouve dans l'appartement de David Lawes, un soir d'août, il y a de ça presque quarante ans. Le roman de Francis Brett Young *Portrait de Claire* avait été adapté en feuilleton radio, et tout l'été j'avais écouté religieusement chaque épisode. Je m'identifiais à Claire, qui vient d'avoir dix-sept ans et termine l'école pour de bon. Sa petite vie tranquille passée en compagnie de sa tante et de son grand-père âgé est bouleversée par l'arrivée du jeune et fougueux Ralph, qui s'empare de son cœur et la kidnappe pour l'emmener dans son monde et dans sa famille. L'indicatif de la série employait le *moderato* de la sérénade de Dvořák et chaque fois que je l'entends, je réprime d'instinct les souvenirs doux-amers qui menacent de m'engloutir. Ce soir, je leur permets de me soulever et de m'emporter sur leurs ailes.

Il logeait au sommet d'un édifice victorien dans le vieux quartier de la ville, au-dessus de la cathédrale. Le salon était désordonné mais confortable.

Des livres gisaient partout, rangés sur des tablettes, empilés sur des chaises, tapissant le plancher. La table de travail appuyée au mur était recouverte de paperasses et l'air de la pièce embaumait le parfum du tabac à pipe mélangé à l'arôme du café frais moulu. J'avais l'habitude de me rouler en boule dans un coin du profond divan orné d'une couette si délavée qu'on ne pouvait plus en distinguer les motifs. Il était si gentil, si sûr de lui qu'il parvenait à calmer mes appréhensions, mais je demeurais toujours fébrile à m'en faire exploser le cœur. Une caresse, un regard, un mot et j'étais catapultée dans l'espace-temps. La fin du monde aurait pu se produire que je n'aurais rien remarqué. En fait, une telle apothéose cataclysmique m'aurait semblé appropriée.

Je me souviens très bien de cette impression de *perfection*. Je ne ressentais ni peur ni malaise. Mon ignorance complète m'a protégée de ces sentiments rédhibitoires et, lorsque finalement cela se produisit, je me donnai à lui avec joie, amour et gratitude. Il passa des semaines à me préparer pour la scène finale et ultime et ce fut la défloraison la plus tendre, excitante et émouvante qu'une jeune fille aurait pu espérer. Je n'eus à subir ni tripotages ineptes ni douloureux coups de boutoir. Je ne reçus qu'amour, passion et abandon reconnaissant.

Je n'arrive pas à me souvenir de ce que j'espérais de nos rencontres dans cette pièce vertigineuse qui s'emplissait des rayons du crépuscule. Ma vie semblait enchevêtrée à celle de Claire Lydiatt et j'imaginais peut-être que David m'emporterait vers son propre Stourford en temps et lieu. Je crois que j'étais trop jeune et trop heureuse pour en parler. Seul le présent comptait. J'habitais chez lui. Je ne m'embarrassais plus de rentrer à la maison le soir. À quoi bon ? Je lui appartenais, de la même manière que l'envoûtant *moderato* de Dvořák appartenait à Claire. L'avenir semblait radieux.

Vers la fin des vacances, mon père revint et David alla rendre visite à sa famille. Notre séparation fut douloureuse, mais j'étais pleine d'enthousiasme à l'évocation de la prochaine session. Toutes ces précautions que nous aurions à prendre, tous ces secrets ! Nous fîmes l'amour une dernière fois, mais quelque chose avait changé en lui, que j'attribuai à notre imminente séparation, et je tentai de le consoler. Mon expérience était limitée, mais lorsque nous nous quittâmes, ses yeux étaient remplis de larmes et nous restâmes longuement enlacés.

La pensée de son retour me mit en ébullition durant la semaine précédant le début des cours et je retournai à l'école le cœur pétillant, mon deuil apaisé. Ma mère me manquait toujours terriblement mais j'arrivais désormais à supporter ma douleur. Je me rappelle du visage de Vivian Sherwood lorsqu'elle m'annonça la nouvelle. Elle n'avait jamais fait partie de mes amies et je la savais envieuse des attentions que David me prodiguait.

— Tu sais la nouvelle ? me demanda-t-elle, excitée, guettant ma réaction. David Lawes ne reviendra pas.

Je ne la crus tout simplement pas. Je faillis même lui rire au nez, si sûre que j'étais de mes informations privilégiées. Mais l'institutrice en chef en fit l'annonce au cours de la réunion. La date de son mariage avait été avancée, nous expliqua-t-elle, et il ne reviendrait pas. Éberluée, j'imaginais à moitié que cela signifiait qu'il allait *m'épouser moi*, qu'il allait revenir me chercher et que c'était de *ça* dont notre amour avait été le préambule. Je ne pouvais absolument pas croire qu'il m'ait abandonnée. Je passais mon temps à attendre le courrier et à surveiller le téléphone jusqu'à ce que, plusieurs semaines plus tard, un paquet arrive qui m'était adressé. Je courus à ma chambre et déchirai l'emballage de mes doigts tremblants. Un exemplaire de *Portrait de Claire* de Brett Young s'y trouvait, dans une reliure bleu marine, accompagné d'une unique feuille de papier sur laquelle je lus : « Avec tout mon amour, pour l'éternité ». Je m'effondrai sur mon lit. J'entendais le *moderato* et j'ai dû m'imaginer comme Claire lorsqu'elle apprend la mort de Ralph à Bloemfontein. Je ne doutais plus de la réalité de ses adieux, mais le choc, qui me heurtait si peu de temps après la disparition de ma mère, fut trop grand pour ma constitution. Je tombai malade. Tous les traitements échouèrent et j'entendis chuchoter le mot « dépression » qu'on attribua à ma détresse. Mon père, se sentant enfin coupable de sa négligence et de son indifférence, me posta littéralement à mon oncle en espérant que celui-ci veuille bien me récupérer.

Je ne revins plus jamais.

Jeudi, 19 novembre

Je n'ai pu trouver le repos après avoir rédigé ce qui précède. Le *moderato* résonnait toujours dans ma tête lorsque je me suis glissée dans mon manteau d'hiver pour aller me promener le long de la mer. L'air froid de la nuit sécha les larmes sur mes joues, et la vue de la vaste étendue des flots, teintés d'argent par les fils de soie irréels du halo sélénite, reposa mes yeux endoloris. Le soupir rythmique des vagues laiteuses caressant doucement la peau du sable calma ma tristesse et je marchai jusqu'au petit port pour recouvrer ma sérénité. Je restai appuyée au mur un certain temps à observer les bateaux de pêche qui se dandinaient contre l'appontement, mais le froid me fit bientôt retourner sur mes pas et je fus heureuse de rentrer dans la tiédeur de ma cuisine pour me préparer une boisson chaude. Tout bien considéré, je passai une nuit étonnamment paisible et je reçus ce matin des nouvelles qui m'empêchèrent de continuer à me morfondre. Je ne peux pas m'autoriser à sombrer dans la morbidité. Il est impossible d'aller de l'avant lorsqu'on lorgne amèrement vers l'arrière ou, pire, qu'on se permet de convoiter son passé.

Ma vieille amie est malade et vient d'être admise à l'hôpital. Une connaissance commune m'apprend la nouvelle et m'assure qu'elle n'a rien de grave. Cependant, comme elle vit seule, on a jugé bon de la garder sous observation pour quelques jours. Je promets de lui rendre visite – à mon amie malade, pas à la personne qui m'informe – dès cet après-midi. Je me sens soulagée (bien qu'un peu déçue) de ne pas être en mesure de ressasser les horribles mois qui ont succédé au départ de David.

Plus tard

À l'hôpital, un choc terrifiant m'attendait. J'en tremble encore. Mes rideaux me protègent de la nuit glaciale et le feu brûle intensément dans l'âtre. La chaleur et le confort de la pièce ne me permettent pourtant pas de me relaxer. Je marche nerveusement de-ci de-là, manipulant les bibelots, secouant les coussins. Au cours des dernières semaines, j'ai découvert que l'action de consigner pensées et sensations avait sur moi un effet rassérénant. Me voilà donc à mon bureau. Je vais tenter de décrire les événements de cet après-midi.

Je suis partie à l'hôpital armée de quelques magazines et d'une boîte de ces chocolats dont mon amie raffole. Ce jour de début novembre était tiède et paisible et les couleurs de l'automne brillaient avec douceur dans le gris impavide d'un après-midi brumeux. Je ne parlerai pas de ma visite ni de l'état de mon amie, ces informations n'étant nullement pertinentes en ces pages. Cependant, comme je quittais le bâtiment par les jardins en direction des places de stationnement, je vis que certains patients se trouvaient à l'extérieur. L'un d'eux était installé dans un fauteuil roulant, poussé par un compagnon volubile, tandis qu'un autre était assis sur un banc de bois, entouré d'amis.

Un troisième pensionnaire longeait une haie près d'une rangée de fleurs, peinant sur ses béquilles. Nous étions sur le point d'entrer en collision lorsque je lui jetai un regard. Imaginez mon émoi, ma révulsion, lorsque je reconnus le jeune homme que j'avais précipité du haut du pont ! Mes pieds se dérobèrent. Je vis sa jambe dans le plâtre et je remarquai la pâleur de son visage. Ses cheveux avaient poussé et, privé de sa crête et de son accoutrement de cuir, il n'avait l'air ni agressif ni menaçant, mais plutôt jeune et vulnérable. L'ignominie de mon geste me sauta soudain à la gorge, au moment même où il me reconnut à son tour. Il écarquilla les yeux et ouvrit la bouche.

Je courus. Serrant mon sac à main contre ma poitrine, mon cœur battant la chamade, je me sauvai loin de lui, trébuchant dans les escaliers du jardin tout en fouillant dans la poche de ma veste à la recherche de mes clés de voiture. J'entendis sa voix derrière moi au moment même où j'actionnais la serrure pour ouvrir la portière. Il était trop empêtré dans ses béquilles pour me suivre et, baignée de sueur, je démarrai le moteur et reculai le véhicule dans le parking en faisant gicler le gravier sous mes pneus. Jusqu'à la maison, j'enfonçai l'accélérateur comme si j'étais poursuivie. Les pensées se bousculaient dans ma tête aussi vite que tournait le moteur. Je ne pouvais plus comprendre ni justifier ce qui m'avait entraînée à pousser ce jeune homme du haut du pont. Comment avais-je pu oser commettre une telle chose ? Quelle folie s'était donc emparée de moi ? Persuadée d'avoir le droit de m'ériger en juge et exécutrice, j'avais même cessé de songer à cet incident. Ma certitude quant à son incapacité à se venger se dégonflait à vue d'œil et, la gorge sèche, je tentai en vain d'avaler ma salive. Il allait sans nul doute rentrer dans le bâtiment et s'enquérir de la liste des visiteurs. Dans un si petit hôpital, il découvrirait mon identité en quelques instants.

Des peurs m'assaillirent par milliers. Moi, Amy Wingate, professeure quinquagénaire à la retraite, j'ai poussé un jeune homme du haut d'un pont, avant de m'enfuir, indifférente à sa souffrance. Je m'interrogeai sur les blessures subies à sa jambe et je fus submergée par un tel déluge de culpabilité et de révulsion que je dus arrêter la voiture et attendre un peu, afin de reprendre mes esprits. Il serait peut-être handicapé à vie par ma faute. Pour un paquet de gâteaux. La détresse m'écrasait également, j'ai honte de l'admettre, en raison du risque bien réel que je courais d'être démasquée. S'il m'avait déjà dénoncée à la police ? Le système judiciaire de ce pays n'encourage pas les citoyens britanniques à prendre la loi en main et mes raisons – ou mes excuses – seraient rapidement rejetées. Évidemment, je pourrais plaider la folie. Au bout d'un moment, je finis par recouvrer mon calme, et je rentrai à la maison.

Peut-être suis-je démente, après tout. Voilà qui expliquerait ces imprévisibles changements d'humeur qui me mènent de la placidité à la rage. Je suis encore terrifiée, mais un peu plus calme, depuis que j'ai consigné toute l'affaire par écrit. Je dois maintenant réfléchir et décider de ma conduite. En attendant, il est l'heure de boire un bon coup, histoire de stimuler mes processus mentaux et de remettre les choses en perspective. Je vais relire la partie de mon journal qui traite de ma première rencontre avec ce jeune homme, histoire de me rappeler précisément mes sensations du moment. Mais avant tout, un verre !

Vendredi, 20 novembre

Ce matin, j'étais sur le point de revenir à mon journal lorsque j'ai été interrompue dans mes réflexions par Francesca, qui interprétait un petit solo de sonnette devant ma porte. J'ai laissé la vaisselle du petit-déjeuner en plan pour aller lui répondre. Elle trouve très amusante cette manière d'annoncer son arrivée, mais je n'y vois pas grand-chose de plus qu'une forme attardée d'enfantillage. Cela a l'avantage, à tout le moins, d'identifier le visiteur. Elle se jette à l'intérieur et grimpe les escaliers sans que j'aie le temps de l'inviter. Le salon très formel des visiteurs n'est pas pour Francesca. Comme d'habitude, elle fonce droit à la fenêtre et admire la mer.

— Mais *quelle* vue ! s'exclame-t-elle (également comme d'habitude) en souriant d'une manière légèrement condescendante. Tu as véritablement de la chance, ma vieille, de profiter de cette chouette petite maison.

L'emploi du mot « petite » est une autre de ses façons – sans doute inconscientes – de maintenir sa supériorité. Une « petite dame » lui confectionne des vêtements sur mesure et un « petit monsieur » vient entretenir son jardin. La « petite femme » du magasin du village « l'adore » et lui fait livrer du thé spécial – impossible pour Francesca de boire le thé ordinaire des simples mortels – et, naturellement, il y a aussi une « petite fille » qui « fait » pour elle et qui, bien sûr, est un véritable « trésor ». Le monde de Francesca est peuplé de nains.

Me voilà encore acerbe. La vérité est que j'espérais écrire encore sur le sujet précédent et parvenir ainsi à une décision quant à la manière de gérer les derniers développements. Je suis plutôt forcée de retourner en bas faire du café que je monte au salon. Là, je suis tenue d'écouter la description minutieuse des événements qui se sont produits dans sa famille depuis la dernière fois que nous nous sommes vus. Elle est si persuadée de mon intérêt pour les détails de sa vie... Voilà qui n'aura jamais de cesse de m'étonner. Une fois que nous avons bien fait le tour des moindres aspects du nouveau contrat de Simon – il est programmeur informatique et travaille principalement à la maison –, que nous avons couvert minutieusement le rhume de Sophy et la dernière dent de Sam, vient le moment où je suis censée admirer sa toute nouvelle tenue d'automne de chez Laura Ashley. Nous parvenons finalement à la véritable raison de sa venue. Le quarantième anniversaire de Simon se profile à l'horizon.

— Le pauvre chéri en fait une dépression, annonce-t-elle gaiement, je me suis dit qu'il faudrait qu'on lui organise une grande fête, histoire de l'aider à surmonter cette tragédie. Je dois dire que j'ai de l'empathie pour sa souffrance. Lorsque j'ai atteint le grand trois-zéro, j'ai cru que ma vie ne vaudrait plus la peine d'être vécue. C'est fou, non ?

— De mon côté, comme j'ai franchi le gros cinq-zéro, remarqué-je avec un soupçon d'acrimonie, je peux garantir à Simon qu'il existe une vie au-delà de la barre des quarante ans et même audelà de cinquante. On fait face à une nette baisse de qualité, mais la vie se poursuit malgré tout. A-t-il songé à l'euthanasie ?

— Oh, à dire vrai, Amy, s'esclaffe-t-elle d'un air embarrassé, je ne voulais pas dire, bien sûr... Après tout, nous nous rendons bien compte tous deux que... Nous ne pensons jamais à ton âge, en fait, tu es tellement...

Je la regarde avec intérêt patauger, tout en avalant mon café.

— Tu es une personne totalement spéciale. Simon dit qu'aucune fête n'est parfaite sans ta présence.

Elle tente d'évaluer si sa flagornerie m'a suffisamment apaisée. Je me demande pourquoi les femmes croient toujours que je serai nécessairement mieux disposée envers elles parce que leurs maris ont le simple bon sens de remarquer mes qualités exceptionnelles. *Pourquoi* les femmes mariées se figurent-elles toujours que leurs consœurs célibataires ne sont jamais seules par choix ou que leurs existences sont nécessairement malheureuses – cela même en présence d'exemples flagrants de vies satisfaisantes, épanouies et harmonieuses – uniquement parce que ces dernières ne profitent pas du prétendu bonheur qu'apporteraient conjoint et enfants ?

Je lui souris, je pose des questions pertinentes liées à l'organisation de la fête et la voilà qui se détend. Jenny et Rob seront de la partie, ainsi que quelques autres connaissances de leur entourage. Nous débattons brièvement de la pertinence d'une soirée à thème « cravate noire », mais nous décidons de mettre toute la gomme et d'en faire une véritable occasion. Je divague sur l'utilité d'offrir à Simon une chaise roulante en l'honneur de sa vieillesse imminente et Francesca semble soulagée. Elle sait que si je plaisante de la sorte, c'est que je ne suis pas blessée par ces questions d'âge.

Une fois Francesca partie, je m'étonne de me voir moins bouleversée par ma rencontre avec le jeune homme. Pour une raison qui m'échappe, mon banal bavardage avec mon amie a rétabli mon équilibre et je reviens à ma posture antérieure : il cherchait les ennuis, il les a trouvés ! J'ai malgré tout décidé de me rendre à l'hôpital pour une confrontation. Ce n'est pas dans ma nature de rester assise planquée derrière des rideaux, terrifiée à l'idée de sortir, de peur qu'il ne m'aborde soudainement. Après tout, ce sera ma parole contre la sienne. Je viens de songer à ce détail et je me sens plutôt rassurée. Pourquoi une quinquagénaire respectable projetterait-elle un jeune homme du haut d'un pont ? Je m'imagine en train de poser la question, légèrement amusée, pleine de mépris. Quel galimatias ! Ce jeune homme aurait-il – m'entends-je demander – consommé des drogues hallucinogènes ? Et maintenant que j'ai l'occasion de mieux l'observer, monsieur l'agent – ou qui que ce soit –, je me rappelle l'avoir surpris en plein vol à l'étalage il y a quelques semaines…

Oui. Ma confiance revient et j'ai l'intention de me rendre à l'hôpital cet après-midi pour lui parler. Je suis presque excitée par cette éventualité.

Le soir

J'avais hâte de revenir à mon bureau pour mettre par écrit le récit de ma rencontre avec le jeune homme. Gary Blake. C'est ainsi qu'il s'appelle. Mais commençons par le début. Cet après-midi, le vent tourne vers le nord et d'immenses brisants s'écrasent contre la jetée sous un ciel lourd et renfrogné, promettant des précipitations. Je conduis à toute vitesse sur le trajet et mon cœur bat la mesure tandis que je réfléchis aux différentes conversations que je pourrais avoir avec lui. Je sais qu'il s'agit d'un exercice futile – notre interlocuteur ne s'en tient jamais au scénario qu'on a si soigneusement imaginé – mais je n'arrive pas à empêcher ma pensée de s'y consacrer. Le fait que je n'aie jusqu'à présent reçu ni coup de téléphone des autorités, ni visite officielle à ma porte, me convainc qu'il n'a encore rien entrepris de la sorte. Mais je sens monter en moi une espèce de fébrilité à l'idée de mener le jeu. Une fois à l'hôpital, je me contrains à passer d'abord voir mon amie, qui se montre joyeusement surprise de me revoir si tôt. Par bonheur, elle reçoit d'autres visiteurs et il m'est facile de m'excuser. Je m'éclipse à la recherche du jeune homme. En raison de la température, il n'est pas question de laisser les patients se balader dehors aujourd'hui et je retrouve aisément sa trace dans le salon de jour.

L'écran monstrueux de la télévision serait à sa place dans un cinéma, le volume sonore est tonitruant et plusieurs des résidents sont affalés tout autour et regardent en silence. Le jeune homme se tient assis, seul, en périphérie du cercle des spectateurs. Il semble absorbé par la lecture d'un magazine. Sa jambe blessée repose sur un tabouret. Je m'approche et je reste derrière lui. Il sent une présence, tourne la tête distraitement et la surprise le saisit. Il sursaute et tente de se lever. Je lui fais signe de rester assis et je prends place dans la chaise voisine. J'étudie son visage. Quelque chose dans son expression, une sorte de gentillesse craintive, fait que toutes mes peurs s'évanouissent. Je sens ma confiance qui revient. J'avais déjà décidé de ne pas montrer le moindre repentir. J'ai l'impression que la plus petite tentative de demander pardon ou d'admettre ma culpabilité serait déraisonnable. Je lui souris plutôt, et lorsque j'ouvre la bouche, ma voix est vive et amusée.

— Alors, comment allez-vous ? Ce n'est qu'en rentrant chez moi, à mi-chemin, que j'ai remis votre visage, vous savez. Je ne vous avais pas reconnu, avec votre nouvelle chevelure d'allure si respectable.

Il semble légèrement surpris et même quelque peu abasourdi. Ce n'est pas pour rien que j'ai été professeure pendant trente ans. Il me rend mon sourire avec gratitude. Je réalise qu'il est soulagé de mon approche aimable, et son visage s'éclaire.

— Z'avez le bras droit plutôt musclé pour votre âge, dit-il avec espièglerie. Dans vos loisirs, vous passiez vot' temps au gymnase à faire des rounds contre Mohammed Ali ?

Sa voix n'est pas celle d'une personne d'éducation, mais elle est dotée d'un timbre enroué très séduisant et, désormais nanti de sa coupe de cheveux normale, il est devenu un jeune garçon fort présentable, dont l'âge, tel que je le vois maintenant, ne doit pas dépasser les vingt-trois ou vingt-quatre ans.

— Je ne suis pas mauvaise au tennis, dis-je. Du moins, je l'étais. Mon revers fut jadis formidable.

— M'avez pris par surprise, 'tout cas. 'Tombé dans cette vieille rivière en faisant un gros « crac ! ». 'Brisé ma jambe en trois morceaux.

Sa voix n'est pas plaintive, on dirait même qu'il me complimente pour ma prouesse. Ma première intuition était donc juste. Il m'avait lancé un défi à la loyale et était prêt à en subir les conséquences.

— Vous n'auriez pas dû me faire cette révérence avec votre butin mal acquis, lui reprochéje. Vous m'avez sous-estimée.

— Ça, on peut le dire, sourit-il tristement. Par chance, un gars passait par là en tracteur. 'M'a secouru.

Il ne me reproche pas de l'avoir laissé derrière et mon admiration pour lui commence à croître.

— 'M'ont transporté ici et maintenant 'suis coincé pour quelques semaines.

— Votre famille sait-elle que vous vous trouvez ici ? fais-je en me demandant ce qu'il a pu leur raconter.

Son visage se renfrogne.

— 'Ai pas de famille. Ça va bien.

Il bloque toute possibilité de sympathie.

— Comme ça… 'ai personne de qui me soucier.

Je me souviens alors de la chanson *Le Meunier de la rivière Dee*. « *Je ne prends soin de personne, pas moi. Si personne ne prend soin de moi.* »

Avant que je puisse répondre, une infirmière apparaît à nos côtés et lui adresse la parole.

— C'est l'heure des radiographies, Gary. Désolée d'avoir à vous interrompre.

Elle me salue du chef, d'un air empreint de curiosité.

— Ah, c'est vrai.

Il paraît étrangement déçu et je me lève pour lui permettre de manœuvrer sa jambe. Il me lance un regard tout en ramassant ses béquilles.

— Reviendrez-vous me voir ?

— Si ça vous fait plaisir, réponds-je tout bas, alors même que l'infirmière s'est éloignée. Je me nomme Amy Wingate, soit dit en passant. Et votre nom est Gary… ?

— Gary Blake.

Il est déjà debout, maniant ses béquilles avec dextérité.

— Pouvez-vous venir demain ? Je ne connais personne dans les parages et ça devient un peu ennuyant.

Il a parlé d'un ton désinvolte dont je ne suis pas dupe.

— J'essaierai, dis-je d'une voix semblable. Allez subir vos examens, maintenant.

Je m'éloigne rapidement sans attendre un au revoir formel et je rentre chez moi transportée de joie. Je suis ravie du résultat de notre rencontre. Il me faut réfléchir et mettre mes pensées en ordre. Devrais-je vraiment retourner le voir demain ?

Samedi, 21 novembre

J'y vais, bien sûr. Je vois brièvement mon amie, et je m'amuse légèrement de sa surprise. À ses yeux, j'ai l'air d'une fidèle amie qui vient souvent lui rendre visite et elle se sent confortée par cette apparente affection dont je n'ai pas l'intention de lui révéler la réelle nature. Elle rentrera chez elle lundi matin, ce qui me procure un certain soulagement, d'autant que personne ne semble lui avoir fait part de ma soudaine amitié pour le jeune patient. Je n'ai pas l'intention de parler de cette affaire avant de m'être assurée du terrain. En raison de la température peu clémente, Gary est à nouveau forcé de rester à l'intérieur. Il me jette un regard fébrile lorsque j'entre dans la salle de jour, et son visage s'éclaire comme pour me souhaiter la bienvenue. Je suis heureuse et touchée de voir qu'il ne fait aucun effort pour dissimuler sa joie et je me permets de lui rendre son sourire. Il est assis loin à l'écart des zombies parqués devant la télé, sans doute dans l'objectif de nous réserver un peu d'intimité, et je prends un fauteuil à ses côtés. Je le regarde avec une intensité délibérée. J'ai découvert dès le début de ma carrière qu'une professeure ne devait jamais se montrer indécise ou craintive. Et comme je n'étais pas vraiment plus âgée que mes élèves de sixième, j'ai tout de suite résolu d'adopter cette posture. Je les fixais toutes avec fermeté, d'un œil inquisiteur, mais en ajoutant une touche de gentillesse. Cette méthode n'a que très rarement échoué. Les élèves étaient plus ouvertes avec moi qu'avec les autres membres du corps enseignant et je subissais beaucoup moins de chuchotements secrets et de désobéissances furtives. Je ne devenais pas pour autant leur amie. À mon avis, cela ne peut conduire qu'à des ennuis. Les jeunes n'ont nullement envie que ceux qui sont d'une autre génération deviennent leurs amis ; cela ne leur procure qu'insécurité. Ils ont besoin de la certitude de pouvoir compter sur leurs aînés en cas d'urgence. Il leur est également nécessaire de pouvoir considérer ceux qui les encadrent comme de vieux ringards paumés dont il est impensable d'imaginer qu'ils aient jadis été jeunes. Autrement, l'obligation qu'ont les écoliers d'appliquer leur zèle et leur énergie à régler les mêmes vieux problèmes leur paraîtrait futile et leur vitalité se transformerait en impotence avant même d'avoir eu le temps de s'accomplir.

Gary répond à mon regard avec une sorte de curiosité exaltée. Il est clair qu'il cherche à élever nos balbutiements de communication au rang d'amitié et je suis heureuse de collaborer. Je ne lui pose aucune des questions typiques du visiteur allant voir un malade. Je lui demande s'il ne meurt pas d'ennui et je m'enquiers du sort de sa motocyclette. Apparemment, elle a été déposée à l'hôpital et je remarque – d'un air désintéressé qui dissimule mon véritable intérêt – qu'il devait jouir d'une fameuse situation pour pouvoir se permettre de posséder une si splendide machine. Il rougit, mal à l'aise, et détourne le regard.

— C'est un cadeau, souffle-t-il finalement.

Je soulève les sourcils.

— Quelqu'un vous a en haute estime. Était-ce à l'occasion de votre vingt et unième anniversaire ?

S'il était plus âgé ou plus expérimenté, il me dirait de me mêler de mes affaires, mais il est encore assez jeune pour m'accorder une sorte de droit de le questionner – peut-être en raison de ce vol à l'étalage auquel j'ai assisté – et il répond en secouant la tête.

— 'Aidé quelqu'un à se sortir du pétrin, avoue-t-il avec hésitation.

J'acquiesce, apparemment satisfaite de son explication, et je change de sujet, mais je demeure suspicieuse. Je n'ai toutefois nullement l'intention de le placer sur la défensive et lorsqu'il finit par se détendre, je l'invite à prendre le thé. Il me dévisage avec surprise et je remarque alors que ses prunelles sont d'un gris saupoudré de minuscules paillettes d'or. L'on dirait des cailloux mouillés.

— Que... Que voulez-vous dire ?... Prendre le thé ? Quoi ? Chez vous ?

Son malaise finit par s'évanouir et il me gratifie d'un grand sourire.

— Z'êtes une marrante, vous. D'abord vous me cassez la jambe, ensuite vous m'invitez pour le thé. J'arrive pas à vous comprendre.

— Vous faites bien de rester prudent, réponds-je avec humour. Qui sait ? Je pourrais être une vieille folle au passé rempli de jeunes hommes mutilés ou assassinés. Prenez le temps d'y songer avant de me répondre.

Il éclate de rire. Je m'esclaffe aussi, tout en admirant la coupe de sa mâchoire et les longues et fines mains avec lesquelles il recoiffe ses cheveux blonds.

— Vous parlez bizarre, dit-il, comme si ça lui plaisait. Z'êtes quoi ? Genre, maîtresse d'école ?

— Voilà qui est très perspicace, rétorqué-je, plutôt impressionnée mais refusant de le montrer. Je suis une professeure à la retraite.

C'est à son tour de m'étudier. Je me soumets en souriant à son observation.

— Alors ?

— Z'avez l'air trop jeune pour être à la retraite, répond-il brutalement et sans la moindre apparence de flatterie.

— Vous venez de mériter votre thé, dis-je. Je vais en discuter avec la directrice. Je pourrais passer vous prendre après le déjeuner, si cela est permis.

La directrice est très heureuse de savoir que Gary profitera d'une sortie. Il lui a raconté qu'il était tombé d'un pont en tentant de suivre du regard un martin-pêcheur qui passait en contrebas. Je me sens touchée de façon absurde par sa discrétion. Après tout, c'est lui-même qu'il protège en me protégeant moi. Quoi qu'il en soit, le moins que je puisse faire est de lui offrir cette sortie. Il sera chez moi jeudi.

Jeudi, 24 novembre

C'est le soir et j'ai décidé de griffonner une ou deux observations. Gary est venu prendre le thé à la manière d'un enfant qu'on emmène faire une excursion hors de l'école. Dans la voiture, il doit pour le moment s'installer sur le siège arrière et étendre sa jambe le long de la banquette, mais il prend la situation avec bonne humeur et annonce être prêt à subir bien pire souffrance si c'est pour profiter au maximum de sa sortie. Nous prenons le thé dans le salon du rez-de-chaussée. D'une certaine manière, je suis soulagée de ne pas avoir à décider si je dois l'inviter ou non en haut. Il n'aurait simplement pas pu monter les marches. J'ai allumé le feu avant d'aller le chercher, afin de m'assurer que la pièce serait bien chaude et accueillante à son arrivée. La journée a été sombre et humide, et la vue des flammes palpitant à travers la grille est une bénédiction.

Gary regarde tout autour avec cette expression d'avide curiosité que je commence à lui connaître. Je le soupçonne d'être plus près des vingt-deux ans que des vingt-quatre, mais c'est difficile à évaluer. Il a la fragile sophistication d'un garnement des rues et, de toute évidence, sa vie n'a pas été facile. Il ne tente pas d'attirer la sympathie, et ne sombre pas dans l'apitoiement, mais je parviens à détecter certaines nuances dans son discours et à lire les expressions qui passent furtivement sur son visage si alerte.

Je lui raconte un peu l'histoire de la maison et celle de ma famille. Ma capacité à l'admettre dans la confidence lui fait baisser la garde. Il me déclare que sa mère s'est enfuie avec un autre homme, ce qui l'a laissé à l'âge de cinq ans en compagnie d'un père hargneux et sans amour. Malgré ses efforts pour jouer les indifférents, je suis à même de deviner la douleur dissimulée derrière les mots qu'il emploie et je perçois son sentiment d'avoir été trahi. C'est ce malheur qui l'a mené, enfant, à la fauche. Les autres garçons de son quartier l'utilisaient comme leurre ; il admet qu'il aimait ce jeu excitant qui lui conférait une importance au sein du groupe. On le récompensait en jouets et friandises. Autant de façons de se consoler de la désertion de sa mère et de la cruauté de son père. Il raconte le mauvais moment qu'il a passé lorsqu'il a compris enfin que le vol n'était pas un jeu excitant, mais un crime honteux. Mon cœur a vibré pour lui quand il m'a confié cela et, après l'avoir reconduit à l'hôpital, je me suis remémoré de quelle manière moi aussi j'ai été forcée de jeter un regard neuf sur ce que j'avais d'abord pris pour un jeu magnifique et romantique mais qui n'était au fond qu'un incident sordide et dégoûtant.

Une fois parvenue à me remettre de la maladie qui m'avait terrassée après le décès de ma mère et le départ de David Lawes, je me suis concentrée sur mes études et j'ai décidé de m'inscrire dans une école d'enseignement. Au cours de ces mois, je finis par cesser de blâmer David pour son geste. J'avais lu tant de livres pendant mes années de solitude, je connaissais tant d'histoires dans lesquelles le héros, même s'il était passionnément amoureux d'une autre femme, était forcé, par devoir, d'honorer un engagement préalable... C'était l'idée que je m'en faisais. Mon raisonnement m'amenait à croire qu'il avait été fiancé avant que nous ne devenions amants, peut-être même avant qu'il ne vienne travailler à l'école, et que la force de son amour pour moi avait renversé son sens de la loyauté.

Cette fable me consolait tandis que je lisais et relisais *Portrait de Claire* et que j'embrassais son petit mot plusieurs fois par jour. Longtemps j'imaginai qu'il pourrait s'enfuir en hurlant juste avant le « oui » fatidique et qu'il viendrait me retrouver. Cependant, comme mes derniers espoirs s'estompaient, je me convainquis que son mariage n'était valable que sur le papier, et qu'il me convoitait secrètement tout autant que je l'espérais. Jamais je ne doutai de son amour pour moi. Cette idée me soutint et me permit de construire ma nouvelle vie.

Lorsque j'entrai en premier cycle, tout fut changé. Mon oncle Charles m'installa dans un foyer d'étudiantes et, pour la première fois de ma vie, je me retrouvai en compagnie de nombreuses autres jeunes femmes bien plus sophistiquées que moi. Ni les deux années que j'avais passées dans la maison tout en hauteur au bord de la mer avec l'oncle Charles et le quotidien d'un lycée local de jeunes filles ne m'avaient en rien préparée à cela. Même si mon oncle était disposé à rencontrer mes amies, le goût de la solitude était profondément ancré en moi, et mon passage dans les bras de David Lawes m'avait d'une certaine manière immunisée contre toutes ces joueuses de hockey sur gazon qui s'amourachaient de la maîtresse d'arts plastiques. Les filles les plus délurées, je m'arrangeais pour les éviter.

Il me fut impossible de maintenir ma solitude coutumière. Je me rendis graduellement compte que je ne connaissais rien de la vie avec un grand V. De nouveaux mots s'immisçaient dans mon vocabulaire et je commençais à craindre que ce que David Lawes et moi avions partagé n'était pas la magnifique expérience que j'avais imaginée. J'appris qu'« aller jusqu'au bout » avant d'avoir obtenu au minimum une bague de fiançailles était considéré comme « rapide » et était méprisé, et je découvris qu'une fille qui permettait aux hommes de la toucher était une « fille facile », aussitôt déconsidérée.

Les heures passées en compagnie de David dans son appartement surplombant la vieille cité commencèrent à perdre leur lustre romantique et m'apparurent de plus en plus sordides. J'écoutai avec effroi les conversations – ponctuées de fous rires et d'exclamations – et la terreur s'empara de moi. Il m'apparut clairement que je m'étais comportée de façon dégoûtante, que ces moments que j'avais associés à la tendre passion n'étaient que stupre dégradant. La peur se mit à corroder la luminosité de mes souvenirs et les notes du *moderato* de Dvořák m'emplissaient désormais le cœur de panique et de honte plutôt que de félicité.

Le pire restait à venir. J'appris qu'aucune fille respectable ne songerait à perdre sa virginité avant le mariage et que, si c'était le cas, plus un seul honnête homme ne s'intéresserait à elle. Il était en outre impossible pour une fille de tricher. Si elle ne perdait pas de sang le soir de ses noces, son mari saurait la vérité et la mépriserait pour l'éternité. Je crus tout ça bien facilement. Je me souvenais d'avoir maculé de sang une des serviettes de David, qui m'avait confortée en me bordant et en me servant une boisson chaude. Il m'avait rassurée en me disant que c'était normal et que j'étais désormais une femme. Quelle fierté m'avait envahie, comme je m'étais sentie langoureusement désirable, comme je m'étais sentie étrangement *puissante !*

Mais je compris alors que toutes mes suppositions avaient été fausses. David s'était servi de moi pour m'abandonner ensuite, baignant dans mon ignorance et la honte, déshonorée, usagée. Aucun autre homme ne voudrait plus de moi désormais, et pour l'éternité je devrais dissimuler mon terrible secret. Une nouvelle peur s'immisça en moi un soir que je reposais dans mon lit, le regard perdu dans les ténèbres. Pourquoi David m'avait-il choisie, moi, pour s'adonner à son plaisir ? Quelque chose en moi révélait-il aux hommes que j'étais l'une de ces « filles faciles » à la moralité flottante, destinées à être utilisées puis jetées aux orties et méprisées ? Je me rappelais les chuchotements lascifs d'une des filles qui racontait à un groupe de camarades aux aguets à quel point sa sœur fraîchement mariée avait trouvé « tout le truc » sale et à quel point les hommes étaient des animaux. Je ne me souvenais que du plaisir que m'avaient procuré les caresses de David et le cruel désir qui nous emportait tous deux vers l'extase. J'étais clairement dépravée ! Voilà pourquoi il m'avait abandonnée !

J'étais résolue à conserver mon secret. J'évitais toutes les occasions sociales et on m'affubla du sobriquet de « rat de bibliothèque » et de « basbleu ». Cela coulait de source. Déjà à l'époque, je me vêtais à l'ancienne et je ne connaissais personne pour me guider dans les labyrinthes de la mode ou du maquillage. Je soignai donc cette image de sévérité. Je m'agrippai à mes tweeds et à mes godasses et je sanglai solidement mon épaisse tignasse blonde en chignons austères.

Lorsque je me rendis compte que mes yeux souffraient de toutes ces heures passées à étudier, je me réjouis de me parer de lunettes, souhaitant que mon apparence effarouchât les jeunes hommes qui tournaient autour de notre institution, dans cette vieille cité épiscopale.

Je venais aussi d'apprendre un nouveau mot. Lorsqu'une femme n'était pas prête à admettre une certaine dose de tripotages et de mignardises au cours des surprises-parties et des fêtes, elle devenait passible de l'étiquette « frigide ». Il en ressortit qu'il incombait de se méfier tout autant de cette épithète que des autres marques d'opprobre. Je n'arrivais pas à me sentir régie par toutes ces nouvelles règles et ma stratégie de survie consista à rester à l'écart.

J'éprouvai un regain de colère contre ma mère qui m'avait abandonnée. Pourquoi ne m'avait-elle pas prévenue, préparée à ce monde horrible ? Je me souvins de sa gentillesse, le matin où je m'étais réveillée avec du sang qui ruisselait entre mes cuisses, affligée de terribles crampes d'estomac. Dieu soit loué, je me trouvais en vacances chez l'oncle Charles ! Elle m'avait apporté des tampons et m'avait administré de l'aspirine avec un verre de lait chaud. Assise sur mon lit, elle m'avait expliqué la raison de ces écoulements et m'avait confortée et même réjouie – comme le fit David plus tard – à l'idée d'être admise dans les rangs de la féminité. Puisqu'elle avait été si gentille à cette occasion, je pouvais en déduire qu'elle aurait fait preuve de la même sensibilité pour m'expliquer ces autres réalités. Mais de toute évidence, elle m'avait jugée trop jeune pour profiter de telles informations. Je me sentis à nouveau honteuse de ma dépravation précoce. Si seulement elle avait vécu, pleurai-je dans ma solitude, je ne me serais jamais rendue à l'appartement de David. Si elle n'avait pas pris cet amant, elle n'aurait pas été forcée de quitter la maison de mon père... Je m'arrêtai subitement, saisie par une pensée nouvelle.

Ma mère aussi avait été l'une de ces « femmes faciles » ; elle avait pris un amant, bien qu'elle fût déjà mariée. Voilà pourquoi mon père l'avait bannie. Elle nous avait abandonnés, lui et moi, pour rejoindre cet homme. De toute évidence, ces tendances étaient héréditaires et je devais faire doublement attention à ne pas y céder. Je me suis consacrée à cette tâche et, jusqu'à ce que je fasse la rencontre de Hugo, j'y parvins avec succès.

Je suis assise depuis de longs moments en silence. Il m'apparaît incroyable que les confidences de Gary aient ainsi ouvert les vannes de mes souvenirs, de manière si dramatique. Je n'avais jamais repensé à la souffrance de ces années et je me rends aujourd'hui compte à quel point la découverte brutale des supposées choses de la vie, barricadées qu'elles étaient à l'époque derrière les murailles strictes de la morale conventionnelle, a teinté toute mon existence. Je me sens épuisée. Je dois m'arrêter.

Vendredi, 27 novembre

Je n'ai rien pu ajouter à ces pages au cours des derniers jours. Ces excursions vers le passé me font sombrer dans la détresse. Combien de vies sont-elles ruinées par l'ignorance ou la peur ? Est-il pardonnable de faire porter aux autres nos erreurs et nos défaillances ? La mère de Gary est-elle responsable de la descente de son fils dans le monde du crime ? Il y a longtemps que j'ai cessé de voir en ma mère autre chose qu'une femme malheureuse et solitaire qui a accepté l'amour d'un homme qui n'était pas son mari et en a payé le prix. Je juge mon père, homme de deux poids deux mesures, beaucoup plus durement. Ma mère m'aimait, mais pas mon père. Ma capacité de compassion pour eux est peut-être directement reliée à leur degré d'affection envers moi.

Il y a, j'en suis consciente, une certaine complaisance dans mon évocation du passé. D'une certaine manière, cela semble presque malsain, mais Marion Westlake pourrait également avoir raison de préconiser cette méthode de gestion de l'angoisse. Cet abondant épanchement pourrait être considéré comme une forme de thérapie et il est bon – quoique douloureux – de commencer à voir le passé dans son ensemble, avec chaque élément en perspective, si cela s'avère possible.

Je crois qu'il serait sage pour moi de garder une certaine distance face à Gary pour quelques jours et je l'ai prévenu que j'étais prise par de nombreux engagements. Je compte aller lui rendre visite dimanche prochain. Je n'ai pas envie de me sentir responsable de lui. J'ai appris qu'il n'avait pas de chez-soi et couchait en alternance chez des membres de son cercle d'amis. Il n'a pas d'emploi et je le soupçonne de gagner sa vie grâce à ses contacts criminels. Il dit qu'un travailleur social lui rend des visites à l'hôpital et qu'ils élaborent ensemble des plans d'avenir.

Je n'ai aucunement l'intention de m'en mêler.

Dimanche 29 novembre

Le quarantième anniversaire de Simon appartient maintenant au passé et je suis ravie d'annoncer ici qu'il semble avoir décidé de poursuivre son existence. Je n'ai pu constater le moindre indice de l'état dépressif que m'avait rapporté Francesca. Jamais je n'avais vu Simon trôner plus majestueusement au sommet de son talent qu'hier soir, pour son anniversaire. Je vais en tenter une description.

Toute la soirée se déroule comme une pièce dramatique à laquelle tant les comédiens que le public prennent part, même si certains ont des rôles plus importants que d'autres. La maison est en fête, Francesca est époustouflante et Simon est… comment dire ? Grand, élégant, charmant, il se pavane parmi ses invités dans son habit de soirée noir ; un chuchotement ici, une facétie là, une affectueuse tape dans le dos pour un autre. J'entends une femme (évidemment) lui adresser un compliment :

— Quarante ans, vous ? Impossible !

Simon lève la main et sourit avec autodérision.

— C'est gentil de me dire ça, ma chérie. Mais c'est malheureusement la vérité. Me voilà sur l'autre versant de la montagne, j'en ai bien peur.

Je me détourne – pour éviter qu'on remarque mon expression – et j'aperçois Jenny qui se tient un peu à l'écart, à moitié dans l'ombre, les yeux fixés sur Simon. Elle l'observe avec un incompréhensible mélange d'angoisse et de lassitude. D'instinct, je cherche Rob du regard, mais je ne le trouve nulle part. Francesca apparaît à mes côtés.

— Amy. Bien, as-tu un verre ?

Elle devrait me connaître suffisamment, depuis le temps, pour savoir qu'il est inutile de me poser cette question. Dans ce genre d'occasion, il est *assuré* que j'ai un verre à la main.

— Simon semble en pleine forme, dis-je en marquant une pause délibérée. Pour son âge.

Elle rit poliment mais lui lance un regard étrangement spéculatif et je me souviens soudainement de l'impression de malaise que j'ai ressentie au cours de mon dernier déjeuner dans cette maison.

— Oui, acquiesce-t-elle avec une moue méditative. Il n'est pas mal.

Elle se ressaisit et regarde froidement les alentours avant de m'adresser un sourire.

— Viens, allons parler aux autres. Pas de bande à part.

— Je ne fais pas bande à part, protesté-je. Laisse-moi tranquille. Il est impoli d'inviter les gens chez soi pour leur donner ensuite des ordres. Ils cessent alors d'être des invités et deviennent des prisonniers.

J'ai toute son attention, soudain.

— Quelle drôle de chose à dire ! grimace-t-elle légèrement. Tout ce que je veux, c'est que tu t'amuses.

— Dans ce cas, contré-je, tu dois accepter le fait que j'en sais plus long que toi sur ma façon d'y parvenir.

Sophy surgit et, avant que Francesca ne puisse répondre, nous propose un plat de cacahuètes salées, avec une révérence faussement modeste et affectée.

— Ma chérie ! roucoule Francesca, distraite par le charme de sa fille. Tu dois monter te coucher très bientôt !

— Tu avais dit que je pourrais rester jusqu'à ce que le repas commence, plaide Sophy en virevoltant de manière à montrer sa nouvelle robe de fête.

Je pique une cacahuète et je m'éloigne. Je ne veux ni être mêlée aux tractations familiales, ni me retrouver entraînée de force dans le type d'admiration écœurante qui exsude des autres invités. Je suis immédiatement faite prisonnière et câlinée par Simon.

— Joyeux anniversaire, dis-je en remarquant son état d'excitation quasi fiévreux.

Tandis qu'il s'adresse à moi, son discours et ses gestes sont exagérés et ses yeux patrouillent sans cesse en quête d'un public plus large. Il est parfaitement conscient de l'impression qu'il produit. Je recommence à me sentir mal à l'aise. Simon et Francesca sont des bêtes de scène ; ils n'y peuvent rien. Ils attirent les projecteurs. Le privilège de la beauté, du charme et de la richesse. Il y a cependant quelque chose de différent dans leur performance de ce soir, et je n'arrive pas à mettre le doigt dessus. Je suis presque soulagée quand on commence à nous pousser vers la table à dîner. L'on me place aux côtés d'un veuf, le père d'un des amis de Francesca. Nous avons l'habitude d'être assis côte à côte en ce genre d'occasions et nous nous lançons dans une conversation à la fois agréable et banale. Je remarque que Jenny est assise à côté de Simon à un bout de la table, tandis que Rob a pris place à l'autre extrémité, près de Francesca.

Simon poursuit son numéro. Il est plein d'attentions pour Jenny. Il l'enlace, frotte son nez dans son cou, porte sa main à ses lèvres, fait d'inqualifiables remarques. Plutôt que de prendre son comportement pour un jeu – nous sommes toutes accoutumées à Simon –, elle semble mal à l'aise, presque incommodée. Je vois que Rob les observe. Son visage est calme et sans expression, mais ses doigts rompent un bout de pain d'une manière presque violente qui contredit l'impassibilité de ses traits. Francesca se tourne vers lui en riant et le gratifie d'un aparté. Il penche courtoisement la tête vers elle, mais ses yeux restent fixés sur Simon et Jenny.

C'est en tentant de voir si Jenny se rend compte de l'attention que Rob lui porte que je surprends une œillade furtive entre les deux hommes. Elle me remplit de frayeur. On dirait presque un défi lancé par Simon, accueilli avec une sorte de morbide rumination par Rob. Comme pour y répondre, Simon se penche contre Jenny, chuchote quelque chose à son oreille qui la fait rougir, et la main de Rob se serre pour former un poing, avant qu'il ne se retourne délibérément vers son voisin et n'engage la conversation.

Moi seule semble consciente de ces jeux d'arrière-plan et, à peine quelques secondes plus tard, je me demande si je n'ai pas tout imaginé. Rob rigole et Simon ingurgite son potage tout en s'adressant à l'homme qui prend place à côté de Jenny. Les voix s'élèvent et se calment, l'argent des couverts résonne contre la porcelaine des assiettes, le vin gargouille dans le cristal étincelant. Je termine mon potage en me promettant de garder sous contrôle mon imagination débordante.

Plus tard, au salon, je vois les deux hommes debout l'un près de l'autre. Ils discutent en examinant un objet que Simon tient dans ses mains. Leurs visages sont sereins. Peut-être Rob est-il de nature jalouse, incapable de composer avec le flirt joueur qui semble la norme dans ce groupe en général et chez Simon en particulier. Je soupçonne Simon d'avoir commencé à taquiner Rob, puis d'avoir changé d'idée. Quoi qu'il en soit, la paix semble revenue entre eux, pour le moment. Ils tournent le dos au reste d'entre nous, discutent à voix basse, avec des gestes décontractés.

Francesca est allée refaire du café à la cuisine, tandis que Jenny se tient rencognée dans l'un des grands sofas, les yeux fixés sur les deux hommes. Je me dirige soudainement vers elle et je prends place à ses côtés. Je suis prise d'un désir irrépressible – et plutôt irrationnel – de la distraire, de déranger ses pensées et de faire cesser cette contemplation presque obsessionnelle.

— La gelée de mûres était délicieuse.

Elle me jette un regard vide, puis sourit comme pour me demander pardon.

— Désolée. J'avais complètement oublié, l'espace d'un instant. Je suis ravie de savoir qu'elle vous a plu.

— Oh, absolument. Comment se passe votre installation ?

— Très bien. J'espère que vous viendrez nous rendre visite.

Ses yeux ne résistent pas à la tentation de glisser à nouveau vers les deux hommes et son expression inquiète et angoissée revient. Se pourrait-il qu'elle soit en train de tomber amoureuse de Simon ? Francesca arrive, chargée d'un lourd plateau, et Jenny se lève pour l'aider. Je me rends soudain compte que j'en ai assez et, dès que possible, je lève le camp.

Après le déjeuner

J'ai échappé au déjeuner de dimanche sous prétexte de laisser tout loisir à Francesca de faire la grasse matinée après cette fête, ce qu'elle a accepté avec autant d'enthousiasme que son sens inné des bonnes manières le lui permettait. Me voilà donc libre de passer à l'hôpital cet après-midi. En outre, cela m'épargne d'avoir à me justifier de quitter la maison de Francesca plus tôt que d'habitude. Les dimanches sont devenus un tel rituel que la moindre déviation de la routine est aussitôt remarquée et fait l'objet d'un commentaire. L'arrivée de Jenny et de Rob a allégé un peu la situation, mais je suis heureuse de pouvoir disposer de mon dimanche comme bon me semble.

Je suis étonnée de constater ma hâte de revoir Gary. Est-ce l'effet de la nouveauté ? Comme nous jugeons souvent notre prochain sur son apparence ! Et pourtant, de quelle autre manière pourrions-nous tirer des conclusions, puisque dans la plupart des cas, c'est tout ce dont nous disposons. Dès le moment de notre naissance, il nous est naturel de fonder notre jugement sur ce que nous apercevons autour de nous. C'est ainsi que nous fonctionnons ; c'est ainsi que nous *survivons.* L'expérience s'ajoute à cet instinct. Nous découvrons ce qui brûle, ce qui écrase, ce qui fait mal. Nous évitons, parons, fuyons. Lorsque j'ai aperçu Gary dans la petite supérette du village, j'ai jugé qu'il ne faisait pas partie de ma tribu. Il m'était étranger et, vêtu comme il l'était, il m'inspirait de la crainte. Je peux bien aujourd'hui me demander si son rictus fanfaron n'était pas qu'un sourire exubérant ; sa courbette insolente, un salut triomphant ; mais son apparence constituait une déclaration de guerre, ce qui fut la cause de mon préjugé envers lui. Ne faisait-il que se conformer à l'attitude de ses pairs, ou réagissait-il consciemment contre une société qui l'avait rejeté ?

Je songe au défi que cela pourrait représenter, de se trouver face à une classe de trente Gary qui n'auraient pas eu la chance d'être encadrés par la discipline et les privilèges dont jouit en général le type d'enfants auquel j'ai enseigné. *Ceux-là* grandissent dans un contexte où on leur fait la lecture jusqu'à ce qu'ils puissent lire eux-mêmes, entourés de livres et de jouets éducatifs, encouragés par des parents pour lesquels la poursuite de l'excellence est une manière de vivre acceptée, voire essentielle. Que serait Gary aujourd'hui, si ses premières expériences avaient été moins malheureuses ? C'est un garçon intelligent, sympathique, curieux de nature. Cette qualité d'esprit, c'est tellement attirant ! Si on l'avait encouragé à l'école, je suis certaine qu'il aurait décroché son billet pour l'université. Il plaisante sur ses agissements de truand et me relate certaines de ses aventures. Il me décrit un monde très différent de celui que je connais. Peut-être tente-t-il de me choquer, mais je ne mords pas à l'hameçon. Je ne suis ni sa mère ni son ange gardien.

Je l'inviterai de nouveau à prendre le thé.

Mardi, 1er décembre

J'ai entamé le ménage de mon grenier. Je suis exagérément fière de mon effort et je me récompense en m'offrant des toasts aux anchois pour dîner, devant la cheminée. Si j'étais honnête – et j'ai fait le vœu de l'être en ces pages –, j'admettrais avoir eu le désir de relire *Portrait de Claire* de Francis Brett Young. Depuis le jour où j'ai écrit ce passage sur David Lawes, je ressens une forte envie de me replonger dans ce livre et de tester mes réactions au fur et à mesure. Quel désastre potentiel peut représenter ce genre d'expérience ! Cependant, je suis prête à prendre ce risque, si jamais je retrouve l'ouvrage. J'ai détruit le mot de David. Cela m'attriste aujourd'hui, mais la honte qui avait submergé ma raison à l'époque me fit chiffonner ce bout de papier et le lancer dans le feu, avant de jeter rageusement le bouquin hors de ma vue.

Je ne suis toutefois pas parvenue à mettre *Portrait de Claire* à la poubelle, ce dont je me réjouis aujourd'hui. Malgré mes premières recherches hier, je ne l'ai pas encore retrouvé, mais j'espère tomber dessus plus tard. J'ai enfin démarré et je dois poursuivre. Je deviens trop facilement distraite par des objets ou des lettres sur lesquels je pose les yeux, mais au moins, j'ai cessé de me laisser détourner par la vue de la fenêtre.

Je viens de parler à Jenny au téléphone. Je suis à nouveau invitée à dîner chez Francesca et Simon. Pourquoi ? Je m'avoue incapable de trouver une raison qui expliquerait leur urgent désir de profiter de ma compagnie. J'ai bien quelques pistes en ce qui concerne Francesca, mais Jenny n'a rien qui puisse la pousser à requérir mon admiration ou ma convoitise. J'ai l'étrange impression qu'elle m'emploie comme bouclier contre quelque chose. Mais quoi ? Elle est entourée d'un halo de désespoir que je juge presque repoussant. Si elle est amoureuse de Simon, elle devra gérer la situation sans mon assistance. Peut-être Simon est-il attiré par elle, ce qui la terrifie. Rob a certes l'air d'un homme potentiellement jaloux et même peut-être violent.

Après mûre réflexion, je dois dire qu'il m'est impossible d'imaginer Simon en train de poursuivre Jenny de ses assiduités. Malgré son envie de se faire passer pour un Don Juan moderne, je suis incapable de prendre cette image au sérieux. C'est trop évident. Ses câlins, ses bisous et ses flagorneries sont asexués, plutôt inoffensifs, et semblent simplement répondre aux exigences de son rôle. Peut-être Jenny a-t-elle été abusée par ses généreuses attentions et en craint-elle les conséquences. Eh bien, pauvre bécasse ! Je devrais peut-être tenter de lui expliquer le caractère de Simon, mais la seule pensée de l'effort que cela implique me fatigue. Peut-être est-elle le type de femme à s'imaginer que toutes les attentions que lui prodigue un homme – par facétie ou galanterie – sont signes qu'il est amoureux d'elle. De telles femmes existent et elles m'ont toujours épuisée. Jenny ne semble pas être de ce type, mais je ne la connais guère. Je ne peux dire non plus que je souhaite la mieux connaître. Le simple fait d'écrire à son sujet m'ennuie.

J'offrirai peut-être des toasts aux anchois à Gary, cet après-midi. Nous pourrions griller le pain dans la cheminée et transformer le goûter en genre de pique-nique. Il était si heureux de me voir, dimanche dernier. Le temps était doux et nous nous sommes promenés sur les pelouses. Il est évident que cette période de repos forcé a entraîné son esprit vers d'autres horizons. Grâce aux encouragements du travailleur social qui s'occupe de lui, il songe maintenant à se trouver un emploi dans la ville d'à côté. Il aborde cette idée avec précautions, y trempe un doigt de pied avant de le retirer prestement. Il semble hésiter entre excitation et angoisse et il m'est facile d'imaginer quel bond immense représente pour lui l'éventuel effort de tourner le dos à son passé pour plonger dans l'avenir.

Je ne l'encourage ni ne le dissuade. Conséquemment, il s'ouvre un peu plus, montre plus d'entrain à en discuter. Je traite le sujet de façon légère et aussitôt il s'en empare avec davantage de sérieux. Je promets que nous en causerons à nouveau autour d'une tasse de thé s'il accepte ma prochaine invitation. Son visage rayonne.

— 'Commençais à croire que vous z'alliez jamais l'offrir. Z'avez retrouvé vos vieilles photos ?

Pour je ne sais quelle raison, il a envie de voir les images de mon passé ; ma mère, mon oncle, moi-même plus jeune. Finalement, devant son insistance, je promets d'essayer d'en retrouver quelques-unes. Ce qui a constitué une raison supplémentaire de m'attaquer à la mise en ordre du grenier. Je suis maintenant en possession d'une petite collection de clichés sur lesquels il pourra jeter un œil après le thé.

Soir

Il manipule avec soin les vieux tirages sépia collés sur papier buvard, puis les plus récents, les examine une fois, les réexamine. Je me demande ce qui peut le fasciner ainsi. Peut-être représentent-ils pour lui un passé lointain. Un des clichés attire particulièrement son attention : une photo de ma mère et moi sur la promenade, juste après la guerre. Le photographe de la plage a su capturer son allure familière, son indéfinissable et vulnérable gaieté, alors qu'elle pose dans sa longue robe de soie fleurie, affublée d'un ridicule couvre-chef. Elle rit, une main levée pour parer les rayons du soleil, sa robe fouettée contre ses jambes minces par le vent de la mer. Je suis pendue à son autre main. Je porte un short, une chemise en Aertex et je tiens mes souliers de plage à la main. Ma chevelure s'échappe de mon chignon et balaie mon visage presque anxieux. Nous sommes unies, proches l'une de l'autre. Je me rappelle qu'après la photo elle s'était tournée vers moi, riant encore, et avait dit :

— Nous en enverrons une à papa !

Cette photographie date d'avant leur séparation, il y a quarante-cinq ans, mais je suis à même de me remémorer le goût du sel sur mes lèvres, la texture du sable dans mes chaussures, et je me souviens également de cette chaude certitude du bonheur qui s'étendait – ainsi que je le croyais – à l'infini vers le futur. Je regarde la photo et d'autres souvenirs m'envahissent : nos larmes entremêlées alors qu'elle faisait sa valise avant de quitter la maison familiale ; ses jambes galbées devenues maigres, appuyées sur un tabouret ; tous ces câlins angoissés qu'elle me fit au cours des dernières vacances passées ensemble, avant son décès. J'avale ma salive avec difficulté, le regard toujours posé sur la photographie, et je comprends enfin précisément pourquoi je n'ai jamais pu faire le ménage du grenier. C'est trop dangereux, trop douloureux.

Gary m'observe et je tente de sourire, en brassant les photos en tous sens.

— Z'aviez l'air si heureuses, dit-il en regardant avec une sorte de convoitise. J'ai pas de photos de ma maman.

Il examine une image rêveusement et je sens mon cœur se serrer. Je me rends compte à cet instant précis qu'il tente de se projeter dans notre unité. Il aimerait savoir qu'une fois, sa mère et lui se sont tenu la main au soleil en riant. Je cherche mes mots.

— Mon père l'a mise à la porte, dis-je.

Il sait peu de chose de mon passé. J'ai une soudaine envie de lui en dire plus.

— Il ne nous a jamais aimées, ni elle ni moi. C'était un homme froid, dénué d'émotions, et je comprends très bien pourquoi elle a dû se tourner vers un autre, elle qui recherchait l'amour. Elle était en manque d'affection et de gentillesse. Certaines personnes en ont plus besoin que d'autres et les enfants ne sont pas toujours suffisants. Je sais cela, aujourd'hui. À l'époque, ça m'a presque brisé le cœur. Je croyais qu'elle m'avait abandonnée.

Il me toise d'un air pâle et tendu, et je comprends qu'il est, lui aussi, au bord des larmes.

— Vous avez continué à voir *votre* maman, me rappelle-t-il, d'un timbre proche de la jalousie.

— Oui. Car elle est venue vivre ici avec mon oncle. Elle n'avait nulle part où aller. L'autre homme était marié, lui aussi. C'était tellement plus difficile à l'époque, vous savez, d'obtenir un divorce ou de vivre ensemble simplement. Votre mère a eu la possibilité de vivre avec l'homme qui l'aimait.

— 'L'aurait pu m'écrire.

Ses mains se serrent malgré lui et je suis remplie de désespoir.

— Peut-être que non.

Je le regarde et je tente de capter son attention, déterminée à ce que mes mots percent sa détresse.

— Votre père ne l'aurait probablement pas permis. Il a également pu détruire ses lettres. L'homme avec lequel elle a fui lui refusait peut-être tout contact avec vous. Ou il était jaloux de son amour pour vous. Les femmes se retrouvent parfois dans des situations terribles sur lesquelles elles n'exercent aucun contrôle.

— Comment ça ?

La question est posée avec mépris, mais je sais qu'il a soif d'être convaincu.

— J'laisserais pas mon enfant tout seul, moi, reprend-il.

— C'est tragique à dire, mais vous ne saurez jamais la vérité. Elle voulait probablement vous emmener avec elle, mais votre père a refusé de vous laisser partir, comme le fit le mien. C'était une manière de la punir, vous voyez.

Il me toise intensément, les yeux écarquillés comme s'il tentait de résoudre des équations mathématiques complexes.

— Mon père ne me voulait pas, par contre.

— Le mien non plus. Il nous a punies toutes les deux. Je soupçonne votre père d'avoir agi de la même manière. Vous voyez, au tribunal, nos mères auraient toutes deux eu tort parce qu'elles aimaient des hommes qui n'étaient pas leurs maris. Nos pères pouvaient légalement nous forcer à demeurer avec eux. Nos mères savaient qu'il ne servait à rien de se battre. Je suppose que votre mère, comme la mienne, espérait que votre père finirait par changer d'idée.

Il reste silencieux, tentant d'appréhender ce nouveau concept. Je crois que la loi a changé depuis l'époque où mon père a flanqué ma mère à la porte, mais j'espère que Gary n'est pas au courant. De toute manière, il souhaite me croire.

— Elle aurait pu me retrouver plus tard. Quand j'avais seize ans. Ou n'importe quand.

— Ah, Gary, dis-je en me penchant vers lui pour lui effleurer la main. Elle avait peut-être d'autres problèmes à ce moment-là. Son nouveau mari était peut-être jaloux et l'aura emmenée très loin, à l'étranger, même. Peut-être avait-elle peur de se présenter soudainement devant vous et d'être rejetée. Elle souffre peut-être d'une lourde culpabilité et croit que vous la détestez.

— Je la détestais, oui. Quand mon père m'a annoncé son départ. Il a raconté… des tas de choses.

Des propos que Gary ne parvient pas à me répéter.

— C'étaient peut-être des mensonges, nuancé-je gentiment. Il voulait vous monter contre elle et même peut-être vous faire mal, impuissant qu'il était désormais à l'atteindre, elle.

Il soupire et range la photographie avec les autres.

— J'ai pigé plus tard. Quand je suis tombé amoureux, dit-il très simplement d'un air triste et vulnérable. 'Ai vu comment ça pouvait… euh… vous soulever de terre.

Il me jette un regard furtif, sur la défensive.

— Mais euh… c'est pas ça qui m'aurait fait abandonner mon gamin, par contre.

— Je suis certaine que non, effectivement.

J'ai envie de lui demander de me parler de son amoureuse.

— Pas s'il vous était possible d'agir autrement, complété-je.

Il resserre les paupières et me fixe. Il est assez intelligent pour se rendre compte que je ne capitule pas ; que je refuse d'admettre qu'il aurait été plus fort que sa mère. Il hausse les épaules.

— Elle m'a quitté quand elle a su que je piquais des trucs. C'est là que j'ai compris que c'était pas un jeu. Je lui ai promis de tout arrêter, mais elle m'a dit qu'elle ne pouvait plus m'aimer, maintenant qu'elle savait.

— Dans ce cas, son amour ne devait pas être bien fort.

J'ai parlé froidement et je commence à ramasser la théière et les tasses. Nous sommes tous les deux suffisamment épuisés pour le moment. Il m'observe, mais ses pensées sont lointaines.

— Encore un peu de thé ? suggéré-je.

Il sourit, Dieu merci, et j'ai envie, chose extrêmement rare, de le prendre dans mes bras. Je me détourne plutôt et je porte le plateau à la cuisine. J'essaie de retrouver mes esprits en attendant le sifflement de la bouilloire.

Mercredi, 2 décembre

J'ai mal dormi la nuit dernière. Après avoir reconduit Gary à l'hôpital, je me sentais tourmentée. Notre conversation m'avait rendue soucieuse et je me demandais – certes pas pour la première fois – si je n'avais pas ouvert une boîte de Pandore en rédigeant ce journal et en rangeant le grenier. Notre époque voit d'un bon œil l'idée de « parler des choses » en tant que méthode thérapeutique, mais je crois que l'on risque parfois de trop dire.

N'importe qui s'improvise psychologue, de nos jours. Quel terrible danger cela peut représenter ! Nous tentons de départir notre être de tout ce qui est superflu, nous analysons et critiquons tous nos instincts et traduisons chaque mouvement en « langage du corps », jusqu'à finir par exposer toutes nos prétentions, toutes nos faiblesses, décapées au point de disparaître.

Il nous faut alors survivre dans le désert aride de ce qui nous reste. N'est-ce pas pourtant lorsqu'on constate l'absurdité du chemin menant du landau au tombeau qu'on a le plus besoin de ces prétentions – futiles extravagances, habitudes complaisantes, mégalomanie, amour – qui adoucissent les mornes murailles de notre existence et nous permettent de faire face au lendemain ? Ou ne suis-je en train que d'excuser mes faiblesses ? *L'Homme doit éternellement faire face aux incontournables spectres de l'ennui, de la futilité et de la folie.* Ainsi s'exprime Thomas Merton, mais je crains fort de ne pas pouvoir appliquer sa solution – l'amour et la grâce de Dieu.

Il est tôt et j'arpente la promenade. La mer est d'un vert translucide sous le ciel délavé, pur et blafard. La marée se retire doucement, s'agrippant au sable, et l'air est vif et froid. Mon désespoir s'estompe graduellement. Je parviens à atténuer cette voix qui résonne dans ma tête, me plonge dans ce désespoir et le fait croître. C'est cette voix, laissée hors contrôle, qui m'entraîne vers la rage. Je me concentre sur mes mensonges et mes complaisances ; je procède à leur examen délibéré, tout en faisant la sourde oreille à cette voix nihiliste et destructrice qui me rappelle mes péchés mais me refuse la miséricorde divine. Je songe à ma maison chaude et confortable ainsi qu'au petit-déjeuner que je m'apprête à déguster. Je planifie une balade en ville pour me procurer de nouvelles chaussures et commencer mes emplettes de Noël. Je prends la décision d'accepter l'invitation de ma vieille amie Margery, qui m'offre de passer les fêtes chez elle dans son cottage du Lake District. Il y a des semaines que je chipote à ce propos. J'hésite entre lui rendre visite ou accepter l'offre de Francesca, qui voudrait que j'aille les retrouver. Je songe depuis peu à inclure Gary dans les festivités. Cependant, cela pourrait faire plus de tort que de bien et je crois qu'il vaudrait mieux que je conserve ma bonne habitude de ces dernières années en allant chez Margery.

Une fois cette décision prise, mon moral remonte un peu et je rentre à la maison. Je songe à un porridge à la crème et à la cassonade, suivi d'une ou deux portions de bacon bien croustillant et d'œufs brouillés. J'emmènerai peut-être Gary manger un déjeuner de Noël. Voilà qui sera plus qu'adéquat en ces circonstances. Comme il n'a nulle part où aller, l'hôpital l'héberge pour le temps des fêtes et, si tout va bien, il obtiendra ce boulot au début de la nouvelle année. Je me rends compte que mes pas s'accélèrent, comme si je tentais de me sauver de l'image de son visage en train de regarder mes photographies. Il faut absolument que *j'évite* de trop me rapprocher de lui. Nous avons tous des difficultés et des obstacles à surmonter. J'ai réussi à triompher des miens, il devra apprendre à vivre avec les siens. Je me précipite dans les escaliers du perron jusqu'à la porte d'entrée et je me sens fière et heureuse d'être parvenue à prendre de nombreuses bonnes décisions.

Et maintenant, passons au petit-déjeuner.

Jeudi, 3 décembre

C'est le soir et je me suis dit qu'il serait bien de prendre quelques notes avant d'aller au lit. Francesca et Jenny sont venues me rendre visite au cours de la matinée. Elles faisaient des courses ensemble et voulaient me convaincre de me joindre à elles pour le déjeuner. Je songe à leur proposition tout en préparant le café. Jenny voit pour la première fois le salon d'en haut et admire la vue.

— Je t'avais bien dit que c'était merveilleux, répète Francesca avec insistance, comme si les lieux lui appartenaient ou qu'ils eussent pu être le fruit de son imagination.

Je suis agacée. Elle montre bien qu'elle est ici comme chez elle et pousse habilement Jenny dans le rôle de « la nouvelle fille ».

Malgré cela, Jenny semble plus à l'aise qu'au cours des derniers temps. Elle m'a apporté un autre pot de gelée de mûres.

— Quelle joie ! glapis-je en le lui arrachant des mains. Des cadeaux, des invitations ! Je me demande ce que vous me voulez vraiment !

À ma grande surprise, un silence coupable suit mon exclamation et Francesca finit par éclater de rire. Jenny a l'air simplement angoissée.

— Honnêtement, Amy ! Es-tu devin, ou quoi ? Pour être sincère, il est vrai que nous allions te demander une faveur, même si cela n'a rien à voir avec notre invitation à déjeuner. Naturellement.

— Naturellement, ajouté-je en m'asseyant avec mon café.

Je hausse les sourcils :

— Alors, de quoi s'agit-il ?

Francesca jette un œil à Jenny, constate qu'elle se tait, puis se lance dans son discours.

— L'affaire se présente comme ça : Rob fait partie d'un club de ball-trap. C'est une activité que Simon a toujours rêvé de pratiquer et Rob l'a invité pour le week-end. On loge dans un hôtel plutôt formidable au pays de Galles et Jenny a proposé que nous y allions tous.

— Tous ?

Je sirote lentement – je fais de l'excellent café – en regardant Jenny d'un air inquisiteur.

— Les épouses sont admises, répond-elle. Il y a des tas d'activités. C'est très luxueux. Sauna, piscine intérieure, etc. Vous voyez le genre ?

Heureusement, il s'agit d'une question de pure forme. Je ne me suis jamais ne serait-ce qu'approchée d'un hôtel de cet ordre.

— Ça a l'air d'un paradis, s'exclame Francesca. Le seul souci, c'est qu'on ne peut pas y emmener les enfants.

J'acquiesce. J'imagine facilement que la présence d'enfants pourrait représenter un problème dans ce type d'environnement.

— Sophy et Lucy dormiront chez des camarades de classe et Sue va passer prendre Henry à la sortie de l'école. Le hic, c'est Sam, implore-t-elle en me fixant. Crois-tu que tu pourrais supporter mon petit Sam quelques jours, Amy ?

— Certainement pas ! m'écrié-je sans aucune hésitation.

Son visage se décompose. Jenny est sous le choc.

— Oh, Amy, gémit Francesca. Ne sois pas méchante. C'est seulement pour deux soirs…

— Il n'en est pas question, dis-je calmement, sans la moindre culpabilité. Je ne suis pas qualifiée pour prendre soin d'un nourrisson.

— Absurde ! ajoute Francesca, croyant déceler une fissure dans mon armure. Tu es parfaitement capable de gérer ça. Pas ici, bien évidemment. Tu pourrais passer le week-end au presbytère...

Elle continue à parler tandis que je la fixe, impavide. Jenny redevient mal à l'aise. Elle n'est pas accoutumée à une telle franchise.

— As-tu déjà songé à prendre une fille au pair ? glissé-je lorsque Francesca reprend finalement son souffle entre deux phrases.

— En vérité, oui, répond-elle, presque boudeuse. Mais Simon n'en aime pas trop l'idée.

Je me surprends à douter de cette dernière information. Une fille au pair augmenterait son harem.

— Ta mère pourrait certainement prendre Sam ?

Elle a une légère moue.

— C'est à la dernière minute et ils habitent trop loin pour que nous puissions le conduire là-bas.

— Ça pourrait leur plaire de passer le week-end au presbytère ? interjette Jenny, soudainement inspirée. Ils adorent les enfants, n'est-ce pas ? Comme ça, tu pourrais les laisser tous ensemble au lieu de les séparer en divers endroits. Ta mère serait ravie !

Je regarde Jenny pensivement. Elle souhaite de toute évidence que Francesca l'accompagne, ce qui affaiblit ma théorie selon laquelle elle s'est entichée de Simon. Si c'était le cas, elle serait plus qu'heureuse de passer un week-end complet avec lui sans sa femme. Si, en revanche, elle craint que Simon ne la pourchasse, pourquoi y aller ? Francesca semble électrisée.

— Voilà une excellente idée, dit-elle. Ma mère se plaignait justement l'autre jour au téléphone de ne pas suffisamment les voir. Elle pourrait les avoir pour elle seule et les gâter à fond.

— Alors c'est décidé, dis-je, rayonnante. Je monte me préparer.

Elle reste interloquée.

— Pour le déjeuner, lui rappelé-je gentiment, j'ai pris la décision d'accepter votre charmante invitation.

Je rabats la porte sur son expression chagrinée et je ris sous cape tout en courant dans l'escalier vers ma chambre. Au moins, la gelée de mûres de Jenny était gratuite !

Vendredi, 4 décembre

Je continue d'avancer dans mon ménage du grenier. C'est un travail lent et je vais devoir ranger à nouveau de nombreux objets dans les coffres. Au moins, tout sera identifié et ordonné. Je n'ai toujours aucun indice pouvant mener à ce livre. Cependant, je n'ai fait jusqu'à maintenant qu'une petite partie du travail. J'ai trouvé d'autres photographies. Celles-ci sont convenablement collées dans des albums et les volumes plus récents ont sans doute été confectionnés par l'oncle Charles. J'ai été touchée de voir qu'il avait accompli cet effort. Je les ai transportés au salon pour avoir l'occasion de les feuilleter à loisir.

J'espère que je ne serai pas autant affectée par le contenu de ces albums que par ceux que j'ai montrés à Gary. Je commence à croire que j'ai eu tort de les lui faire voir, en particulier dans un environnement si intime : la pièce confortable, le feu dans le foyer, le service à thé. Je me suis laissé envahir par la détresse et je suis fâchée contre moi-même d'avoir été assez étourdie pour nous exposer tous les deux à ce danger. J'ignore si ces discussions l'aident ou l'affaiblissent. J'aimerais savoir.

J'ai écrit à Margery afin de lui annoncer que j'irai chez elle pour Noël. Si la température le permet, nous ferons un peu de randonnée dans les collines, même si je préfère qu'il neige et qu'il nous soit impossible de nous frayer un chemin au-delà du pub du village. J'ai fait la connaissance de Margery dans le cadre de mon tout premier contrat d'enseignement, il y a de cela trente-cinq ans. Notre amitié a survécu au temps et à l'éloignement, et elle vient de prendre sa retraite dans son cottage qui, toutes ces années, lui servait de maison de vacances. C'est une femme enjouée, facile à vivre, et mon séjour à ses côtés me fera le plus grand bien. Chaque été, je lui rends la pareille en la recevant ici. J'ai annoncé ma décision à Francesca alors qu'elle était encore un peu vexée par mon refus de garder son bébé. Elle l'a accueillie assez fraîchement, espérant me montrer qu'elle n'aurait aucun mal à s'amuser sans moi pendant le temps des fêtes, et elle a refusé de m'accorder la satisfaction de savoir que je lui manquerais. Je n'ai pas encore dit à Gary que je partais.

Mardi, 8 décembre

J'ai beaucoup réfléchi à la question de mes adieux à Gary. Après Noël, il recevra son bon de sortie de l'hôpital et je n'imagine pas trop la survie de notre étrange relation au-delà de ce moment. Je n'arrive pas à décider si notre ultime rencontre devrait avoir lieu ici ou dans un restaurant. Il me semble bizarre et triste qu'il n'ait pas d'amis qui puissent l'inviter pour Noël. Il désire peut-être, en raison de ses nouveaux projets, couper les liens avec sa vie passée et recommencer à neuf. Si c'est le cas, je tenterai peut-être de l'aider. Je lui offrirai mon amitié, le temps qu'il retombe sur ses pattes. Son travailleur social fera certainement de même.

Quoi qu'il en soit, il m'est impossible de l'emmener avec moi chez Margery et il serait inconvenant de l'inviter ici pour Noël. J'imagine la tête de Francesca si j'arrivais chez elle avec Gary le matin de Noël ! Le souvenir de son expression vulnérable alors qu'il examinait les photographies apparaît devant mes yeux. Je refuse de me sentir coupable envers lui. Cette fracture à la jambe était probablement la meilleure chose qui pouvait lui arriver. C'est sans doute cet événement qui lui a permis de couper les liens avec sa vie de délinquant. J'irai lui rendre visite cet après-midi et j'aviserai.

Je dois admettre ma curiosité en ce qui concerne le fameux week-end au pays de Galles. Francesca me punira peut-être de mon égoïsme en refusant de me le raconter. Mais tout en écrivant ces lignes, je rejette cette possibilité. Je suis persuadée qu'une bonne partie de son plaisir lui viendra de ses vantardises ultérieures. Je promets de haleter, d'écarquiller les yeux et de me montrer convenablement envieuse et ébahie. C'est le moins que je puisse faire pour elle en la circonstance.

J'oublie toujours à quel point cela me réjouit de voir Gary. Le bon accueil sincère dont il me gratifie et son visage qui s'éclaire me réchauffent le cœur. Ce type de relation est si confortable et satisfaisant, débarrassé de l'angoisse familiale. On a sorti sa jambe du plâtre et il marche désormais avec une canne qu'il agite en jubilant. Nous rions en chœur et décidons d'entreprendre une petite promenade sur les pelouses. C'est un jour ensoleillé, mais nos haleines fument dans l'air glacial.

— On aura peut-être un Noël blanc, dit-il d'un ton enthousiaste.

Je sens un pincement de culpabilité.

— Je suis certaine que *le mien* le sera, dis-je avec légèreté alors que nos pas font crisser la pelouse givrée. Je passe toujours les fêtes dans le Lake District, chez une vieille amie. Nous avons de la neige tous les ans.

Il est peut-être déçu, mais il n'en montre rien. Cela ne fait qu'augmenter ma culpabilité, si étrange que cela puisse paraître. Je me sens obligée de me justifier et de lui demander pardon, mais je parviens sagement à tenir ma langue.

— C'est à Noël que je préfère les villes, dit-il. J'adore voir les décorations et les lumières. Dans le temps, ma tante m'emmenait voir le Père Noël dans sa grotte.

Il hoche la tête d'un air nostalgique à l'évocation de ces émerveillements enfantins.

Il avait une tante, au moins. Où est-elle aujourd'hui ?

— Dans ce cas, dis-je, ma décision prise, pourquoi pas un voyage au pays des lumières vives et un déjeuner de Noël dans l'un des grands magasins ?

Il me dévisage comme si je lui avais offert une odyssée au pays des fées.

— Quoi ? Pour de vrai ?

Il pousse un soupir de plaisir anticipé.

— Ça serait *super*.

Je me sens tout à fait soulagée de voir qu'il se contente de mon offre.

— C'est réglé, en ce cas.

Nous retournons à l'intérieur.

— Je ne peux pas vous promettre la grotte du Père Noël, par contre. Vous êtes un peu grand pour réussir à prendre place sur ses genoux.

Il rugit de rire et je sens monter en moi une grande bouffée d'affection pour lui. C'est vraiment un gentil garçon – bandit ou pas.

— Bill Symes m'a invité pour la journée, me confie-t-il.

M. Symes est son travailleur social. Gary demeure pensif.

— Gentil de sa part, non ?

— Très gentil. Il semble être un... (je cherche le mot approprié) un homme très gentil.

— Exact.

Gary grimace un tant soit peu.

— J'vais essayer d'avoir ce job, lâche-t-il brutalement. C'est ce que je me suis dit.

Il lance un regard de côté pour scruter mon expression, mais je conserve un faciès neutre.

— Je crois que c'est très sage de votre part, réponds-je calmement. J'espère que ça fonctionnera à merveille.

— 'Vois pas pourquoi ça marcherait pas, dit-il avec exubérance, le moral à la hausse, souriant.

Et puis, il a une bien jolie fille, Bill. Une fois, elle était avec lui quand il m'a rendu visite.

Il émet un son appréciatif, aspire l'air entre ses lèvres et roule des yeux, tout en épiant ma réaction pour voir si je suis choquée.

— Dans ce cas, réponds-je rapidement, vous devriez à coup sûr accepter son invitation pour le jour de Noël. Il vous reste à espérer une disposition stratégique de la feuille de gui. Ou encore, plus malin, apportez la vôtre !

— « Disposition stratégique », se moque-t-il sans me vexer. J'me vois pas trop avoir le culot de prendre avantage de cette invitation ! Il est un peu...

À son tour d'hésiter sur le choix des mots.

— Coincé ? proposé-je méchamment.

Il a l'air presque choqué.

— Il l'est un peu, admet-il timidement.

Je souris au fond de moi, songeant au fait que les jeunes espèrent toujours conserver l'exclusivité de la capacité à choquer autrui.

— C'est un bon mec, par contre.

Son ton est presque sévère et je me considère convenablement grondée.

— Alors, quand voulez-vous que nous fassions cette sortie pour le déjeuner de Noël ? demandé-je habilement pour me replacer dans ses bonnes grâces. Pourrez-vous supporter la cohue ?

— Bien sûr que oui !

Il tourbillonne sur un pied et trébuche. D'instinct, je m'agrippe à lui pour le stabiliser et je sens une montée de plaisir et d'excitation au contact de son corps jeune et robuste pressé contre le mien.

— Jésus Marie Joseph, soyez prudent !

Ma dureté dissimule – du moins, je l'espère – ma confusion.

— Vous allez tomber et vous briser l'autre !

Il se tire-bouchonne à en perdre haleine tout en reprenant l'équilibre. Je cherche mon souffle également, mais pour des raisons fort différentes. Nous marchons ensemble et je rentre ensuite chez moi après avoir pris rendez-vous pour le déjeuner de Noël.

Plus tard

À ce point de ma narration, je me suis arrêtée quelque temps afin de m'interroger sur les impressions que j'ai ressenties au moment du câlin imprévu. J'ai tout d'abord été choquée et dégoûtée de moi-même. Comme il est dégradant qu'une femme dans la cinquantaine soit attirée par le corps puissant d'un jeune homme ! J'ai ressenti une sorte de malaise bouillant et honteux, et j'espérais, comme cela s'est produit auparavant, que le fait de consigner l'événement par écrit me calmerait.

J'arrive maintenant à approcher le phénomène de manière rationnelle. Si j'étais une quinquagénaire mariée et heureuse, serait-il dégoûtant que je sois encore attirée par mon mari ? N'est-ce pas mon statut de célibataire qui rend ces émotions dégradantes ? Le point faible de mon argument est que l'épouse de cinquante ans *aime* – nous le supposons – son mari, et que son désir est béni par cet amour et par la sainteté du mariage. L'âge y est également pour beaucoup, évidemment. Toute l'affaire devient choquante en vertu du fait que je ressens du désir pour un homme beaucoup plus jeune que moi et que je ne l'aime pas.

Eh bien, je refuse d'être choquée ou d'avoir honte. Je suis assez grande pour admettre mon intérêt pour les spécimens de l'autre sexe. Je ne me sens pas obligée de les mépriser, pas plus que je n'ai envie d'entrer en compétition avec eux. Ils me plaisent. Il est possible que le fait de n'avoir jamais vécu d'intimité à long terme me permette de conserver un préjugé favorable envers eux. Même mes premières expériences ne peuvent complètement m'effaroucher, bien qu'il me soit devenu naturel de les maintenir à bonne distance. En vieillissant, j'ai commencé à me rendre compte que l'horreur que je ressentais pour la dépravation de ma jeunesse et ma terreur à l'idée qu'elle soit démasquée étaient exagérées. Lorsque les années soixante sont arrivées, j'ai su que mon passé semblait bien peu remarquable au vu de la permissivité de cette décennie. Ces expériences m'avaient même peut-être dotée d'un sens du mystère plutôt enviable. Malgré tout, je n'avais aucune envie d'en faire l'épreuve. Je n'ai pas pris le temps de remettre en question ou d'analyser mes réactions comme je le fais dans ces pages, mais à l'époque, mon instinct naturel me dictait de me protéger. Mon refus de prendre quelque risque émotionnel que ce soit était alors bien incrusté et ma position d'employée d'un pensionnat pour filles me gardait éloignée de toute tentation. Jusqu'à l'arrivée de Hugo.

J'hésite toujours à écrire sur Hugo et je me prends à espérer que mon vœu de ne consigner que la vérité puisse ne pas exiger plus qu'un minimum de notes à son sujet. Je dirai la vérité, mais pas toute ! Je crains trop les conséquences. Puis, l'omission délibérée des éléments qui suivraient de manière naturelle serait une forme de malhonnêteté.

À l'époque, Hugo Warrender avait la quarantaine, dix ans de plus que moi. Il avait des origines franco-anglaises et avait été engagé par l'école pour enseigner le français parlé aux classes de cinquième et de sixième. Il était grand, élégant, marrant et séduisant. Toutes les filles et la plupart des professeures tombèrent immédiatement amoureuses de lui. C'était David Lawes à nouveau, à part le fait que Hugo augmentait les prénoms des filles du préfixe « mademoiselle » (en français) plutôt que « miss » et que cette fois, il n'y eut aucune exception.

Cela suffit pour le moment.

Jeudi, 10 décembre

J'avais bien raison ! Francesca est arrivée chez moi ce matin, folle d'envie de me raconter ce week-end au pays de Galles. Elle m'a même apporté une brochure plutôt vulgaire décrivant l'hôtel et toutes ses merveilles. Je suis convenablement éblouie par son luxe, ses innombrables services, sa situation splendide. Je halète et je hoche la tête d'émerveillement à l'écoute de son récital. Francesca, encouragée par mes réactions, se réchauffe. Je fais montre d'une dose convenable de convoitise, suffisamment pour combler même les besoins de Francesca et – tel est le génie de ma performance – elle propose que je me joigne à eux lors de leur prochaine visite.

— Alors, vous y retournez ? murmuré-je, espérant lui faire oublier cette idée révoltante.

Je n'ai que faire des saunas, des masseurs et des gymnases. Boire, je veux bien, mais pas autour de la piscine en compagnie d'une bande de bécasses braillantes.

— Tous les quatre ?

— C'était *tellement fun* ! dit-elle, déjà nostalgique, d'un ton qui me rappelle celui de Gary lorsqu'il évoquait la grotte du Père Noël. Ça serait chouette d'en faire un événement régulier à notre agenda. Tu sais ? Comme Glyndebourne ? Ou Wimbledon ?

Eh bien, non. Les événements récurrents inscrits à mon calendrier ont rapport à la livraison du charbon, à la visite annuelle du ramoneur, au contrôle technique de mon automobile et à un ou deux anniversaires. Heureusement, Francesca est dans une telle transe qu'elle ne s'attend de ma part à aucune réponse intelligente.

— Et Jenny ? Elle s'est amusée ? demandé-je, alors que Francesca reprend son souffle entre le terrain de golf et la cave à vin.

Elle a une hésitation courte mais déterminante.

— Oh oui ! Bien sûr que si.

Encore un bref désarroi. J'attends, une expression intéressée peinte sur le visage. Je passe bien près d'ajouter un « mais... », juste pour l'encourager. Sauf que Francesca n'a nul besoin d'encouragement. Elle a envie de me le dire.

— Le truc, c'est que... Amy...

Elle marque une pause, histoire d'ordonner ses idées.

— Mmm ?

Je pourrais jouer à ce jeu les mains attachées dans le dos. Ma voix est douce et interrogative et je lui offre une expression intéressée, sympathique, et presque – mais pas tout à fait – angoissée. C'est d'une voix plus lente et d'un ton plus bas qu'elle poursuit, le timbre d'une personne sur le point de faire une confidence.

— Elle a changé, tu sais.

Nous sommes censées regretter la situation.

— Plus qu'un peu, en vérité. Elle a toujours été une sorte de petite souris à l'école, mais désormais…

Francesca retrousse les lèvres et hoche la tête. Je me tais, ne voulant en rien entraver la suite de ses idées. Je me contente d'afficher une expression du type « Oh, non, tant que ça ? ».

— Pour être franche, elle est un peu lourde.

Nous y voilà ! Nous en avons parlé, le chat est sorti du sac et elle me toise avec un air de défi dans les prunelles. M'opposer ou tenter de défendre le comportement de Jenny ne ferait que braquer Francesca et je veux en savoir plus ; beaucoup plus.

— Je dois dire, avoué-je avec sincérité, que je n'ai jamais considéré sa compagnie comme très stimulante.

Francesca renifle avec mépris.

— Ah, ça… Tu peux le dire !

Je résiste à l'invitation – je n'aime pas me répéter – et j'entreprends de brasser un peu ce petit chaudron prometteur.

— Toutefois, ma chère, certains semblent lui trouver des qualités. Elle a l'air de bien s'entendre avec Simon.

Ah ! Ma fléchette a percuté la cible en plein cœur.

— Ah ! Amy, je n'arrive simplement *pas* à imaginer ce qu'il peut bien lui trouver d'intéressant !

Un éclair passe dans les yeux de Francesca et ses lèvres tremblent.

— Moi non plus, dis-je avec franchise. Mais lui trouve-t-il la moindre qualité ? Simon s'entend si bien avec tout le monde. Il est l'ami de tous et de chacun.

Je vois cela comme une insulte, mais Francesca le prend comme un compliment, ainsi que je m'y attendais. Elle semble également regretter d'avoir répondu si vite.

— Il est merveilleux avec tout le monde, dit-elle en boudant.

— Tout à fait vrai, acquiesçai-je avec malhonnêteté. Évidemment, les Jenny de ce monde prennent ce type d'attention au pied de la lettre.

— Exact. Tu as tellement raison, Amy.

Francesca est réanimée. Elle s'agite sur le bout de son fauteuil et ses mains gesticulent.

— Franchement ! Elle ne le lâchait pas ! J'étais tout à fait mal à l'aise et Rob est devenu furieux. Évidemment, Simon se délectait ! Les hommes sont si facilement flattés. C'est pathétique.

Ah, ah ! Séjour pas *tout à fait* aussi merveilleux qu'il y a à peine deux ou trois phrases ! Je prends un air ébahi, incrédule, même, et je me permets un :

— Oh, pas possible... ?

Elle plonge.

— Si, si ! Le samedi, une soirée dansante avait été organisée et... Bien, lorsqu'ils ont dansé ensemble, je ne savais simplement plus où regarder. Ça n'aurait pas été si grave si Rob avait voulu jouer lui aussi, mais c'est un véritable bloc de glace.

Eh bien, c'est le tir au pigeon ! J'acquiesce du chef et j'asperge encore les flammes de carburant :

— Quand on est accoutumée à un époux comme ce Rob, un homme tel que Simon doit faire perdre la tête, il me semble !

— Mais, ne crois pas que je n'avais pas vu cela venir ! J'avais même prévenu Simon que l'échange n'était pas du tout équitable.

— Vraiment ?

La surprise me force à une réaction authentique.

— Si.

Elle me fixe, sur la défensive, et je m'empresse de me composer à nouveau un masque de sympathie.

— Évidemment, il a nié lui avoir fait des avances. Ça a semblé lui plaire, en fait. Il m'a affirmé que je m'inventais des romans.

Elle jongle avec la situation.

— Était-ce le cas ? demandé-je, parce que je veux vraiment savoir la réponse.

Elle perd toute son animation et s'enfonce dans le fauteuil.

— Je ne sais pas, finit-elle par avouer. Il y a quelque chose de différent. Je sais que c'est vrai.

Je la regarde en silence. Mon malaise revient et, cette fois, ma sympathie n'a plus rien de feinté.

— Tu ne peux certainement pas croire qu'il y ait la moindre compétition entre toi et Jenny ? dis-je. Simon t'adore.

— Tu crois ? demande-t-elle, si froidement – presque avec cynisme – que je commence à m'inquiéter sérieusement.

— Je ne crois pas que quiconque prenne les flirts de Simon au sérieux, affirmé-je. Cela galvanise la confiance en soi de Jenny, bien sûr, et peut-être espère-t-elle rendre Rob jaloux.

Pour être honnête, me voilà confuse. Mes conclusions précédentes sont en miettes.

— Mais même dans ce cas, dis-je en tentant de trouver un ton plus encourageant, il est clair que cela n'a pas complètement gâché votre week-end.

— Non. Oh, non. Seulement le samedi soir. Je crois que tu as raison, en fait.

Elle cogite.

— C'est juste ce total manque de confiance, chez elle. Elle tente de rendre Rob jaloux. Je ne peux pas le lui reprocher. Il ne montre jamais ses sentiments. Elle était sympathique lorsque nous nous trouvions seules.

— Et bien sûr, il est toujours difficile d'être en compagnie d'une femme magnifique lorsqu'on est plutôt ordinaire et insignifiante.

Cette flagornerie sera-t-elle trop monstrueuse, même pour Francesca ? Apparemment pas. Elle se retient de répondre et étire ses jambes longues, élégantes, fantastiques. Sa bonne humeur renaît. J'ai appris tout ce que je voulais savoir et je n'ai maintenant aucun scrupule à étendre la sauce, à la louche s'il le faut.

— Simon a affirmé quelque chose de ce genre, admet-elle, désireuse d'être rassurée.

— Bien sûr ! dis-je d'un ton presque révoltant de sincérité. Et sans aucun doute est-il flatté de te voir jalouse. Tu dois remettre tout ça en perspective.

— Je sais, soupire-t-elle. Je crois que je suis un peu fatiguée. Nous avons exagéré, ces derniers temps. Nous avons brûlé la chandelle par les deux bouts. J'ai vraiment hâte d'être aux vacances.

Chaque année, à la fin de janvier, toute la famille se déplace pour quelques semaines vers un point d'eau inondé de soleil et de luxe.

— C'est bientôt, dis-je. Il n'y a plus que Noël à supporter.

Je l'ai un peu distraite de ses soucis.

— Oh, Amy, répond-elle. Tu ne vas pas vraiment partir là-bas, dis ? Nous aurions tellement de plaisir ! Dis-moi que tu vas rester.

— Vous aurez tout autant de plaisir sans moi, dis-je en me raidissant, regrettant d'avoir parlé. Je dois y aller. Ma pauvre vieille Margery ne me pardonnerait jamais. Elle est toute seule là-bas et je passe Noël chez elle depuis aussi longtemps que je me souvienne.

Francesca est trop faible pour protester et je m'empresse de lui offrir de déjeuner en ma compagnie tout en orientant la conversation vers les cadeaux des enfants. Je parviens efficacement à lui changer les idées et nous descendons ensemble à la cuisine pour nous faire à manger.

Samedi, 12 décembre

J'ai donné une nouvelle fois l'assaut au grenier, mais je ne retrouve pas *Portrait de Claire*. J'hésite entre en emprunter un exemplaire à la bibliothèque et continuer à faire preuve de patience. Il est certain que le livre se trouve là-haut, quelque part, parmi mes vieilles affaires. Je n'ai jamais eu un logement assez vaste pour y ranger mes souvenirs et je me suis toujours sentie rassurée de savoir que mes cartons étaient en sûreté chez mon oncle Charles.

Je partageais un appartement avec Margery lors de mon premier contrat d'enseignement. Elle était professeur d'éducation physique, de dix ans mon aînée, facile à vivre, épanouie, pleine d'énergie. Elle avait découvert mon goût pour le tennis et m'avait engagée comme assistante lors des sessions d'été. Je lui dois beaucoup. Grâce à sa manie de parler ouvertement de tous les sujets qui l'intéressaient, j'appris d'innombrables choses et je parvins à lâcher mon passé et à le replacer en perspective. Ma nouvelle vie et ma carrière devinrent plus importantes pour moi et j'enterrai mon ancienne existence pour faire désormais face à l'avenir avec confiance.

Margery jouissait d'un grand cercle d'amis des deux sexes et elle m'accueillit dans ce groupe, ce qui me convenait très bien. J'acceptai la plupart d'entre eux tels qu'ils étaient. Je n'avais besoin de rien de plus que de franche camaraderie hors des heures de cours, et de nombreuses années s'écoulèrent ainsi dans la joie.

Malgré mon affection pour les hommes de notre petit groupe, je gardais toujours mes distances, ce qui me valut une réputation d'aguicheuse. J'étais suffisamment détendue pour éviter d'être traitée de frigide, mais je refusais d'aller plus loin. Je n'en sentais pas non plus le désir. David Lawes avait établi un standard très élevé. Je savais ce que c'était que d'être terriblement amoureuse et jamais je ne confondis pulsions biologiques et véritable magie.

Étant donné sa séniorité, Margery se voyait un peu comme ma *in loco parentis* et, au début, elle me tirait régulièrement des ennuis, avant que je ne finisse par être capable de me tenir debout toute seule. Comme elle n'était pas mariée, je ne fus jamais victime de pressions de sa part pour me trouver un fiancé et faire des enfants. Je me convainquis que, comme elle, je n'en avais nul besoin et que, toujours comme elle, je vivais une vie parfaitement heureuse sans de telles responsabilités. L'oncle Charles n'abordait évidemment pas non plus ces questions avec moi – célibataire lui-même, l'idée ne lui passa sans doute jamais par la tête – et mes premières frayeurs s'estompèrent graduellement.

Soudain, plusieurs événements survinrent, en même temps. Margery fut victime d'une blessure qui la força à un long repos, juste alors qu'elle entreprenait une relation intense avec un homme marié. La présence de ce dernier dans notre petit logement créa un malaise entre nous – ou bien, c'est la vue de Margery succombant à tous ces sentiments que nous avions tacitement fait le vœu de répudier qui fut la véritable cause de mon inconfort. Quelle qu'en soit la raison, je répondis à une offre d'emploi dans un pensionnat de jeunes filles situé à cent kilomètres de là et je fus engagée.

Avec le recul, je me rends compte que mon départ a sauvé notre amitié. Le vieux dicton est bien vrai qui prétend que deux font la paire mais qu'un troisième est de trop. Je déménageai avant de laisser notre affection mutuelle s'écarteler, ce qui la préserva pour toujours. Lorsque l'amant de Margery la quitta, je fus à même de la consoler et nous ne nous perdîmes jamais de vue. Les rares affaires que j'emmenai avec moi en partant de chez elle furent malgré tout trop encombrantes pour la petite chambrette que j'habitai ensuite pendant quinze ans dans un charmant vieux bâtiment. Je déposai alors mes maigres possessions dans la maison tout en hauteur au bord de la mer et stockai l'ensemble au grenier (je dors désormais dans l'ancienne chambre à coucher de ma mère, à l'étage en dessous). Puis j'entrepris la seconde partie de ma carrière.

Mercredi, 16 décembre

Lorsque j'arrive pour le prendre, Gary m'attend déjà sur le terre-plein de l'hôpital. Je l'aperçois ainsi, convenablement vêtu d'un col roulé sombre sur des jeans propres, une veste de cuir à l'épaule, et je me demande pour la première fois s'il s'est arrangé pour qu'on lui envoie des vêtements, et s'il dispose de ressources quelconques. Peut-être a-t-il droit à des aides de l'État tant qu'il séjourne à l'hôpital. Avec sa chevelure bien coiffée revenue à une teinte naturelle, il a l'air d'un garçon respectable. Je le lui dis une fois qu'il a pris place sur le siège passager et qu'il a installé sa jambe dans une position confortable. Il rit.

— Attendez d'me voir dans mon uniforme, rétorque-t-il, non sans une touche d'appréhension.

Je ne saurais dire si sa crainte est inspirée par sa propre image de lui en uniforme, ou par mon éventuelle réaction à la vue du costume.

— Uniforme ?

Je fais marche arrière et j'engage la voiture dans l'allée.

— Bill Symes est passé hier. Z'ont décidé de me donner ce job de portier.

Il a un sourire incrédule.

— Veston à rayures noires et rouges. Pantalon noir, nœud papillon.

Il hoche la tête.

— J'espère y arriver.

— Moi aussi, dis-je froidement.

Du coin de l'œil, je le vois grimacer.

— Où c'est que ça va me mener, par contre ? demande-t-il, un peu mécontent. Je veux pas passer ma vie à trimballer le fourbi des gens de droite à gauche.

— Bien sûr que non, acquiescé-je. C'est un début, rien de plus. Il est extrêmement difficile d'obtenir un poste sans références, en sortant à peine du caniveau. Cette opportunité vous permettra simplement de démarrer dans la vie. Il vous est primordial de rester en poste assez longtemps pour vous rendre indispensable. Il vous sera ensuite possible de gravir les échelons.

— J'crois bien que votre maman vous faisait manger des pages du dictionnaire, dit-il en recouvrant sa bonne humeur. Ça veut dire quoi, « primordial » ?

— Devinez ! réponds-je abruptement. Ne faites pas semblant d'être plus stupide que vous ne l'êtes. Votre intelligence et votre esprit vif façonneront votre avenir, si vous les cultivez.

— Je me débrouillais plutôt bien, avant, songe-t-il.

— Peut-être pas tant que ça, dis-je en haussant les épaules. Sauf, bien sûr, si vous avez envie de passer de longues périodes de votre vie derrière les barreaux…

— OK. OK… J'peux vous montrer mon hôtel, si vous voulez.

J'accepte immédiatement le calumet de la paix.

— Il me ferait plaisir de le voir. Peut-être pourrions-nous y prendre un café.

Il me dévisage en grimaçant, l'air d'un petit garçon qui hésite à accepter un pari. J'ose lui lancer un regard de côté en haussant les sourcils.

— Je sais pas.

Il a à nouveau l'air vulnérable et je me rends compte qu'il pourrait être mal à l'aise dans ce genre d'environnement.

— Ça fera monter vos actions en flèche, dis-je pour l'encourager. Ils vous regarderont avec plus de considération lorsqu'ils verront que vous êtes un client régulier.

Il éclate de rire. Son bon caractère, qui remonte à la surface, l'entraîne à accepter le défi.

— D'accord, dit-il.

Il me donne le nom de l'hôtel.

— Vous le connaissez ?

— Très somptueux ! commenté-je. Je suis impressionnée. Le portier de cet établissement me terrorise tant il est formidable. Pas grave, je serai plus courageuse avec vous à mes côtés.

Il renifle.

— Je vous imagine pas avoir peur de quoi que ce soit.

— Ce n'est pas parce que je n'ai pas eu peur de vous, rétorqué-je effrontément, que je suis sans la moindre peur.

C'est une journée magique. Je suis heureuse que le soleil brille et que l'air glacial nous mordille les joues. Une excitation furtive émane des guirlandes et des lucioles qui parent les rues et fait se presser les clients des magasins le long des trottoirs. Une chorale d'élèves chante des cantiques dans le square qui borde la cathédrale et un homme fait rôtir des marrons sur un chaudron.

Gary se laisse éblouir à cette vision. Ses yeux brillent. Sa bouche sourit. Il entre dans *son* hôtel et sirote son café avec confiance, même si je le sens soulagé lorsque nous sortons dans la rue en direction des grands magasins. J'ai une liste de cadeaux à acheter et Gary m'aide à sélectionner des jouets pour les enfants de Francesca.

— Ça fait bizarre, me murmure-t-il à l'oreille dans la file d'attente de la caisse enregistreuse. Bizarre de *payer* pour tout ça.

Je le rabroue d'un regard tout en me demandant comment il se fait que je ne ressente aucune crainte de le voir retomber dans ses vieilles habitudes alors que nous sommes ensemble. Je désigne du chef un écriteau annonçant la présence du Père Noël dans sa grotte et la file d'attente des enfants qui s'allonge devant le décor. Les yeux enivrés de souvenirs, il sourit en regardant leurs visages pleins d'impatience.

Nous déjeunons au restaurant du dernier étage. Nous avons empilé nos emplettes sur une chaise et nous commandons le repas de Noël complet : dinde farcie, pommes de terre rôties en sauce, suivies d'un pouding de Noël nappé de beurre au brandy. Le standard habituel pour un endroit pareil, mais Gary dévore comme s'il s'agissait du nectar des dieux. Ses yeux pétillent et il regarde à gauche et à droite, chuchotant de fins commentaires sur tel ou tel groupe. Il soupire avec un véritable regret lorsque nous avons terminé tous les plats et bu notre dernière goutte de café.

— Faut-il qu'on rentre maintenant ? demande-t-il avec angoisse.

Je suis déterminée à rester sourde à toute tentative d'en appeler à mes émotions – conscientes ou non –, mais je me dis que nous pourrions à tout le moins étirer l'après-midi jusqu'à l'heure du thé. Il me reste encore un ou deux cadeaux à acheter et nous repartons donc en chasse. Gary porte mes paquets tout en maniant sa canne et nous tentons de trouver un présent pour Francesca.

— Regardez, dit-il en fouillant dans une pile de reproductions, c'est votre maison.

Je jette un coup d'œil. C'est une aquarelle représentant en effet une rangée de maisons victoriennes face à la mer. Un petit tableau très dépouillé, mais très charmant, et je souris devant sa simplicité.

— Magnifique, acquiescé-je. Ce n'est pas exactement ma maison, mais presque. S'il me reste des sous, je l'achèterai pour moi-même, mais je ne crois pas que cela puisse plaire à Francesca. Si jamais vous en dénichez une représentant une imposante abbaye georgienne...

Nous nous asseyons dans le petit salon de thé donnant sur la place de la cathédrale. Gary mange des tartines et des gâteaux tandis que je bois du thé en l'observant. Il est encore assez jeune pour accepter cette journée comme un délice. Je le reconduis à l'hôpital. Il reste quelques instants assis dans la voiture et observe par la vitre les jardins de l'établissement. Il fait noir et la lumière rayonne des fenêtres, ruisselant le long des pelouses vernissées.

— C'était géant, dit-il tout bas. Vraiment géant. Merci.

— Ce fut bien agréable, acquiescé-je.

Un silence.

— Quand rentrerez-vous de chez votre amie ? finit-il par demander.

— Oh, quelque temps après le Nouvel An, dis-je avec toute la désinvolture que je parvins à convoquer en la circonstance. Il n'y a pas de date fixe. Cela dépendra de la température, et tout ça.

— J'vous reverrai, quand même, non ?

— Pourquoi pas ?

Je sens mes bonnes intentions m'échapper.

— Je passerai vous voir à l'hôtel.

Je n'arrive pas à distinguer son expression, mais je *ressens* son insatisfaction. Je sais que je ne dois surtout pas faiblir. Après tout, je suis suffisamment vulnérable. Il connaît mon nom et mon adresse. La route entre son hôtel et ma porte d'entrée nécessitera moins d'une heure sur sa puissante motocyclette.

— Je vous reverrai avant votre départ ?

— Cela dépend de mon degré d'organisation. Je tenterai de passer avant de partir.

Je suis soudainement prise de détresse à la vue de notre charmante journée qui se désintègre en solitude de sa part et calculs précautionneux de la mienne.

— Vous devez rentrer, dis-je en touchant légèrement sa main. Je promets d'essayer. Cette journée m'a tellement plu.

Il se tourne vers moi tout à coup et m'entoure de ses bras. Il presse sa joue contre la mienne.

— Merci, dit-il d'une voix rauque. Joyeux Noël si je ne vous revois pas. Conduisez prudemment.

Ses lèvres sont tendres, douces et chaudes et je les sens toucher les miennes longtemps après qu'il a quitté la voiture pour disparaître dans la pénombre, boitillant d'un bon pas dans l'herbe glacée.

Lundi, 21 décembre

Moins d'une semaine avant Noël... J'ai participé à une fête bien arrosée au presbytère, au cours de laquelle j'ai eu l'occasion de montrer mon admiration pour les décorations de l'arbre et de la maison. Francesca est férue des Noëls d'antan et la maison vibre de bonnes intentions. Malgré tout, je crois percevoir que Simon est plus calme qu'à son habitude. Son imitation de « Un dîner presque parfait » manque de profondeur. Il est aussi généreux que d'habitude en ce qui a trait à ses excellents vins, mais ses compliments semblent forcés et ses manières sont un tantinet mécaniques. Francesca est ici, là-bas, et partout. Elle est belle, comme toujours, mais son enthousiasme a un côté fragile qui promettrait – s'il s'agissait d'une enfant – des larmes avant le dodo. Leurs gamins connaissent leurs rôles par cœur et sont à l'aise dans leurs habits de soirée douillets et leurs pantoufles en fourrure. On leur permet de veiller pour l'occasion.

Je bois pensivement. Jenny se tient tranquille dans l'ombre du sapin et garde les yeux sur Simon. Je cherche Rob du regard. Il discute avec Henry et regarde un objet que le petit lui tend d'un air sérieux. Je songe au cottage austère de Margery et à son hospitalité discrète, avec une vague convoitise. Il se passe ici quelque chose d'irréel qui me dérange. Je termine mon verre et j'entraîne Francesca à part pour lui offrir mes cadeaux. Naturellement, ils doivent faire l'objet d'une véritable parade accompagnée de gloussements adressés par Francesca à ses enfants qui, comme d'un commun accord, ont bondi de leurs places pour applaudir avec une animation délirante.

— N'y touchez pas ! N'y touchez pas ! On ne les ouvre pas avant le matin de Noël.

Les petits sont vite contraints de me remercier à grand renfort de câlins et de bisous et je me rappelle – non sans malaise – les lèvres de Gary contre les miennes.

Mardi, 22 décembre

Le nettoyage du grenier devra attendre la nouvelle année. Il fait très froid là-haut et je n'en ai pas le cœur pour le moment. Je viens de finir mes bagages et je suis prête à partir chez Margery demain. Devrais-je rendre visite à Gary une dernière fois ? Je sais qu'il serait plus sage de rompre immédiatement, mais mon futur semble un peu triste sans lui. Que me veut-il ? Je soupçonne qu'une fois installé avec ses nouveaux amis, il n'aura plus besoin de moi. J'aurai servi pour lui de transition entre son passé et son avenir, et je crains, si nous continuons à nous voir, qu'il ne devienne trop important pour moi. Lui rendre visite à l'hôpital, lui faire faire une promenade de temps à autre, cela a constitué la mécanique de notre forme particulière de relation. Un peu comme une romance de croisière, c'est le genre de lien qui devrait mourir de sa belle mort une fois que le patient est guéri ou que le bateau lance ses amarres. Il n'y a rien de pire que d'étirer cela, aucun des deux ne sachant comment donner le coup de grâce.

Non, non. Je n'ai plus besoin de ce type d'humiliation. Qu'on en finisse tandis que la joie des débuts fait encore son effet. C'est assez semblable, après tout, à un attachement de nature romantique. Je me suis souvent demandé comment les mariages pouvaient survivre à ce type de désintégration ; cette chute des hauteurs, de la magie haletante jusqu'à l'indifférence familière.

Comment pourrait-il en être autrement ? La familiarité n'engendre pas nécessairement le mépris, mais elle défait la magie à coup sûr. Oh, les premiers jours étourdissants d'amour ; les regards qui serrent le cœur ; les silences délectables ; le frisson des effleurements accidentels ! Comme j'ai tourbillonné, lors de ces premiers temps avec Hugo !

Je le revois. Il entre dans la salle commune accompagné de la directrice de l'école, et cette sensation oubliée du cœur qui bat me revient. J'entends le rythme lourd du sang qui chante dans mes oreilles. Je reste au fond de la pièce et je suis la dernière présentée. Il ne tente aucunement de se la jouer français en notre compagnie. Pas de baisemain ni d'accent exagéré. Sa voix est aussi anglaise que ses tweeds et son regard est droit. Nous le savons tous deux immédiatement, mais n'en montrons rien. Je croyais ne plus jamais ressentir ces émotions. C'était comme si j'avais été miraculeusement vaccinée contre l'amour par David Lawes. Je suis sous le choc de découvrir qu'il n'en est rien. J'éprouve pourtant ces sensations, tout aussi fraîches et douces, tout aussi douloureuses.

J'ai quitté la pièce aussi vite que possible et, même à ce jour, j'ignore si je le fis pour me protéger ou pour me rendre intéressante. Nous nous revîmes au déjeuner et la partie débuta pour de bon. Nous étions bien trop précautionneux pour nous trahir devant une salle bourrée de filles aux yeux perçants et j'étais dans une position idéale pour assouvir mon envie de jouer. Mon cœur était rassasié. J'étais pensionnaire ; la maison de Hugo se trouvait dans la cité, à des kilomètres. Une fois ses cours terminés, il était forcé de quitter les lieux. Il pouvait étirer son séjour jusqu'à prendre un café dans la salle commune, mais c'était là la limite de sa liberté. Comme il était excitant de me retrouver seule avec lui juste assez longtemps pour échanger des politesses – chargées de sentiments cachés – avant qu'un autre membre de l'encadrement ne débarque. Je m'enfuyais rapidement ou j'engageais la conversation avec le nouveau venu de manière à forcer Hugo à quitter le premier.

Je ne fus même pas troublée d'apprendre qu'il était marié. Jamais je n'aurais pensé que ce délicieux flirt aurait pu se transformer en quelque chose de sérieux. Le feu couvait trop bas pour que j'accueille quoi que ce soit. Je me contentais du frisson qui me prenait lorsque sa main frôlait la mienne quand il attrapait la salière ou du bonheur électrique de nos deux bras qui se touchaient discrètement lors des réunions. C'était pure romance et je ne cherchais rien de plus que nos brèves rencontres. J'étais trop disciplinée pour laisser cette histoire influencer ma tenue ou ma coiffure. Je ne fis rien pour l'attirer. Je n'en avais nul besoin.

La fête de Noël approchait et je me demandais s'il serait accompagné de sa femme, mais il vint seul. La terreur me saisit au dernier moment et je tins mes distances. Qu'y pouvait-il ? Il était marié. Il n'allait pas me pourchasser ouvertement. Nos regards se rencontrèrent, et se rencontrèrent encore, mais il était forcé de se dépêtrer avec les plus téméraires des élèves de sixième alors que je me retranchais derrière une muraille de petites filles timides.

Plus tard

Je suis arrachée à mes souvenirs par le tintement de la sonnette d'entrée. M'attendant à trouver Francesca, Jenny ou les deux, je descends les escaliers d'un pas maussade. Un homme encore jeune se tient sur le pas de ma porte, affublé d'une expression impatiente, déterminée et joyeuse.

— Miss Wingate ?

J'acquiesce et il sourit, soulagé. Il me tend un colis que je prends d'un air intrigué.

— Gary m'a demandé de vous livrer ceci, dit-il.

Je sais tout à coup de qui il s'agit.

— Vous êtes Bill Symes... affirmé-je inutilement.

Il semble réjoui et confondu.

— ... Gary m'a beaucoup parlé de vous. Désirez-vous entrer et prendre le thé ?

— Oh non. Vous êtes bien gentille, mais je dois poursuivre ma route.

Il a clairement des tâches sérieuses et urgentes à accomplir ailleurs.

— Vous avez fait de belles choses pour lui, dis-je d'un ton involontairement teinté de condescendance.

Il dément tout de suite, trop pressé de retourner à son travail pour remarquer quoi que ce soit d'inconvenant dans ma voix ou ma manière.

— J'ai promis à Gary de vous l'apporter, dit-il. Joyeux Noël !

Je regarde le paquet.

Il part, passe la grille et se précipite dans la rue. Je remonte lentement au salon en déchirant l'emballage et je découvre la petite aquarelle représentant une rangée de maisons victoriennes au bord de la mer. L'objet est encadré. Une enveloppe accompagne le tout. Je l'ouvre et j'examine l'illustration qui orne la carte de souhaits. On y voit une scène neigeuse du temps des fêtes. À l'intérieur, sous les habituels vœux de Noël, Gary a griffonné : « Avec plein d'amour, Gary ». Je regarde son écriture, puis j'admire à nouveau la reproduction. Je me souviens, maintenant. À un moment, il s'était excusé pour « aller au petit coin » et avait disparu quelques minutes. Il a dû retourner l'acheter. Je dois avaler ma salive plusieurs fois et le tableau s'estompe sous mes yeux. Oh, Gary !…

Lorsque je finis par recouvrer mes esprits, j'enfile mon manteau, je me rends en ville et me dirige tout droit vers l'opulent magasin *Vêtements pour Hommes* où l'oncle Charles avait l'habitude d'acheter ses habits. À mon avis, ce cadeau devra être à la fois cher, luxueux et dépasser tout ce qu'il a reçu auparavant dans sa vie. Je choisis un pull en cachemire d'un vert foncé, riche et profond, emballé dans un carton chic rembourré de papier de soie. Je me procure une carte illustrée de merles, sachant que c'est ce qui lui plairait, et je rapporte le tout à la maison. Je résiste à la tentation de me précipiter à l'hôpital tout de suite. J'irai lui rendre visite, comme je l'ai à moitié promis, en route vers le cottage de Margery. Il ne devra jamais deviner que je n'avais pas l'intention de lui offrir de cadeau. Je me remémore son expression alors qu'il évoquait la grotte et je suis pleine de honte en songeant à mes froides et calculatrices précautions. Je regarde à nouveau le petit tableau, désormais accroché au-dessus de mon bureau. Oh, Gary… Je dois préparer mon voyage. Je partirai plus tôt que prévu.

Mercredi, 23 décembre

La joie de Gary à mon arrivée augmente encore ma honte. Je lui fais part de ma grande émotion à la réception de son cadeau. Je prends bien soin de ne pas lui dire qu'il n'aurait pas dû.

— J'ai le coupon de caisse, si vous voulez le voir, glisse-t-il avec un regard de côté. Je l'ai conservé juste au cas où vous auriez eu peur d'être en possession d'un objet volé.

— Ça ne m'a jamais traversé l'esprit, dis-je avec une franchise absolue.

Il a l'air heureux. Je tends la boîte :

— Oh, en passant, le Père Noël vous offre ceci.

Il sourit, mais ses joues s'enflamment.

— Pour moi ?

— Bien sûr, pour vous. Je vous l'aurais offert avant, mais je craignais de vous voir l'ouvrir avant le temps.

— Vous aviez planifié de venir depuis le début, alors ?

— Naturellement.

Ma réponse semble lui faire plus plaisir que le cadeau lui-même, et il tourne et retourne le paquet entre ses mains.

— Je peux l'ouvrir maintenant ?

— Certainement pas ! Attendez jusqu'au matin de Noël. Encore deux jours à patienter.

— Z'avez déballé le vôtre, argumente-t-il. Le cadre vous a plu, alors ? Bill Symes l'a fait faire pour moi.

— Je l'adore. Je l'ai accroché dans mon bureau près de mon pupitre.

J'hésite un peu, puis :

— C'était si gentil de votre part, mais j'espère que vous n'êtes pas… Que ça ne vous a pas…

Je maudis mon manque de tact, mais il n'est pas offensé.

— 'Ai vendu ma moto, dit-il, désinvolte, tout en admirant le paquet entre ses mains.

— Vendu ?

— 'Me suis dit que valait mieux repartir à neuf, fait-il en me fixant. 'Voyez ce que je veux dire ?

— Ouvrez votre cadeau, dis-je d'une voix rauque.

Il s'empresse de déchirer l'emballage. Le pull est léger comme une plume. Il l'étend sur ses genoux et le caresse légèrement du bout du doigt.

— Du vrai cachemire, admire-t-il sans avoir à regarder l'étiquette, les yeux pleins d'eau. J'ai jamais reçu un cadeau comme ça de toute ma vie.

— Portez-le à Noël, dis-je froidement, terrifiée à l'idée de montrer mes sentiments. Peut-être obtiendrez-vous ce baiser de la part de la jolie fille de Bill Symes. Bon, je dois partir.

Il me reconduit à ma voiture en tenant son nouveau pull à la main. Je lui souhaite joyeux Noël et le serre dans mes bras, puis je m'installe au volant et je m'éloigne au plus vite avant que nous ne perdions notre dignité.

La veille de Noël

Je n'avais pas l'intention d'emporter mon journal. Je m'étais dit qu'une pause me ferait grand bien. Je me relisais avant de partir de la maison et je fus ébahie de voir tout ce que j'avais déjà écrit, me demandant si cela avait un quelconque effet bénéfique. Il est clair que ces montées de rage qui menaçaient d'échapper à mon contrôle ont fini par s'estomper. Je suis, bien sûr, encore sujette à des crises d'irritabilité, mais qui ne l'est pas ? Je sens toutefois que celles-ci ont toujours fait partie de mon tempérament et cela ne m'inquiète pas trop.

J'ai peut-être été simplement trop préoccupée au cours des derniers mois pour allouer à mes angoisses leur espace vital. Cet exercice d'écriture a entraîné une douloureuse exploration de mon passé et, entre ce phénomène et Gary – sans oublier Francesca –, mon temps a été dévoré et mes pensées dispersées. J'avais trop de loisirs, trop d'heures libres propices à broyer du noir, et j'ai laissé certaines choses prendre des proportions inouïes. Mes amies ont eu raison de me déconseiller la retraite anticipée, mais, au moment où j'ai pris cette décision, je n'avais d'autre choix que de me retirer de l'arène et de mettre un terme à mes responsabilités. Je n'étais pas dans un état recommandable pour poursuivre mon travail et je me demande même maintenant si j'y aurais réussi.

Tout ce qui précède est hors sujet. Bref, je me suis dit qu'une ou deux semaines sans mon journal seraient salutaires. Si cela continue, je ne pourrai plus m'en passer. Cela devient déjà une seconde nature pour moi de consigner chaque événement de ma vie, au point où, quand j'ai su que j'allais passer voir Gary en chemin, je me suis rendu compte que je voudrais à coup sûr noter mes impressions le plus tôt possible. Il est si facile d'oublier les conversations, les gestes, les sensations. Il importe de les consigner aussitôt, si on tient à en conserver la nature véritable. C'est pourquoi mon journal m'a accompagnée.

Néanmoins, je suis ici pour me relaxer, c'est un interlude. Je compte tenter de garder mon imagination au point mort et vivre dans l'instant présent, même si Margery – une de mes amies les plus férocement opposées à ma retraite – nous replonge constamment toutes deux dans le passé avec ses fréquentes conversations du type « Te souviens-tu... ». Margery ne sait rien ni de David Lawes ni de Hugo et, en sa compagnie, je verse sans souffrance dans le souvenir. Je ne lui parlerai pas de Gary. Par chance, elle a fait connaissance avec Francesca – qui nous a invitées à déjeuner de nombreuses fois lorsque Margery séjournait chez moi au cours de l'été. C'est pourquoi nous pouvons discuter *ad nauseam* sur le thème Jenny et Rob. J'atténue mon impression de déloyauté en faisant bien inutilement jurer le secret à ma camarade.

Je me soupçonne de trahir Francesca pour protéger Gary. Je considère qu'en tant qu'invitée, je dois à Margery une certaine dose de distraction, un sujet qui pourra nous occuper, nous amener à nous prononcer, mais je ne parviens pas à lui parler de mon histoire avec Gary, en particulier de l'épisode où je le projette du haut d'un pont. Elle a une personnalité très tolérante, voire excentrique, mais je crains sa réaction. J'ai l'impression d'être passée trop près de la folie pour risquer d'exposer mes pensées et mes gestes. J'ai peur de son air angoissé, de l'exclamation horrifiée, du long regard de côté avant que l'expression conventionnelle ne revienne en place ; je crains qu'elle ne dise de moi que je suis folle. Je n'ose prendre le risque.

Nous sommes sur le point de partir pour le pub. La légère couche de neige ne nous empêchera pas de nous y rendre. J'ai profité de ces courts moments pour réfléchir et écrire un brin. Il n'y aura peut-être pas d'autre opportunité.

Mardi, 29 décembre

Je me suis bien trompée en croyant que je n'aurais rien à ajouter à ces pages. Margery me réservait une surprise et, comme c'est maintenant mon habitude, je sens le besoin de noter mes réactions. Je ne dirai pas un mot de la température et je ne mentionnerai pas non plus le moindre détail de nos repas ou de la façon dont nous avons célébré le temps des fêtes. Il suffit de préciser que nous nous sommes beaucoup amusées, ici au cottage, et que, lorsque nous sentons l'ennui pointer, nos sorties au pub local nous remettent de bonne humeur.

Comme toujours, nous apprécions la compagnie l'une de l'autre et les frictions sont bien rares. Nous avons toutes deux nos habitudes de femmes qui vivent seules. Pour ainsi dire, nous serions dérangées par des visiteurs. Je sais bien qu'à mon départ, elle ressentira un certain degré de soulagement et de plaisir à pouvoir reprendre sa routine interrompue. Je comprends cela ; je me sens ainsi également.

Nous parlons de notre passé et de nos amis communs. Margery est une correspondante infatigable et elle me donne des nouvelles de toutes mes vieilles connaissances depuis longtemps perdues de vue. Je vante sa capacité inlassable à écrire des lettres et j'admire l'énergie qu'elle investit dans ce type d'échanges. Elle hausse les épaules.

— J'aime ça, dit-elle. Je déteste perdre contact avec mes vieux amis.

— Moi aussi, protestai-je en sentant bien la critique poindre, mais quand j'ai déménagé, il m'a paru si difficile de trouver le temps pour chacun.

— Que nenni ! dit-elle avec un joli mélange d'amusement et de dénégation. Je crois que tu étais soulagée de nous ranger loin derrière toi. Mais tu es une personne très secrète, non ? Je n'ai jamais rencontré une personne aussi peu loquace sur elle-même. Tu as toujours été comme ça, il faut dire. C'était étonnant chez quelqu'un de si jeune. Plusieurs de nos amis te trouvaient presque pathologiquement secrète.

Je suis éberluée et, je dois l'admettre, presque blessée d'entendre cette attaque inattendue. Je me sens choquée de penser que mes amies aient pu parler dans mon dos et débattre de mon caractère. J'avais toujours cru qu'on m'avait acceptée telle que j'étais. Je me sentais en sûreté avec Margery et, il y a seulement quelques mois, j'aurais été en mesure de rire de ces remarques et de changer de sujet. Ces jours-ci, cependant, mes souvenirs sont des blessures fraîchement exposées, vives et douloureuses, et je subis à nouveau les frayeurs du passé ; ma peur qu'on découvre cette aventure avec David Lawes, suivie de la répression de mon comportement. Les jugements de mes vieux amis ne devraient pas me blesser. Pourquoi m'en faire ? Pourquoi me soumettre à l'angoisse qui m'enserre le cœur ? Margery m'observe et je me sens forcée de me protéger.

— Je n'arrive pas à imaginer ce qui aurait pu leur faire croire cela, dis-je d'un ton presque désinvolte. Bien sûr, je portais encore le deuil de ma mère…

J'espère que cela sera suffisant.

— Tu étais une drôle de petite femme, évoque Margery en aggravant ma vexation. Si vieux jeu, tirée à quatre épingles. Les mecs faisaient des paris sur lequel d'entre eux parviendrait à te faire perdre ta virginité.

Le choc me fait perdre le souffle et elle rit – très gentiment – de ma réaction.

— Je ne m'étais pas rendu compte, rétorqué-je avec une ridicule raideur, que je représentais une telle source d'amusement pour toute la bande.

Je me sens comme une jeune idiote vulnérable et, soudainement, elle m'apparaît beaucoup plus vieille que moi.

— C'était uniquement de la plus gentille manière, précise-t-elle, sentant qu'elle m'a blessée. Mais j'étais contente de me trouver là. Tu avais besoin qu'on te protège. Tu étais une si belle petite fille. Personne n'arrivait à comprendre pourquoi tu tenais à avoir l'air si vieille et terne.

De pire en pire ! Les mots tremblent sur mes lèvres mais, heureusement, elle est distraite par la chute contre le pare-feu d'une bûche enflammée. Elle se lève prestement pour réparer la situation. Cela m'offre une occasion de reprendre mes esprits.

— Je crois que j'étais simplement ignorante, dis-je d'un ton presque indifférent. Ma mère était certes plutôt discrète et je ne connaissais rien de la vie. Je savais que j'avais beaucoup à apprendre et je craignais d'être ridiculisée.

— J'avais deviné tout cela, dit Margery, mais je me suis toujours demandé s'il n'y avait pas quelque chose de plus. Tu ne t'es jamais confiée à moi et toutes mes tentatives pour te faire ouvrir ton cœur ont été inutiles. Tu étais vraiment comme une huître ! Ou alors un hérisson. Couverte de piquants !

— J'aurais aimé savoir que je donnais cette impression, remarqué-je avec légèreté. Cela m'aurait réjouie de savoir que ma peur de montrer mon ignorance prenait la forme d'un mystérieux secret. *Beaucoup* plus émoustillant !

— Il me semble que tu devais être bien suffisamment émoustillée par tous ces garçons que tu maintenais à distance, ajoute-t-elle sèchement, et je me demande si elle est dupe de mon apparente indifférence. Ils te sautaient tous dessus !

Je commence à sérieusement douter de la mémoire de Margery. Je me suis amusée un tant soit peu, mais je n'étais pas Greta Garbo. Peut-être plaisais-je plus qu'elle en raison des dix années qui nous séparaient. Il est possible qu'elle en conserve une légère amertume.

— N'importe quoi ! dis-je fermement, mais sans colère. Tu oublies donc ce qui s'est passé entre Peter et toi.

La balle est de retour de son côté du filet et ses yeux s'assombrissent de souvenirs.

— Quelle idiote j'étais, rumine-t-elle. Mon Dieu ! Comme j'aimais cet homme !

Je reste silencieuse. Je voudrais que ses pensées s'éloignent de mes affaires et retournent à son propre passé. Elle parle de son aventure pendant un certain temps, puis se découvre une envie de petite expédition au pub pour se remonter le moral. Je suis trop heureuse de la seconder dans ce projet ! Le danger est derrière nous, mais je reste terrifiée à l'idée que ce sujet puisse resurgir et je crains de ne pas connaître la paix d'ici à la fin de mon séjour.

Vendredi, 1er janvier

Margery m'a réservé une nouvelle surprise, aujourd'hui. Elle s'est heureusement laissé détourner des mystères potentiels de mon passé grâce à une description haute en couleurs de la situation au presbytère. Voilà la pauvre Francesca désormais livrée aux lions, corps et âme. Je l'ai impitoyablement sacrifiée afin de préserver ma propre vie privée, étalant sans vergogne et dans tous les détails ce qui s'est produit ces derniers mois. Mon récit, pour une raison indéterminée, a enflammé son imagination. Il est vrai que Margery n'a jamais été du genre à faire la moue devant un ragot bien croustillant – même si on peut lui confier un secret et compter sur sa discrétion. Elle adore être au courant des moindres détails : à quoi ressemblent les gens, comment ils s'habillent, leurs tics, leur façon de parler.

Je me suis fait un plaisir de satisfaire sa curiosité et j'ai inventé sans le moindre scrupule quand ma mémoire me faisait défaut. Le jeu en vaut la chandelle, on ne va pas chipoter sur quelques légères entorses à la réalité. Margery a touché en moi sans le vouloir un point sensible, qu'au vu des derniers mois je ne suis pas sûre de pouvoir protéger si elle décidait de revenir à la charge et de pousser ses investigations. J'ai trouvé la parade en traînant devant elle les malheurs de Francesca comme un oiseau fait mine de traîner à terre son aile blessée pour détourner de sa nichée l'attention d'un prédateur.

Après déjeuner, alors que nous buvons le café, assises à la table de la cuisine, Margery m'annonce sa théorie. Alarmante. Selon elle, Francesca est amoureuse de Rob. Toutes ces histoires à propos de Simon et Jenny ne sont que poudre que Francesca nous jette aux yeux. Je reste quelques instants sans voix. Margery contemple avec satisfaction mon expression de stupeur.

— Bonté divine ! m'exclamé-je enfin, assez mal à propos d'ailleurs.

— Et pourquoi pas ? demande-t-elle, aussi excitée qu'un fox-terrier devant un trou à rats. Ça pourrait tout expliquer, tu ne crois pas ?

— Je... je suppose que oui, acquiescé-je lentement, en essayant de faire coller sa théorie aux éléments dont nous disposons, enjolivures comprises. Mais c'est juste que...

Prête à balayer mes hésitations, Margery me saute dessus :

— Juste que quoi ?

— Crois-tu vraiment que Francesca puisse être capable d'une telle supercherie ? réponds-je d'un ton sceptique.

— Mais bien sûr ! gronde-t-elle avec dédain. Comme toute femme qui tente de dissimuler quelque chose.

Cette observation pleine de vérité me réduit au silence. J'ai l'impression que nous frôlons à nouveau un terrain miné et je m'empresse de ramener la conversation du général au particulier.

— Et Rob, tu en penses quoi ?

Elle hausse les épaules.

— Je ne le connais pas, évidemment. Mais d'après ce que tu m'as dit, il me paraît très capable de se montrer bien retors. C'est le genre de type calme qui peut se révéler dangereux. « Méfie-toi de l'eau qui dort », etc. Je ne lui accorderais pas *ça* de confiance. Il ne me dit rien qui vaille.

Je m'étonne qu'à partir d'un simple portrait de Rob, elle en soit arrivée à de telles déductions – mais sans doute est-il sage de se ranger à son avis. Nous repassons tout en revue, non sans excitation, et j'invente au passage un ou deux détails supplémentaires de crainte que l'intérêt de Margery ne faiblisse. Avec un peu de chance, sa théorie devrait nous occuper jusqu'à la fin de mon séjour.

Mardi, 5 janvier

Les hypothèses inattendues de Margery ont continué à m'agiter la cervelle ces deux derniers jours. J'ai voulu réexaminer les faits sous cet angle et il me semble bien qu'elle puisse avoir raison. Cela expliquerait l'anxiété de Jenny et son flirt avec Simon lors de la soirée dansante, qui n'aurait été qu'une tentative pour reconquérir Rob. Aucun doute là-dessus : si *vraiment* il y a quelque chose entre eux, Francesca et Rob sont très malins. À mon retour, il me faudra relire tout ce que j'ai écrit sur eux.

Il me tarde de rentrer. J'ai beaucoup apprécié mon séjour, mais mes inquiétudes se sont trop multipliées ces derniers temps pour que je puisse réellement me détendre. Étrange, cette tendance fréquente que nous avons eue à dériver vers le passé ! Comme si Margery devinait que je faisais un voyage en arrière, que j'exhumais des souvenirs douloureux... Je n'ai d'ailleurs aucune intention de les lui faire partager. Alors qu'elle est ma plus ancienne, ma plus proche amie. À qui d'autre qu'elle pourrais-je les confier ? Je réalise tout à coup que Gary est la seule personne à qui j'aie divulgué une partie de mes secrets. Comme c'est drôle ! Pourquoi m'est-il plus facile de parler à Gary qu'à Margery ? J'ai voulu aider Gary, lui assurer que je comprenais son sentiment d'exclusion. Mais ici, chez Margery, dans son cottage, où son caractère s'impose à moi, j'en viens à m'étonner d'avoir pu me montrer si ouverte vis-à-vis de Gary. D'autant que j'ai commencé par le projeter du haut de ce pont.

Une brusque panique me saisit et je ne suis plus sûre de savoir où se situe exactement la vérité. Ai-je vécu ces derniers mois dans une sorte de délire ? Même si cela devait s'avérer, je n'ai nulle envie d'en débattre avec Margery. Je préfère mon grain de folie à son bon sens et je suis maintenant tenaillée par le désir de retrouver mon propre univers. Plutôt que de me relaxer en profitant d'un moment de répit hors de ma routine, j'ai l'impression d'avoir été écartée d'un chemin que je suis impatiente de reprendre.

Comme j'ai envie de retrouver ma maison tout en hauteur au bord de la mer !

Jeudi, 7 janvier

Au lever du jour, temps beau et clair, malgré le froid. Margery a déjà décidé que nous passerions l'essentiel de mes dernières heures de vacances à arpenter mes sentiers préférés dans les collines. Elle emballe le pique-nique. Elle a préparé d'avance tout ce que j'aime, pour m'offrir un délicieux repas d'adieu.

Le vent des collines chasse mes angoisses et nous pousse à nouveau vers une amitié complice. Les innombrables attentions de Margery me reviennent, avec tout le bon temps passé ensemble, et me voilà saisie par une mortelle envie de lui confier mes pensées, mes sentiments, de m'ouvrir pleinement à elle de ce que je suis en train de vivre, et de faire enfin d'elle cette amie qu'elle désire sincèrement être pour moi. Elle a senti chez moi une réserve depuis le début de mon séjour, comme jadis d'ailleurs, je le sais et je m'en sens coupable.

Heureusement, la randonnée mobilise tout notre souffle et, au moment de pique-niquer, à l'abri d'un rocher, l'ambiance ne se prête plus vraiment aux confidences. Il n'y a cependant pas l'ombre de la moindre gêne entre nous. Nous partageons ces instants en parfaite amitié et nous devisons librement – ou restons silencieuses.

À notre retour au cottage, Margery m'envoie en haut prendre un bain chaud pendant qu'elle met la dernière main au souper. En redescendant, je découvre qu'elle a transformé cette occasion en petite fête : elle a tiré la table près du feu et l'a dressée avec ce qu'elle a de mieux. Tout cela a l'air bien agréable, appétissant, il y a même un verre qui n'attend plus que moi. Il me revient une foule d'attentions « maternelles » de la part de Margery, comme un autre rappel de notre différence d'âge.

Elle redescend à son tour après avoir pris un bain, se verse un verre, et je me sens envahie d'une immense tendresse. Une fois de plus, j'ai terriblement envie de lui *donner* quelque chose, de lui faire cadeau des émotions que j'ai traversées ces derniers mois. Je voudrais lui rendre toutes ses bontés d'autrefois, toute sa générosité présente, et je lui sais gré de son attitude protectrice, de sa capacité à me donner l'illusion d'être jeune, sous sa garde, à sa charge. Je suis consciente de mon désir suicidaire de tout lui dire, de lui demander son avis ; d'épancher devant elle ces vieilles blessures que je me suis découvertes et même de lui parler – oui ! – de Hugo. Comme elle aimerait cela ! Avec quel enthousiasme, avec quelle générosité, elle entrerait dans mes pensées ! Elle serait prête à me donner des conseils, à discuter en profondeur de ma vie... Comme il serait tentant de renoncer à toute responsabilité, à toute décision, et de me laisser entraîner sur un flot de sympathie instantanée, en acceptant en bloc ses solutions et ses conseils !

L'atmosphère intime et le puissant *drink* qu'elle m'a servi achèvent de vaincre mes résistances. Je commence à échafauder des phrases dans ma tête lorsque, soudain, elle pose son verre et se lève. L'air gêné, c'est d'une voix mal assurée qu'elle prend la parole :

— J'ai quelque chose à te dire, commence-t-elle, provoquant chez moi un pincement d'anxiété. Cela fait plusieurs fois que je repousse cet instant. Je ne voulais pas gâcher nos vacances. Eh bien, en fait...

Elle reprend son verre et avale une gorgée pour se donner des forces.

— ... je vais me marier.

Je la fixe, bouche bée. Elle hoche bravement la tête.

— Te marier ?

— J'aurais dû te le dire plus tôt. Il est veuf. Il habite un cottage dans le village voisin. C'est un ancien directeur d'école à la retraite, comme par hasard, il aime la randonnée, etc. Il venait ici pour les vacances. Nous sommes bons amis.

— Oh, Margery...

Je me sens émue, à fleur de peau. Et je me demande si je dois rire ou pleurer devant cette salve d'explications mitraillées à toute vitesse.

— Je suis... si contente pour toi.

— C'est un homme agréable, ajoute Margery, sans avoir semble-t-il à réprimer un quelconque excès d'émotion. Nous avons énormément en commun et nous sommes tous les deux plutôt solitaires.

— Eh bien alors...

Devant cet exposé terre à terre, où transparaît si peu d'amour et de tendresse, une espèce d'horreur m'envahit. Je tente d'alléger un brin l'atmosphère.

— Pourquoi ne me l'as-tu pas présenté ?

— Il est parti dans le sud pour Noël, chez sa fille et ses petits-enfants. Il faudra que tu fasses sa connaissance, bien sûr. Il voulait que je l'accompagne, mais j'ai préféré passer un dernier moment avec toi. Après, ce ne sera plus la même chose.

Ah, ça non, en effet ! J'essaie de visualiser Margery en grand-mère qui rend visite à sa belle-fille, les bras chargés de cadeaux pour les enfants... Impossible. Elle n'a jamais été vraiment comme tout le monde. Je tente une autre scène : Margery, assise face à cet homme, en train de lui repriser ses chaussettes, peut-être ? Ou alors ils regardent la télévision ensemble. Ah non, rien à faire ! Elle a été si longtemps seule, tellement *elle-même*, qu'il est tout à fait impossible de l'imaginer engagée dans une relation permanente. Je lève vite mon verre, de crainte qu'elle ne devine mes pensées.

— J'espère que vous serez très heureux, Margery.

Elle hausse légèrement les épaules, comme si le bonheur ne saurait être qu'un bonus non garanti. J'ai un frisson au cœur, je me lève et passe les bras autour d'elle, enserrant son corps raide. Me voilà dangereusement au bord des larmes. Elle me tapote comme si c'était moi qui avais besoin de réconfort puis, une fois de plus, nous reprenons nos verres.

— Je croyais que tu avais deviné qu'il se tramait quelque chose, dit-elle, et je la regarde avec surprise. Je sais que je n'ai pas été entièrement moi-même ces derniers jours. Toutes ces discussions sur le passé... (Elle rit de façon presque gênée.) J'avais le sentiment que c'était notre dernière chance de revenir sur tout ça. Une idée idiote, vraiment.

— Non, non, absolument pas.

La tête me tourne. Ainsi donc, mes soupçons étaient totalement infondés : elle était beaucoup trop préoccupée par ses propres souvenirs pour se soucier des miens.

— Ce furent de merveilleux moments.

— Oui, n'est-ce pas ? Je suis tellement contente que tu sois venue.

Je détecte dans sa voix une note curieusement désespérée qui m'alarme encore davantage.

— Tu donnes l'impression que nous n'allons plus nous revoir, dis-je d'un ton badin. Dois-je comprendre que je suis bannie du foyer conjugal ? Vous allez vous installer dans son cottage ou dans le tien ?

— Ni l'un ni l'autre, répond-elle en tripotant les couverts. On vend les deux et on déménage dans le sud. Il souhaite être près de sa famille.

Une protestation veut franchir mes lèvres, mais je redoute de la formuler. Margery est une fille du nord, indépendante, qui adore son petit cottage et les paysages environnants. Comment pourrait-elle renoncer à toutes ces choses-là pour un homme simplement « agréable » ? Est-ce la peur de vieillir seule, si terrible qu'elle consente à de tels sacrifices ? Je ne peux que me taire. Si j'ouvrais la bouche, ce serait pour la supplier de reconsidérer sa décision et lui offrir de venir habiter avec moi. Mais comment deviner les vrais besoins des autres ? Elle me regarde et sourit tout à coup de façon rassurante.

— Ça va bien se passer, dit-elle – je me sens confuse de l'avoir laissé lire dans mes pensées. Allez ! Verse-nous un autre verre pendant que je vais chercher le dîner.

Je ne me fais pas prier. L'alcool apaisera mes inquiétudes et je veux m'assurer que nous allons passer une merveilleuse dernière soirée ensemble. Trop obsédée par moi-même, je suis coupable de ne pas avoir suffisamment répondu à ses besoins, ce qui aurait pu rendre ces deux ou trois semaines beaucoup plus épanouissantes pour elle. Alors qu'elle avait envie de parler du passé, je lui ai refusé cela... J'ai honte de mon égoïsme et une profonde tristesse s'empare de moi à la pensée qu'elle va déménager si loin. Sa solitude devait être plus grande qu'elle ne me l'a laissé deviner. Je préfère encore me dire cela que de m'avouer mon égoïsme et mon insensibilité à son égard.

Il est maintenant trop tard pour changer quoi que ce soit. Comme tous les ans, j'inviterai Margery une quinzaine de jours cet été, en espérant qu'elle fera le voyage seule, mais je ne peux pas compter là-dessus. Demain, je serai de retour chez moi. Je viens donc nécessairement de passer ma dernière soirée dans cette maison.

Samedi, 9 janvier

Je suis de retour ! Oh, la joie de retrouver mon intérieur familier, avec tous les bibelots que j'adore, chacun à leur place habituelle ! Je suis surprise par ma profonde réaction émotionnelle. Suis-je en train de devenir une personne fantasque, moi qui ai toujours été si sage, si réservée ? Je ne parviens pas à imaginer ce qui se passe en moi et je me sens vaguement inquiète d'être incapable de me maîtriser. Après tout, comme l'a souligné Margery, cette réserve, c'est presque la marque distinctive de mon caractère. Il n'en a pourtant pas toujours été ainsi. Avant la mort de ma mère, je n'étais pas aussi réservée. Avec la résurrection de mon passé, mon ancien moi resurgit-il, lui aussi ? Je dois être prudente. Une seule fois – depuis David Lawes – mon self-control s'est trouvé balayé… avec quelles désastreuses conséquences !

Je repousse au loin cette idée et je regarde autour de moi, satisfaite. Je me sens à ma place. Il est si confortable d'être assise ici, à mon pupitre, pour écrire mes pensées. Levant les yeux, je retrouve la petite aquarelle de Gary. Les événements de ces derniers mois m'ont purifiée, m'ont fait renaître. Je suis contente de ne pas en avoir parlé à Margery. Gary va-t-il me donner de ses nouvelles ? Je ne ferai aucune tentative pour reprendre contact. S'il y a une impulsion, elle doit venir de lui. Je n'arrive toujours pas à décider si je veux le revoir ou non. Pour le moment, il me suffit d'être à la maison.

Mardi, 12 janvier

Ce soir, Francesca a téléphoné, prétendument pour savoir si j'étais bien rentrée et s'assurer que tout allait bien. Je soupçonne qu'il y a derrière son empressement autre chose que le simple désir de s'informer de ma santé et de mon bien-être. Je lui parle un peu de mes vacances et lui annonce que Margery va se marier. Même cela ne suscite pas l'intérêt auquel on pourrait normalement s'attendre. Sa voix est apathique, son attitude *distraite*[1]. Je prends des nouvelles de sa petite famille et, décidant qu'une approche plus positive est nécessaire, je lui dis qu'elle doit avoir hâte d'être elle-même en vacances. Silence. Intriguée, je demande s'il y a un problème. Simon et elle n'ont tout de même pas dû changer leurs plans ! Si ?

— Non, non. Tout aura lieu comme prévu. (Nouveau silence). Je viens de m'acheter un tas de vêtements pour l'occasion.

Voilà qui est plus rassurant. Francesca est une acheteuse infatigable. Avec elle, chaque temps fort – voire certains temps faibles – s'accompagne de l'achat d'une nouvelle garde-robe. Si elle s'est offert des vêtements neufs pour les vacances, alors il n'y a pas *trop* d'inquiétude à avoir. Néanmoins, les déductions de Margery m'ont désarçonnée.

— Très excitant ! dis-je d'un ton enjoué. Il va falloir que je vienne admirer ça.

— Oh, Amy ! répond-elle, avec enfin une pointe d'animation. Oui, viens ! Je serai ravie de te voir. Les enfants sont à l'école, Simon est parti et je

1. En français dans le texte (NdT).

me sens un peu déprimée. Passe donc déjeuner demain.

Bon, je l'ai bien cherché...

— Simon est parti pour longtemps ?

— Oh, juste deux ou trois jours. Un truc inattendu.

Je sens une pointe de malaise injustifiée.

— Cela aurait-il quelque chose à voir avec Jenny ?

J'ai essayé de donner à cette question une allure désinvolte, mais elle me paraît lourde de sens.

— Non, pas du tout, en vérité. Elle aussi est partie, chez sa mère. Rob est avec elle, pour autant que je sache.

— Donc, tu te sens un peu négligée, conclus-je d'un ton léger. Très bien. Je viendrai déjeuner demain midi.

Je replace le combiné, coupant court à ses exclamations de gratitude. Je ne peux tout simplement pas croire qu'il y ait quelque chose entre Francesca et Rob – cela ne s'accorde en rien avec ce que j'ai vu et entendu. Néanmoins, il y a un problème. Peut-être trouverai-je demain ce que c'est.

Mercredi, 13 janvier

Ce matin, alors que je prends mon petit-déjeuner, j'entends le *ploc* de lettres qui tombent sur le paillasson. Je termine mon porridge avant d'aller les chercher. Deux factures, un prospectus et une carte postale. La carte postale représente le parc de la cathédrale, où Gary et moi avons écouté cette chorale d'enfants chanter des chants de Noël et croisé le vendeur de marrons chauds. Avec une émotion mêlée, je retourne la carte et déchiffre le message.

« J'espère que vous avez passé de belles fêtes de Noël. En espérant vous voir bientôt. Love, Gary. »

Au bas figure son adresse, soigneusement écrite en lettres capitales. Son nom est flanqué de deux X et, alors que je relis la carte, son visage s'y superpose, brouillant temporairement les mots. Suis-je capable de le laisser aller son chemin ou me plais-je simplement à le croire, pour apaiser mon orgueil ? En me posant la question, je peux m'imaginer que j'ai vraiment le choix. Je place la carte debout contre le pot de marmelade et je grignote mon toast, pensive. Il est évident que, si cette relation est amenée à se poursuivre, je dois faire preuve d'une certaine prudence. J'ai pris conscience d'une tendance remarquable chez moi à baisser la garde devant Gary. Alors, comment procéder ? Je peux difficilement le voir à son hôtel, et un rendez-vous dans un restaurant, ce n'est pas non plus ce que je souhaite.

Le temps de finir mon petit-déjeuner, j'ai pris mon parti. Je m'en tiendrai à mon habitude de l'inviter pour le thé. Il pourra venir quand il aura son après-midi de libre, ainsi notre amitié conservera son côté occasionnel. Il ne faut pas que je lui propose de passer le prendre, il doit trouver seul son chemin jusqu'ici, en prenant le bus. Je pourrais cependant le reconduire. Je vais lui écrire en lui suggérant ce mode opératoire et voir comment il réagit. J'ai juste le temps de le faire avant d'aller au presbytère.

J'ai eu bien du mal à finir mon dîner tant j'avais envie de me précipiter vers mon bureau pour retranscrire ma conversation avec Francesca. Non pas qu'il y eût le moindre danger que je l'oublie, mais je savais que le simple fait de l'écrire allait m'aider à tout voir plus clairement. Il me semble que j'ai laissé les craintes de Francesca se superposer à mes propres réactions et j'aimerais réfléchir calmement à ce que j'ai appris de neuf.

Comme je voulais être de retour avant la nuit – il a fait un sale temps humide toute la journée –, je suis arrivée plus tôt que convenu, ce qui nous laissait largement le temps de prendre le café. Francesca est cependant déjà sur le qui-vive, à m'attendre. Elle sort en courant malgré la pluie battante et m'embrasse, avant de me faire franchir le seuil au pas de course, la main sous mon bras.

— Mais quelle journée !

Dans le couloir, elle tapote inutilement mon manteau, qu'elle m'aide ensuite à enlever.

— J'avais peur que tu me fasses faux bond, ajoute-t-elle.

Elle a l'air fatiguée et dans un état de grande émotion, pratiquement au bord des larmes. J'applique ma tactique habituelle en pareille circonstance.

— Je suis tout à fait imperméable à l'eau, lui assuré-je d'un ton vif. Tu t'imagines peut-être que, compte tenu de mon âge avancé, je risque de fondre sous la pluie ?

Elle rit, bien sûr, mais il y a dans son rire un tremblement mal assuré. Nous entrons dans la cuisine, où le café frissonne déjà dans le percolateur.

— C'est merveilleux de te voir, dit-elle – et je ne doute pas une seconde qu'elle le pense vraiment. Alors, avez-vous passé un bon Noël, Margery et toi ?

— Excellent, réponds-je en la regardant me verser un café. Mais ce sera sans doute mon dernier en sa compagnie.

— Ton dernier ? Pourquoi devrais-tu... Ah oui, tu m'as dit. Elle se marie.

— Avec un veuf. Un directeur d'école à la retraite. Ils auront au moins ça en commun.

— C'est un peu risqué, n'est-ce pas, Amy ? À son âge ?

Francesca a temporairement oublié ses propres problèmes, elle est absorbée par ceux de Margery.

— Probablement pas davantage que pour n'importe qui d'autre, dis-je en remuant mon café. Une jeune fille de vingt-deux ans sans expérience prend tout autant de risques, j'imagine. Comment peut-on réellement connaître quelqu'un avant d'avoir vécu avec lui ? Connaissais-tu vraiment bien Simon avant de l'épouser ?

À ma grande surprise, Francesca devient écarlate. Elle boit une gorgée. Silence.

— Pas si bien que ça, convient-elle enfin, puis elle serre les lèvres, comme si elle redoutait d'en admettre davantage.

— Bien sûr, dis-je mensongèrement, je n'ai probablement pas pris le meilleur exemple. Simon et toi, vous êtes tellement heureux ensemble. Si bien assortis.

— Tu crois ? demande-t-elle d'un ton sec, puis une fois encore, elle se ressaisit. Oh, Amy...

Elle hésite et fait un effort visible pour repousser des pensées importunes.

— Viens donc voir mes nouveaux vêtements, se reprend-elle, ils sont sympas. Prends ton café, mais ne parlons pas trop haut, Sam dort.

Je la suis dans l'escalier et sur le palier. Sur le lit, dans la chambre d'amis, différents vêtements sont exposés. Ils me semblent bien légers pour cette froide journée de janvier, avec la pluie qui ruisselle sur les vitres, mais je fais un effort pour entrer dans le jeu de Francesca. Le tissu soyeux d'une jupe que j'attrape au hasard glisse entre mes doigts. Je la soulève, avec l'air d'en apprécier la qualité.

— Très joli. Et quel coloris subtil !

Francesca contemple d'un œil fixe l'accumulation d'habits sur le lit. Je remarque les cernes autour de ses yeux et la façon dont elle plisse les lèvres. Elle reste toujours belle – elle a la beauté chevillée au corps –, mais son expression paraît hagarde et ses longues jambes magnifiques, gainées aujourd'hui d'un coûteux pantalon de velours côtelé, semblent d'une minceur excessive, presque anguleuses. Je réalise que je suis trop attachée à elle pour continuer ma petite comédie.

— Tu sembles très fatiguée, dis-je. Tu as l'air d'avoir bien besoin de ces vacances. J'espère que tu auras l'occasion de te détendre. Peut-être devrais-tu laisser les enfants à ta mère, afin que Simon et toi, vous puissiez passer un moment en tête à tête.

— Il a invité Jenny et Rob, lâche-t-elle avec un coup de menton, et elle pivote pour observer ma réaction.

— Pour *vos* vacances ?

Étant donné leur vie sociale bien remplie, je sais – tout le monde le sait – qu'ils passent leurs vacances d'hiver uniquement entre eux, en famille ; elles sont sacro-saintes. Francesca lève les sourcils et hausse un peu les épaules, comme si elle m'incitait à faire un commentaire.

— Mais *pourquoi* ?

Je suis trop surprise pour faire preuve de tact.

— Ça, je n'en sais pas plus que toi.

Elle affiche un fragile air de défi et je me hâte de remettre mes pensées plus ou moins en ordre.

— Peut-être s'imagine-t-il qu'il te plairait d'avoir du renfort pour t'occuper des enfants. Cela vous laisserait un peu de temps libre à passer ensemble, tous les deux. Jenny est parfaite avec les enfants, tu ne crois pas ? Peut-être Simon s'est-il dit que c'était l'occasion de disposer d'un baby-sitter à demeure, en espérant que cela ravirait Jenny et Rob. Comme une sorte de contrepartie. Car ils n'ont sans doute pas les moyens de s'offrir une villa de luxe en Algarve.

— La mère de Jenny réside là-bas, réplique Francesca, impassible. Ses parents se sont retirés au Portugal, et maintenant que son père est mort, sa mère y vit seule, avec un couple d'anciens fonctionnaires.

Je me sens déroutée, déchirée entre le désir d'inventer des raisons pour expliquer le comportement de Simon et celui d'aller au fond des choses. Je devine que Francesca meurt d'envie de s'épancher et je décide de lui en donner la possibilité.

— Alors, quel besoin peuvent-ils bien avoir de vous accompagner là-bas ?

Francesca prend une grande inspiration et elle se tord les mains.

— Viens, redescendons, fait-elle, apparemment résolue à me dire quelque chose. C'est si triste ici.

Nous retrouvons la tiédeur de la cuisine, où Francesca a la bonne idée d'abandonner le café pour nous verser un *drink*.

— Il semble, dit-elle, reprenant là où nous nous étions arrêtées, que Jenny et Rob avaient prévu d'aller passer une semaine chez sa mère, juste au moment où nous devons entamer nos propres vacances là-bas. Cependant, Amy, je dois te dire – ses yeux lancent un bref éclair – que jamais auparavant je n'en avais entendu parler, *moi*, de ce séjour chez sa mère ! Quoi qu'il en soit, apparemment, elle est souffrante et ne peut supporter longtemps la présence d'invités. Elle est à moitié invalide, elle se fatigue très vite. Simon a donc pensé qu'il serait bien qu'ils nous rejoignent, après une semaine chez elle.

— Bien pour qui ?

Nous nous dévisageons. Francesca détourne la tête.

— Je pense, lâche-t-elle d'un ton pitoyable, que Jenny et lui ont une liaison. Je t'ai raconté leur manège au pays de Galles, à l'hôtel… Oh, je sais ce que tu vas me répondre – elle me coupe –, mais je suis certaine qu'il y a quelque chose entre eux. Je le sens. Il n'a même pas pris la peine de me consulter au sujet des vacances. Quand j'en ai entendu parler, c'était déjà un *fait accompli*[1].

— Comment peux-tu dire que tu sais ? réponds-je avec douceur, tout en me sentant alarmée. Es-tu sûre de ne pas avoir simplement imaginé des choses et t'être ensuite persuadée de leur véracité ? Tu as l'air épuisée. On devient facile-

1. En français dans le texte (NdT).

ment trop émotif quand on est très fatigué, et on exagère tout.

Elle sourit. Un tendre sourire, comme si elle voulait me ménager.

— Il se trame quelque chose, Amy. Simon n'est plus le même. Il me maintient à distance. Il n'a jamais été fort enthousiaste à l'idée de s'expliquer. Il prétend que les gens analysent trop et qu'il vaut mieux vivre plutôt que s'attarder à disséquer la moindre contrariété. Mais là, je ne peux même plus l'approcher. Il est si... (Elle cherche un mot) ... si cassant. Il se moque de moi. Oh, sans méchanceté, bien sûr, mais il esquive à la moindre occasion et il évite de se retrouver seul avec moi.

— Je vois, dis-je en m'efforçant de rester calme. Mais tout cela ne signifie pas nécessairement qu'il ait une liaison avec Jenny. Cela pourrait être tout autre chose.

— Quoi donc ? Quel genre de chose ?

Mon cerveau travaille à toute allure. *Quoi, en effet ?*

— Il pourrait avoir de graves problèmes d'argent. Peut-être ne parvient-il plus à payer les mensualités de votre emprunt immobilier ou à combler son découvert bancaire. A-t-il obtenu assez de travail, ces derniers temps ?

Cette hypothèse financière se fonde sur des conversations que j'ai entendues lors de nos déjeuners du dimanche. Francesca ne nie pas l'existence de tels problèmes, pas plus qu'elle ne se montre étonnée de me voir au courant. Les dernières générations parlent si ouvertement de leurs affaires privées ! Cela ne laisse jamais de me surprendre. Peut-être Margery a-t-elle raison : je suis anormalement secrète. Francesca me regarde

– ou plutôt son regard passe à travers moi – tandis qu'elle considère mes paroles.

— Cela peut-il vraiment expliquer qu'il les ait invités ?

— Bien sûr que oui, dis-je avec un aplomb monumental. S'il s'est mis en difficulté, il est fort probable qu'il veuille redresser la barre sans que tu t'en aperçoives. Il pourra donner beaucoup plus facilement le change si vous côtoyez en permanence d'autres personnes. En te tenant à distance, il gagne du temps pour arranger la situation. Tu pourrais ainsi n'avoir jamais besoin d'être mise au courant.

— Je suppose que c'est possible, répond lentement Francesca. Je ne m'occupe pas beaucoup des questions financières et, pour être honnête, j'ai fait quelques folies ces derniers temps... Oui, cela pourrait être la bonne explication.

— Bien davantage qu'une liaison entre Simon et Jenny ! ajouté-je avec vigueur. Je ne peux simplement pas y croire.

— Oh, Amy !

Francesca semble soudain requinquée. L'anxiété a disparu de son visage et elle me sourit.

— Tu sais, je crois vraiment que tu pourrais avoir raison. Il y a deux ou trois choses qui me reviennent, maintenant que j'y pense...

— Eh bien, alors... (Pas question de jouer les confidentes quant à ces « deux ou trois » choses.) Néanmoins, tu ne devrais pas tirer trop vite tes conclusions. Il se peut tout de même que Jenny ait le béguin pour Simon. Je l'en soupçonne, mais je suis tout à fait certaine qu'il ne la considère que comme l'une de vos amies. Pas plus.

Francesca paraît soulagée, je suis récompensée de mon culot et, très vite, elle redevient elle-même. Au moment où je la quitte pour retourner chez moi, elle s'est pratiquement persuadée que l'attitude fuyante de Simon n'était sans doute pas due à une liaison avec Jenny. Elle suggère une confrontation, mais je lui recommande la prudence et j'obtiens en fin de compte gain de cause. Dans la voiture, en rentrant, je me mets à espérer de tout cœur n'avoir pas outrepassé mon rôle de confidente.

Quelques heures plus tard, après avoir réfléchi avec soin aux événements de ces derniers mois et relu tous les passages de mon journal à leur propos, je suis sûre d'avoir raison. Je ne *peux pas* croire que Simon s'intéresse à Jenny, mais je reconnais qu'il l'utilise comme bouclier entre Francesca et lui. Je me demande s'il a réellement des difficultés financières et comment ils vont y faire face. Francesca est convaincue que quelque chose ne va pas, ce qui ne contribue qu'à renforcer mes propres soupçons. Toutefois, je continue à penser que la cause profonde de tout cela nous échappe. Pourquoi cette alarme chez Jenny, cette tension que je ressens quand je suis près d'elle ? Serait-ce simplement qu'elle est amoureuse de Simon, que Rob le voit et qu'il en est jaloux ? Il me tarde de connaître la vérité, mais je suis trop fatiguée pour pousser plus loin ce soir.

Samedi, 16 janvier

J'ai fait une nouvelle razzia au grenier. Toujours aucun signe de *Portrait de Claire*, mais il me reste encore plusieurs cartons à déballer. Je crois qu'il va me falloir installer quelques étagères de plus. J'ai trouvé un autre album de photos, avec un certain nombre de vieux clichés pêle-mêle à l'intérieur. J'ai l'intention de le parcourir et je l'ai descendu pour le joindre aux autres, en attendant de pouvoir les mettre tous en ordre.

Entre-temps, j'ai reçu un nouveau petit mot de Gary. Il a accepté ma proposition et s'est procuré les horaires de bus afin de pouvoir confirmer ses heures exactes d'arrivée et de départ. Je ne lui ai finalement rien soufflé de mon intention de le reconduire à l'hôtel ; je ne souhaite m'engager que pour le thé. Il travaille par roulement et, la semaine prochaine, son jour de congé tombe le mardi. Je lui ai répondu par écrit que je l'attendais ce jour-là.

Je me suis décommandée pour le déjeuner de dimanche au presbytère, le dernier avant les vacances. C'est lâche de ma part, mais je n'ai aucune envie de me retrouver prisonnière d'un méli-mélo d'angoisses et de duperies. Francesca et Simon ont vu les choses en grand et il y aura beaucoup trop d'agitation pour que je puisse me concentrer sur eux. Je vais attendre leur retour du Portugal.

Mardi, 19 janvier

Gary est reparti depuis longtemps et cela fait plusieurs heures que je me tiens tranquillement devant le feu. Je ne l'ai pas reconduit ; je vais expliquer pourquoi dans les pages qui suivent. Je suis à mon bureau, prête à ordonner mes pensées, grâce à cette méthode qui m'est désormais familière.

Gary arrive juste à l'heure et mon cœur bondit de plaisir lorsqu'il apparaît sur le seuil, un bouquet de roses de serre à la main. Il me les tend d'un air épanoui et je les saisis en faisant semblant de les humer. Elles n'ont bien entendu aucun parfum et je ne peux m'empêcher de me demander combien il a dû les payer. Il entre, ignorant mes remerciements. Il promène autour de lui ce regard joyeux et plein de curiosité que je lui connais bien, maintenant. Je remarque qu'il boitille encore un peu et qu'il porte son pull de cachemire, sur un pantalon de velours côtelé très convenable.

— C'est super de revenir ici, dit-il en me suivant à la cuisine. Vous m'avez manqué.

Je plonge dans le placard à la recherche d'un vase pour cacher le sourire de contentement ridicule que m'arrachent ces mots.

— Alors, Gary, comment ça va ? dis-je.

Je remplis d'eau le vase, j'y pique les fleurs une à une avec assurance, plic, plic, plic. L'effet est très impressionnant.

— Pas mal de pourboires, j'espère ?

— Pas trop à me plaindre, faut l'avouer, admet-il – mais c'est à ses roses qu'il pense. Elles ont l'air vraiment bien, non ? me demande-t-il avec une satisfaction naïve.

— C'est ravissant. Je vais les mettre en haut.

J'allume la bouilloire et j'emporte le vase dans mon bureau, avec Gary sur mes talons. En pénétrant dans la pièce, il lance un nouveau coup d'œil scrutateur. Je vois son regard se poser sur le petit tableau accroché au-dessus de mon pupitre, je distingue l'éclair de joie et de plaisir dans ses yeux et ses lèvres qui se plissent, comme s'il ne se fiait pas assez à son jugement pour oser un commentaire. Je place le vase sur mon bureau et je m'approche de la cheminée pour attiser le feu. Je le sens plus à l'aise dans cette pièce que dans le petit salon. J'ai tiré une étroite table basse entre les fauteuils, placés de chaque côté de l'âtre.

— Asseyez-vous donc.

Je le trouve plus mince, ses traits m'ont l'air un peu tirés. Je me demande si, avec sa jambe abîmée, il parvient à soutenir l'effort physique qu'exige son travail. Après tout, il doit être debout la plus grande partie de la journée.

— Je redescends chercher le thé.

Je le laisse se détendre tandis que je m'occupe de la théière et dispose le cake au citron sur un plateau. Tout le reste est déjà prêt, à l'étage. J'ai des *teacakes* à griller sur le feu et des *scones* tout frais. En remontant, je trouve Gary penché sur les albums. Me rappelant la fois précédente, lorsque nous avons regardé ensemble ces vieilles photos, je sens monter en moi un regain d'anxiété.

— Poussez ça de côté, dis-je d'un ton badin, et prenons notre thé. Je vous laisse manier la fourchette à griller les toasts.

Il abandonne les albums à contrecœur et les place à côté de lui sur le sol, prêts pour un examen ultérieur. Je le distrais en lui posant des questions sur l'hôtel ; il me parle du personnel, plaisantant à propos des clients, sur lesquels il possède déjà tout un stock d'anecdotes. En retour, je lui en dis un peu (très peu) sur Margery, pendant que nous faisons un sort aux *teacakes* et aux *scones*, en avalant plusieurs tasses de thé. J'avais oublié à quel point il est facile à vivre, quelle détente me procure sa compagnie, et ce n'est que lorsqu'il termine sa deuxième tranche de cake au citron et qu'il repose sa soucoupe sur le plateau que resurgissent les albums.

— J'aime les vieilles photos, dit-il en ramassant celui qui est au sommet de la pile. Ça me fait une drôle d'impression quand je regarde la tête des gens et que je me demande ce qu'ils pouvaient penser. Sont là, si heureux, si pleins de vie. Mais c'est fini pour eux. Tout ce qui leur causait du souci ou qui les rendait heureux, c'était rien du tout, en fait. Voyez ce que je veux dire ?

Il me regarde fixement, avide de me faire partager sa pensée, de me faire comprendre ses sentiments. Je hoche la tête. Oui, je vois exactement ce qu'il veut dire. C'est ce qui rend ces vieux tirages si poignants. Comme leur vie, comme leurs amours semblaient cruciaux ; importantes, leurs décisions ; et combien est vain, en définitive, le vaste système des choses !

— « Garçons et filles chamarrés doivent tous / Devenir poussière, comme les ramoneurs », cité-je, et il me regarde, perplexe, laissant l'album glisser à demi de ses genoux.

Il veut le rattraper, les photos qui s'y trouvaient en vrac tombent et il se penche pour les ramasser. Je termine ma tasse de thé, méditant sur les paroles de Gary. Je prends alors lentement conscience d'un changement dans son silence. Il étudie intensément une photographie, la tournant vers la lumière pour mieux voir.

— Qu'est-ce que c'est ? demandé-je avec intérêt. Qu'avez-vous trouvé ?

— C'est vous, dit-il, étonné. Une photo de vous quand vous étiez jeune fille.

— Laissez-moi voir.

Je tends la main, curieuse de découvrir laquelle cela peut être.

Il me la passe presque à regret et me voici face à moi, plus jeune. Mon visage lisse et joyeux, plein d'espoir, contemple le monde. Il y a dans mon regard tout l'optimisme de la jeunesse, teinté d'excitation. Je me sens transpercée de nostalgie devant cette marque d'innocence. Mes cheveux sont libres et je porte autour du cou quelque chose de vaporeux.

— Comme vous étiez jolie ! Quel âge aviez-vous ? me demande Gary.

Je retourne la photographie et étudie l'inscription au dos, les sourcils froncés, dans un effort pour me souvenir. Il s'agit d'une photographie « officielle » qui doit donc avoir quelque rapport avec l'école. Mais quoi ? Gary tend de nouveau la main pour reprendre le cliché et scrute de près mon visage à quinze ans.

— J'étais très jeune, lui dis-je, tout en continuant à me creuser la cervelle. C'est une photographie prise à l'école.

— À l'école ? répète-t-il d'un ton dubitatif. Mais vous n'êtes pas en uniforme.

Puis je me souviens.

— C'était un spectacle, nous jouions une pièce de théâtre ! m'écrié-je, enchantée d'avoir trouvé. Mais laquelle ?

Il continue à étudier la photographie.

— Je ne vous avais jamais vue avec les cheveux sur les épaules, reprend-il, comme s'il m'avait connue toute ma vie. Les autres photos vous montraient avec les cheveux tirés en arrière. Et vous avez des lunettes sur les dernières.

Je me tais. Il me jette un regard, semblant évaluer à quoi je pourrais ressembler si je libérais mes cheveux et ôtais mes lorgnons. Le silence s'allonge, comme si Gary avait tout à coup deviné mes motifs.

— Pourquoi ? demande-t-il tout doucement. On dirait que vous vouliez vous rendre ordinaire. Vous étiez vraiment superbe. Pourquoi vous le cachiez ?

C'est la question de Hugo, celle qu'il m'a posée vingt-cinq ans plus tard, et je sens en moi un écho de la panique que j'ai éprouvée alors. Je secoue la tête en essayant de sourire, mais je ne parviens pas à faire dévier Gary.

— C'est à cause d'un homme, non ? Quelqu'un vous a laissé tomber et vous avez eu envie de vous cacher.

Dans sa bouche, ça a l'air assez simple – c'est peut-être ce qu'il a lui-même ressenti quand sa petite amie l'a quitté –, mais il m'est impossible d'en discuter avec lui. Alors je me lève, sous prétexte de débarrasser la table. Il se replonge avec tact dans les albums, mais ma sérénité est en miettes et je suis presque soulagée quand vient le moment pour lui d'attraper son bus. Je suis incapable de faire l'effort de le reconduire. Il voit bien mon air perturbé et je sais qu'il comprend. Nous nous fixons un nouveau rendez-vous pour son prochain jour de libre, que je propose presque à titre de réparation, ayant conscience de lui avoir quelque peu gâché son après-midi, et il me donne une brève accolade avant de disparaître dans le soir qui tombe déjà.

Ignorant les restes du thé à la cuisine, je remonte lentement à l'étage. Gary a laissé en tas les albums et les photos. Celles-ci forment une pile précaire, couronnée par le cliché qui a surtout retenu son attention. Je m'assieds dans un fauteuil et je contemple fixement mon portrait en plus jeune. C'est alors une scène différente qui me revient.

Un chaud après-midi estival, juste avant le thé. J'ai joué une partie de tennis énergique et très disputée, en double, avec deux filles qui vont entrer en sixième et la professeur de tennis. Tandis que les autres sont déjà reparties, prenant les devants tout en discutant encore d'un ou deux points, je m'efforce de remettre de l'ordre dans ma chevelure – que j'ai laissée flotter pendant le match – en refaisant mon nœud habituel. Au bout d'un moment, j'y renonce et je pars d'un pas nonchalant rejoindre les autres.

Les courts étaient cachés dans le parc de l'école, derrière des buissons de rhododendrons, et le sentier serpentait vers les vestiaires, à l'arrière du bâtiment principal. Je le suivais sans me presser, les bras chargés de raquettes, de serviettes et d'un maillot, lorsque, au détour d'une courbe, je suis tombée nez à nez avec Hugo.

J'eus un choc tel que j'en perdis le souffle. Là, brusquement seuls, il nous devint tout d'un coup parfaitement impossible de poursuivre ce petit jeu badin qui se déroulait entre nous depuis si longtemps. Sans la présence des autres, qui m'avait toujours protégée, je me sentis faible et effrayée. J'eus envie de le dépasser en courant, de le fuir, mais un besoin beaucoup plus puissant me cloua au milieu du chemin. Il n'y avait plus entre lui et moi que mon paquet de raquettes et de serviettes. Ses manches de chemise relevées effleurèrent mes mains encombrées et, lorsqu'il toucha mon bras nu, je tremblai tant que je craignis de tomber.

— Comme vous avez l'air différente avec vos cheveux dénoués.

Il ne souriait pas, il m'accusait presque.

— Pourquoi les ramenez-vous en arrière ? Et où sont vos lunettes ?

Je me rappelle à quel point il nous fut alors impossible de jouer la comédie, mais j'étais encore tout à fait incapable de parler. Je ne pus que serrer convulsivement mes affaires et le regarder, fascinée, effrayée, tellement amoureuse que, frappée d'un soudain élan de désir, je tenais à peine droite.

— Vous êtes si belle ! murmura-t-il avec humeur. Pourquoi le cacher ?

Et il me prit dans ses bras – raquettes comprises – et m'embrassa.

Je ne fis aucun effort pour lui résister. C'était la conclusion naturelle d'une année de conversations entre nous, secrètes, silencieuses. Je me cramponnai à lui. Raquettes et serviettes tombèrent à nos pieds. Tandis qu'il me pressait contre sa poitrine, je me souvins de David Lawes et de ce qu'il m'avait fait connaître. Je compris alors que tous mes efforts de prudence et d'autodiscipline se trouvaient anéantis ; c'était comme s'ils n'avaient jamais existé. Près de quinze ans de célibat auto-infligé venaient d'exploser en un désir passionné d'aimer et d'être aimée. Le reste devenait tout à coup insignifiant.

Nous restâmes cramponnés l'un à l'autre, à peine capables de tenir debout tant nous frissonnions. Ce ne fut qu'en entendant des éclats de voix qui provenaient d'un peu plus loin sur le chemin que nous rompîmes notre étreinte. Tremblant encore, je me penchai pour reprendre mes affaires, ne sentant plus que sa présence, ses mains qui m'aidaient à ramasser les raquettes, la largeur de ses épaules sous sa chemise de flanelle.

— Amy, fit-il d'une voix presque impérieuse – mais ses yeux étaient noirs de désir. Où pouvons-nous nous retrouver ?

Je secouai la tête. J'étais trop abasourdie pour réfléchir et trop effrayée pour me montrer intelligente. Les voix se rapprochèrent. Dans un dernier sursaut, je repris froidement mes esprits et m'enfuis vers les buissons pour regagner les vestiaires par un chemin détourné.

Mercredi, 20 janvier

J'ai à peine dormi la nuit dernière. Je me sens déchirée par des désirs contradictoires, pleine d'incertitude, confuse... Malgré mon vœu de m'en tenir entre ces pages à la stricte vérité, j'étais déterminée à ne rien écrire au sujet de Hugo. Il est préférable que cela reste caché, profondément enfoui dans mon bric-à-brac personnel. Mais à mesure que je déblaie le grenier, tout ce bric-à-brac se trouve soulevé, laissant voir les secrets de mon cœur. Serait-il possible que j'en vienne enfin jusqu'à la porte brutalement refermée sur le terrible dernier chapitre de mon amour pour Hugo ? Il est évident que je suis capable d'y faire allusion, ne serait-ce que de façon oblique. J'ai enterré cela si profondément que je l'ai presque oublié, comme le rejet de mon père, le départ de ma mère de sa maison – et David Lawes.

Non, bien sûr. Je n'ai rien oublié du tout. Ainsi que je l'ai dit plus haut, ces choses furent trop pénibles pour vivre avec elles, je me suis donc construit une nouvelle existence sans elles. Or, il semble que mon ancienne et ma nouvelle vie foncent maintenant à toute vitesse l'une vers l'autre, et je crains le choc. Que se produira-t-il lorsque j'arriverai devant cette porte ? Je chasse cela de mon esprit, il me faut tourner mes pensées vers un autre sujet. Je suis incapable de faire face, encore qu'une espèce de force m'y pousse. Sinon, pourquoi aurais-je poursuivi mes contacts avec Gary, alors qu'il joue le rôle de catalyseur, j'en suis certaine ? Il serait si facile de clore aussi ce chapitre-là puis de reprendre le fil de mon ancienne vie.

Mes efforts d'analyse psychologique amateur me laissent insatisfaite. Je me lève, m'habille et pars me promener sur le rivage. La mer est très basse et je vais marcher au bord de l'eau ; mes chaussures s'enfoncent dans le sable gorgé d'eau. L'air doux me caresse les joues, il dépose de minuscules perles d'humidité sur mes vêtements ainsi que dans mes cheveux. L'aube vient à peine de se lever et le ciel, d'un gris léger, s'éclaire imperceptiblement tandis que j'avance, semblant se mêler à la mer en effaçant l'horizon. Les plaintes tristes des mouettes qui tournoient au-dessus de ma tête ajoutent à la mélancolie tranquille de cette scène. Je me sens apaisée.

En reprenant le chemin du retour, je m'efforce de concentrer ma réflexion sur des sujets plus positifs et plus concrets, ce qui a toujours été mon habitude lorsque je suis en proie à de fortes craintes. Je songe à mon petit-déjeuner – j'opte pour une matinée bacon – et me demande comment Francesca s'en sort, maintenant que leur première semaine de vacances est presque écoulée. Peut-être Simon et elle ont-ils pu passer assez de temps ensemble pour résoudre leur problème, quel qu'il puisse être. La semaine prochaine,

Jenny et Rob les rejoindront. Je suis impatiente de savoir ce qu'il ressortira de cela.

Tandis que je fais le café en écoutant le grésillement réconfortant du bacon dans la poêle, je choisis mon emploi du temps pour les tout prochains jours. Je dois depuis longtemps faire une nouvelle visite à ma vieille amie et je vais une fois de plus faire bénéficier le grenier de mon souhait de ne pas rester inactive. Les placards de la cuisine ont bien besoin d'être nettoyés et la voiture d'être briquée. Comme mes réflexes mentaux sont prompts à se réinstaller ! Quel âge avais-je donc – j'étais peut-être jeune – lorsque je me suis rendu compte que le meilleur antidote à la détresse ou à la peur, c'est le *travail* ?

Lundi, 25 janvier

Cela fait plusieurs jours que je n'ai rien ajouté entre ces pages. J'ai travaillé dur, me rattrapant sur certaines tâches que j'avais négligées, et je me suis couchée exténuée. Il n'y a rien de meilleur. Ce matin, j'ai reçu un mot de Gary. Deux de ses collègues sont victimes du virus de la grippe, très présent en ce moment. Il est obligé de renoncer à son temps libre, la charge de travail devant être répartie entre les employés valides. J'éprouve une amère déception, sentiment que je n'ai pas du tout vu venir. On doit lui accorder un jour de congé la semaine prochaine ; je lui réponds immédiatement par écrit que j'attends avec impatience de le revoir. C'est seulement maintenant que je réalise à quel point je comptais sur sa visite, ma dépendance à l'égard de nos chaleureuses conversations, et combien je me sens consolée lorsqu'il me serre dans ses bras… Mieux vaut que je prenne conscience, peut-être, de cette vulnérabilité.

Mardi, 2 février

Encore une semaine de passée sans qu'il se soit rien produit de remarquable ou de digne d'être relaté. J'ai travaillé, lu, fait des visites, écrit des lettres. Ce matin, néanmoins, j'ai reçu une carte postale de Francesca.

« Ici tout va bien, m'écrit-elle. Rob est avec nous mais Jenny a dû rester chez sa mère. On passe de super moments !!! Grosses bises, Francesca et toute la troupe. »

Elle a lourdement souligné les quatre premiers mots. Cela, plus la pléthore de points d'exclamation, me laisse supposer que les choses sont réglées. Je me demande ce qu'éprouve Jenny et j'ai un moment de gêne en me remémorant la thèse de Margery à propos de Francesca et Rob. Mais à la réflexion, je la rejette une fois encore. Francesca était authentiquement malheureuse, ce triste jour de janvier, j'en suis certaine. Pourquoi se serait-elle donné la peine de jouer la comédie à ma seule intention ? Ma propre théorie, bien que hâtivement échafaudée, pourrait être la bonne, après tout.

Gary sera là demain. Je lui ai envoyé un nouveau message, suggérant qu'il vienne passer toute la journée ici. Cela lui fera une coupure et nous pourrons prendre la voiture pour aller déjeuner au pub, quelque part. Il fait plutôt doux et ensoleillé, pour un début février. Comme un avant-goût de printemps dont il nous faut profiter.

Mercredi, 3 février

Cela fait un moment que je me tiens assise à fixer cette page encore vierge de mon journal, tandis que mes pensées parcourent les vastes étendues de ma mémoire. Je n'y puis rien, je n'ai pas la force de contenir ce passé qui refuse d'être nié plus longtemps. Comme cela sonne mélodramatique. Mais comment décrire la marée d'événements qui m'emporte depuis que j'ai commencé à tenir ce journal ? Aujourd'hui, alors que j'étais dans la voiture avec Gary, devant le pub où Hugo et moi avions eu notre premier rendez-vous secret, j'ai eu la sensation qu'une formidable force a pris les commandes de ma vie, sur laquelle je n'exerce plus aucun contrôle.

Je l'avais passablement oublié, ce pub choisi comme lieu sûr pour nos rencontres, et si Gary et moi, nous ne nous étions pas totalement perdus dans un labyrinthe de petites routes, j'aurais été bien incapable de le retrouver. Mais il me faut tout reprendre en commençant par le début.

Gary arrive tôt, ayant pu attraper le premier bus. Je l'attends avec un panier garni pour parer à toute éventualité.

— Nous partons en balade mystère ! lui dis-je, déterminée à ce qu'aucun écho du passé ne vienne gâcher notre journée. Ne me demandez pas où, je ne le sais pas moi-même. J'ai pris l'atlas routier et j'ai prévu un panier pour que nous ne mourions pas de faim, même si nous nous perdons.

— Super ! me répond-il, les yeux brillants de plaisir. Z'avez pris les plaids ? Faudrait pas emporter aussi les chaînes à neige, et une pelle ?

Je le soupçonne de ne plaisanter qu'à moitié. Il y a chez lui un sens de l'aventure, une envie d'émotions fortes, quelque chose d'enchanteur, de peu commun. Dans un monde moins surpeuplé, il aurait pu être explorateur, ou soldat de fortune.

— Ils sont déjà dans le coffre, répliqué-je avec l'air de m'étonner qu'il puisse en douter, et il me jette un regard rapide, comme pour vérifier que je parle sérieusement.

J'affiche une expression interdite et il se fend d'un large sourire, avant de me serrer brièvement contre lui. Oh, le réconfort que m'apportent ses câlins ! Je suis moins à l'aise, en revanche, devant cette vague traîtresse de désir que je me hâte de refouler. Avoir repensé à Hugo et à notre amour m'a affaiblie ; il faut que je me tienne sur mes gardes. Je lui colle le panier entre les mains et j'entreprends de fermer la maison. Quelques instants plus tard, nous avançons à travers la campagne, avec de belles perspectives pour toute la journée.

Pendant que nous roulons, Gary me raconte les dernières péripéties à l'hôtel : quelques clients insolites sur lesquels il est tombé, un nouvel employé qu'il n'aime pas et qui semble décidé à lui attirer des ennuis. Nous nous enfonçons dans un paysage de collines. Au loin se dessinent des monts avec quelques touches de neige, et nous stoppons près d'un cours d'eau clair qui dévale de ces sommets glacés. À part le débit de l'eau, bruyant et précipité, l'endroit est parfaitement tranquille. Je fais du café pendant que Gary va arpenter les rochers, d'où il me lance des appels, répercutés par les parois qui surplombent le lieu où nous nous trouvons. Il porte son pull en cachemire sous son blouson de cuir, avec une écharpe rouge vif autour du cou. Je note que sa jambe semble complètement guérie, ce qui me procure un profond sentiment de soulagement. Ravis par l'odeur du café fumant, nous nous réchauffons les mains en le dégustant à petites gorgées. Après quoi, nous rinçons nos mugs dans le torrent et nous retournons nous blottir dans la tiédeur de la voiture. Malgré le temps ensoleillé, l'air reste frisquet à cette altitude. Cependant, nous continuons à rouler au milieu de toute cette splendeur, nous émerveillant de tant de beauté en devisant d'un ton décontracté.

Un peu plus tard, Gary décide qu'il meurt de faim. Il s'est levé tôt et son petit-déjeuner est déjà loin derrière lui. Nous partageons alors la tablette de chocolat que j'ai eu la prévoyance de glisser dans la boîte à gants et nous nous lançons à la recherche d'un pub où prendre un semblant de déjeuner. Quand je me rends compte que je me suis totalement perdue, Gary fait une tentative pour déchiffrer la carte qui se solde par un fou rire incontrôlable lorsque nous faisons irruption dans une cour de ferme.

— Ah, vous êtes un sacré copilote, maugréé-je en faisant demi-tour. Heureusement que j'ai pris ce panier, n'est-ce pas ?

— J'la lisais dans le mauvais sens, reconnaît-il, toujours penché sur la carte. Attendez, avant de laisser tomber. On devrait garder ce panier en réserve, au cas où. On pourrait bien y passer toute la nuit, à ce train-là.

Je réalise qu'une telle aventure ne lui déplairait pas. Je me sens donc soulagée lorsqu'un ouvrier agricole nous indique le chemin du pub le plus proche. Au bout d'un dédale de petites routes sinueuses, nous atteignons un hameau et là, derrière son minuscule carré d'herbe, je découvre le pub.

Assise au volant, figée dans mon silence, je fixe le long bâtiment de pierre sous son toit d'ardoise. Il n'a pas changé. Les fenêtres à meneaux, avec leurs tout petits carreaux en forme de losanges, m'adressent au soleil de midi un joyeux clin d'œil, et la lourde porte cloutée de fer est largement ouverte, comme pour nous souhaiter la bienvenue. Mon cœur fait des bonds désordonnés dans ma poitrine. Je m'attends à voir Hugo sortir d'un pas nonchalant du pub puis me fixer sans sourire, par-delà l'étroite bande de gazon impeccable.

— Tout va bien ?

La voix de Gary trouble mes souvenirs, qui vacillent, se disloquent et s'enfuient, me laissant étrangement désemparée.

— Mais oui, bien sûr.

Je lui souris sans le tromper. Avec sa vive intelligence, Gary a tout de suite saisi.

— Vous êtes déjà venue ici, n'est-ce pas ?

Je songe un instant à nier mais n'ai pas la force de donner le change.

— Oui, c'est vrai. Il y a de ça des années.

Je détache mon regard de Gary, le dirigeant à nouveau vers la porte, où Hugo n'apparaît toujours pas. À ma grande consternation, quelques larmes de déception idiotes se mettent alors à dévaler mes joues. Clignant des yeux, je me hâte de les chasser, déglutis en urgence et essaye de poursuivre d'un ton alerte.

— On y mangeait si bien ! J'espère qu'ils ne se sont pas débarrassés du chef.

— Amy…

Sa voix est si gentille, presque chargée de reproches.

— Avec moi, vous n'avez pas besoin de faire semblant. On est copains, non ?

C'en est trop. Je suis incapable de me contenir. De gros sanglots montent tout seuls du fond de ma poitrine et les larmes jaillissent de mes paupières. Gary m'enveloppe de ses bras gainés de cuir et je sens la douceur sensuelle du cachemire contre ma joue. Il me berce délicatement, comme si j'étais une enfant, tandis que je roule mon front de long en large sur sa poitrine. L'odeur du cuir, mêlée à celle de son après-rasage et (très faiblement) du tabac, me touche au cœur. Sa masculinité même me désarme encore davantage et je m'agrippe à lui. Quand l'orage est passé, il me propose son mouchoir, ce qui me surprend, et je m'essuie le visage, honteuse de moi-même, me demandant déjà comment je vais expliquer tout cela. C'est sous-estimer Gary, car il ne me lance aucune question, ne fait pas de commentaire. Il me lisse simplement les cheveux, me dépose un baiser sur la joue et me sourit.

— Vous avez besoin d'un verre, dit-il d'une voix presque gaie.

Je lui ai laissé voir mes larmes, cela lui suffit. Aucun mot ne saurait exprimer combien je lui suis reconnaissante. Je hoche la tête, lui rendant son sourire pour lui montrer ma gratitude. Un autre câlin et tout est fini pour le moment. Nous laissons la voiture et traversons la petite pelouse. C'est Gary qui se charge d'aller commander au bar, pendant que je cherche une table où reprendre mes esprits, dans un coin tranquille et sombre. Il est hors de question que je laisse ma faiblesse gâcher une nouvelle fois le jour de congé de Gary. Au moment où il arrive avec nos boissons et le menu, je parviens à lui sourire joyeusement, sans laisser le moins du monde mes regards s'attarder sur cette autre table où j'ai pris place, un sinistre jour, il y a si longtemps.

Nous retrouvons notre bonne humeur de la matinée et, plus tard, nous tombons sur un coin boisé, l'un des plus beaux sites de la région, où nous marchons pour éliminer quelques excès de table. Quand vient l'heure du thé, nous avons fait une grande partie du chemin du retour et nous savourons le contenu du panier, garés sur une colline surplombant la mer. Les jours rallongent, mais le crépuscule tombe déjà lorsque je dépose Gary à l'hôtel, avec la promesse de se revoir bientôt. Et c'est épuisée que je rentre chez moi, dans ma petite maison tout en hauteur au bord de la mer.

Il m'est désormais impossible de nier le passé. Maintenant que je suis seule, ma volonté cède et mes souvenirs affluent, d'autant plus frais qu'ils sont restés longtemps gelés, claquemurés. Ils se dévident dans mon cerveau fatigué, où mon œil intérieur daigne enfin les voir.

C'est Hugo qui a découvert ce pub. Il me promet que nous y serons en totale sécurité. Il nous faut prendre nos dispositions à la hâte et je n'ai pas le temps de protester. Ou pas envie de protester. Hugo le sait et pousse son avantage. Il a rédigé une brève note, dépourvue de tout romantisme, indiquant simplement notre lieu de rencontre, avec l'itinéraire à suivre de la grand-route jusqu'au hameau. Ce papier rend les choses plus réelles, trop réelles. Je le regarde, le froisse, le lisse à nouveau. Je suis résolue à ne pas y aller. Maintenant que le sang coule plus lentement dans mes veines, je vois le danger. Hugo est un homme marié et nous serons tous deux licenciés si notre liaison vient à être découverte. Nos tendres ouailles ne doivent pas être exposées à une passion aussi crue, aussi explosive. Elles sont trop vulnérables. Car notre communauté fermée constitue une véritable serre propice à encourager la luxure et le goût de l'interdit.

Très bien. Je suis déterminée à refuser sa demande de rendez-vous. Je détaille en moi-même l'inutilité d'une telle rencontre, le désespoir de notre situation… Je lutte avec ma conscience tout le long du chemin jusqu'au pub et j'en suis encore à me répéter qu'il n'est pas trop tard pour reculer lorsque je vois Hugo sortir nonchalamment et me fixer, de l'autre côté de la pelouse. Je me cramponne au volant, les mains tremblantes. Je ne peux plus bouger. Mes jambes, j'en suis sûre, sont incapables de me porter.

Il s'agit seulement de prendre un verre avec lui, susurre une voix dans ma tête. *Peut-être déjeuner ensemble. Rien ne t'oblige à aller plus loin.*

Hugo se tient appuyé contre le montant de chêne, mains dans les poches, jambes croisées au niveau des chevilles. J'ai envie de lui à en mourir. Je me souviens de ces jours – et de ces nuits – dans l'appartement haut perché de David Lawes, et je réalise à quel ravissement absolu pourrait conduire une rencontre entre deux adultes, s'ils s'aiment comme Hugo et moi nous nous aimons peut-être.

Il attend toujours. Il a dix ans de plus que moi et beaucoup, beaucoup plus d'expérience. Son autorité, ce savoir secret, agissait sur moi comme un aphrodisiaque. Comment pourrais-je lui résister ? Ma gorge est sèche, j'avale nerveusement, les mains toujours agrippées au volant comme à une bouée de sauvetage. Est-il encore possible de redémarrer le moteur et de m'en aller ?

Hugo sort les mains de ses poches puis décroise les chevilles. Il esquisse une volte-face, comme pour revenir à l'intérieur du pub. J'ouvre alors la portière, perdant tout bon sens, submergée de désir. Il hésite et, tandis que je me tiens à côté de la voiture, comme si j'avais trop peur de traverser l'étroite bande de gazon, il marche rapidement vers moi et me prend par le bras.

— Tu es en retard.

Sa voix a toujours contredit son regard. Une sorte de sauvegarde qui l'empêchait d'en admettre trop. Mais ça, je ne l'appris que plus tard. Pour le moment, ce ton péremptoire fait partie de son autorité, celle d'un homme plus âgé face à qui j'ai envie d'abandonner mon self-control, le *bon sens* qui m'a étranglée depuis tant d'années, ma solitude, aussi, vide, aride.

Jeudi, 4 février

J'ai d'abord bien dormi, sans doute grâce à ma fatigue d'hier, mais je me suis réveillée en sursaut, comme si on m'appelait. Je suis restée allongée un certain temps, les yeux dans le noir, tandis que des visions et des demi-souvenirs de conversations submergeaient lentement mes résistances, prenant pleine possession de mon esprit.

Ce déjeuner avec Hugo devait être le premier de nombreux rendez-vous clandestins arrangés à la hâte. C'est un moment de tension, de terreur, d'excitation sauvage. Le plus petit contact avec lui fait s'emballer mon rythme cardiaque et manque de me couper la respiration. Je n'ai à cette époque aucune idée de la puissance que cette force – comment l'appeler ? l'amour ? le désir ? la passion ? – peut avoir. Chacune de nos rencontres attise le feu de notre désir, à tel point que, lorsque nos mains se touchent enfin, il est surprenant que nous ne nous embrasions pas.

Hugo est impatient. Le troisième trimestre est presque fini et nous n'avons fait encore aucun plan pour nous retrouver vraiment seul à seule. J'imagine la scène du fond de ma chambre, dans l'aile est. Où cela aura-t-il lieu ? Comment cela se passera-t-il ? Que ressentirai-je lorsque ce sera fini ? La pensée de l'acte d'amour nous obsède. Elle se met entre nous et rend impossible une quelconque amitié. Quand nous sommes ensemble, l'air qui nous entoure devient électrique, chargé de fantasmes. J'aspire pour partie à prolonger cette phase temporaire. Je suis réticente à la perspective d'échanger le rêve contre la réalité. Mes vieilles peurs ne sont jamais très loin. Peut-être Hugo a-t-il pressenti dès le début que d'abord il me faudrait être à sa disposition, et qu'ensuite il m'abandonnerait.

Lorsque je suis seule, mes craintes me tourmentent. Mais quand je le retrouve, rien n'a plus d'importance, rien d'autre que son contact, sa voix, son sourire contraint. J'apprends que mes airs d'indépendance et mon indifférence supposée l'ont quelque peu irrité. Je suis abasourdie qu'il les ait pris au pied de la lettre et n'ai su deviner mes véritables sentiments. Cela me donne un peu de confiance et j'arrive – mais rien que cela, pas plus ! – à le faire patienter jusqu'à ce que le lieu et l'heure soient propices.

Au cours des dix années qui suivront, Hugo et moi allons faire l'amour dans des pensions, des

Gästhauser, sur des bateaux, même, jusqu'à ce que nous découvrions, plus près de nous, grâce à un pavillon de chasse à la pointe d'un grand *loch*, en Écosse, le moyen d'entretenir une liaison régulière. Ce pavillon appartient à un ami qui croit que Hugo est écrivain et qu'il a besoin de s'isoler chaque année pendant quelques semaines. Ce qui d'ailleurs devient en partie vrai. Hugo signe un contrat pour une série d'ouvrages sur les rois de France. Il peut ainsi prétendre à quelques semaines de solitude chaque été, ainsi qu'à une autre en hiver et une autre encore au milieu du printemps ; cela constitue la somme du temps que nous passons ensemble. Personne, pas même cet ami, ne sait que je pars rejoindre Hugo là-bas. Nous sommes isolés, coupés du monde, et nous pouvons vivre entièrement selon notre fantaisie, dans cette confortable maison de pierre qui surplombe un vaste lac.

Hugo parvient même à écrire – nous ne pouvons quand même pas faire l'amour *tout le temps* – tandis que je me balade dans la propriété ou reste assise sur la terrasse en haut de l'escalier de pierre qui mène à un petit quai où un bateau est amarré. Personne ne risque de passer voir ; le voisin le plus proche est à plus de trois kilomètres. Nous apportons tout notre approvisionnement et nous laissons la maison propre et rangée pour le prochain visiteur. L'ami de Hugo ne vient jamais, pour autant que nous puissions en juger, il ne fait que louer à des vacanciers et à un ou deux amis. Hugo lui donne ses dates à l'avance et nous sommes assurés d'une confidentialité absolue. Tout cela, cependant, n'est encore qu'à venir.

Notre première fois a lieu sans préméditation. Je continue à résister à Hugo jusqu'à la fin du trimestre et l'école ferme pour les vacances. Pourquoi donc suis-je toujours là, quelques jours plus tard ? Seule la gardienne me tient compagnie, à bonne distance. J'aurais dû déjà regagner la maison de l'oncle Charles, comme à chaque période de vacances, alors… ? Peut-être savais-je inconsciemment que cela devait se passer ainsi. Hugo ne peut ignorer que je suis encore là, dans ma chambre de l'aile est.

Le jour s'achève quand je l'entends frapper à la porte. Je réécoute le *Miserere* d'Allegri. Le ton pur de la voix de soprano s'élance vers le parc tranquille où les corbeaux se disputent paresseusement dans les grands hêtres. J'ouvre la porte et Hugo est là, appuyé contre le mur, les mains dans les poches. C'est comme si toute mon âme bondissait à la rencontre de ses yeux sombres. Je sens en moi une énorme poussée de soulagement : c'est maintenant et c'est le bon moment. J'ouvre grand la porte, il entre. La chambre est propre, paisible dans la lumière du soleil couchant. Il se tourne vers moi, prend ma tête entre ses mains. Ses doigts se pressent fortement contre mon crâne et, quand il m'embrasse, je sens mes os prêts à se dissoudre. Mes bras l'enserrent. Je m'accroche farouchement à lui, de peur de m'effondrer.

La voix du jeune garçon grimpe jusqu'à l'extase du *do* le plus aigu et je m'envole avec elle. « *Ne me rejette pas loin de ta face, ne me retire pas ton Esprit Saint.* » Ai-je eu tort d'avoir le sentiment que notre acte d'amour se confondait en quelque sorte avec cette voix céleste – qui l'a rendu plus radieux encore ? Sacré et profane mêlés ! « *Ô Dieu ! Tu ne dédaignes pas un cœur brisé et contrit.* »

Quand c'est fini, nous restons allongés côte à côte en silence. Les larmes sèchent sur mes joues. Je connais pour la première et seule fois une paix totale et absolue. Je me sens lavée de ma peur et de ma douleur, libérée de toute frustration, paisible dans la jouissance de l'amour librement consenti, épanouie après avoir donné tout ce que j'avais. Je ne pourrai jamais plus l'être tout à fait autant.

Cela se vérifia par la suite, mais il y eut d'autres compensations. Au cours des dix ans de notre amour, nous connûmes toutes les joies que partagent les amants. Hugo était tellement à moi que je n'enviais personne et me contentais de notre relation. Cinq semaines par an, c'est une ration dérisoire pour deux amants, mais la qualité de ces quelques semaines nous consolait. Et la brièveté du temps que nous passions ensemble le rendait doublement précieux. Nous nous voyions pendant l'année scolaire, bien sûr, ce qui augmentait notre excitation, ainsi que le désir du fruit défendu. J'étais si heureuse.

Vendredi, 5 février

Je n'irai pas plus loin. Je me suis autorisé ce regard en arrière, mais il doit me suffire. Ce furent des moments heureux. Il n'est point nécessaire que j'ajoute à ma détresse en fouillant plus profond. Tout cela est du passé.

Une deuxième carte de Francesca est arrivée ce matin. Ils continuent de bien s'amuser, même si Jenny doit les rejoindre pour leurs derniers jours de vacances. Ils seront de retour à la maison la semaine prochaine. Avec une certaine surprise, je m'aperçois que Francesca me manque. Elle fait désormais partie de ma vie et j'ai vraiment hâte de découvrir comment ses vacances se sont déroulées.

Je me sens trop fatiguée pour continuer à m'activer, mais j'ai peur que le passé ne me harcèle. Je vais essayer de me plonger dans un livre. Si seulement je pouvais mettre la main sur mon exemplaire de *Portrait de Claire*.

Vendredi, 12 février

Le temps passe lentement. Chaque pièce a été soigneusement astiquée, les housses et rideaux nettoyés, j'ai fait l'argenterie et les cuivres. Même le grenier est presque terminé. J'ai travaillé sans relâche, craignant, si je m'arrêtais, de me donner l'occasion de *réfléchir*. J'ai réussi à me fermer aux images du passé, mais c'est épuisant et je cherche des distractions. Peut-être Francesca, si je la revois, me fournira-t-elle de nouveaux sujets d'analyse.

Ils sont de retour. J'ai reçu d'elle un bref appel téléphonique et une invitation à déjeuner dimanche en huit. Jamais je n'avais accepté avec autant d'empressement. J'espère qu'elle pourra trouver le temps de passer me voir d'ici là. En attendant, je me réjouis à l'idée de revoir Gary. Il a consacré son dernier jour de congé à une visite de courtoisie à son travailleur social, ce qui est tout à fait juste et approprié, je dois l'admettre. Mais il me manque. Il ne peut guère m'arriver de plus grand choc que ce que j'ai vécu durant notre balade mystère. Et les photos ont épuisé leurs plus douloureux effets. Il n'y a sûrement plus rien à craindre.

Je n'ai pas su contenir *tous* mes souvenirs. Les heures d'insomnie qui précèdent l'aube sont redoutables, et je n'ai pu les affronter qu'en fixant mon esprit sur de menus détails, les petites particularités de tous les lieux où nous avons séjourné, des pays que nous avons traversés (sans que jamais nous quitte la crainte d'être découverts) et certains moments vécus ensemble, moins chargés d'émotion que ceux que j'ai déjà racontés.

Ce procédé a ses limites et je m'avance, je le sais, sur une voie dangereuse. Mais puisque le passé refuse de rester scellé au fond de la chambre obscure où il est si longtemps demeuré, je dois m'efforcer de le contrôler.

Mercredi, 17 février

Je suis restée assise un long moment à mon pupitre ce soir, repensant aux événements de la journée. Elle a été très chargée. Je crains des conséquences de grande envergure.

Le coup de téléphone de Jenny, après le petit-déjeuner, a donné le ton.

Sa voix a cette inflexion que je lui connais, un peu inquiète, mais je réponds gaiement.

— Quel plaisir de vous entendre ! Avez-vous passé de bonnes vacances ?

Me demandant si je suis censée être au courant, je juge plus prudent de rester discrète.

— Pas trop mal. Ma mère me cause quelques soucis, en ce moment.

— Ah ? dis-je en manifestant une certaine surprise, teintée d'inquiétude. J'en suis désolée ! Rien de grave, j'espère ?

Les gens, m'a-t-il toujours semblé, s'imaginent que les moindres aspects de leur vie familiale me fascinent, et Jenny ne paraît pas faire exception.

— Je m'inquiète tellement. Elle est percluse d'arthrite et ne peut guère se déplacer, même si elle est mieux là-bas, avec tout le soleil. Le problème, c'est que le couple qui s'occupe d'elle s'en va. Elle est entièrement dépendante. J'ai trouvé une femme pour accomplir les tâches ménagères, mais ma mère a besoin d'un homme pour se charger des gros travaux à l'extérieur et la conduire de-ci de-là.

Jenny est manifestement bouleversée, ce qu'il faut sans doute mettre à son crédit, mais je ne vois rien qui justifie de me faire partager ce type d'information à une heure si matinale – ou même à n'importe heure ! Je fais un sérieux effort pour me sentir concernée.

— J'aurais plutôt cru qu'une opportunité de ce genre susciterait bien des vocations, dis-je, en me demandant pourquoi diable je le penserais.

— Oh, il y a là-bas beaucoup d'hommes qui seraient en effet heureux de la saisir, réplique immédiatement Jenny. Mais maman préfère des Anglais pour s'occuper d'elle.

Je résiste héroïquement à la tentation de relever le caractère déraisonnable d'une telle exigence lorsque l'on vit hors d'Angleterre. J'émets à la place un petit bruit compréhensif.

— Elle est tellement dépendante, voyez-vous, m'explique Jenny d'un ton sincère. Et elle ne parle pas la langue du pays.

— Ah.

— Vous comprenez sans doute ce qu'elle peut ressentir.

— Mmm.

— Après tout, elle a plus de quatre-vingts ans.

— Oh.

— Eh bien, quand on arrive à cet âge, il me semble qu'on a droit à quelques petits caprices.

— Mmm.

— Amy, j'ai besoin de vous parler, puis-je venir ?

Devant ce brusque changement de sujet et l'urgence dans la voix de Jenny, je débranche mon pilote automatique et tente aussitôt de remobiliser mes esprits. Ai-je loupé quelque chose ? Je me sens comme Winnie l'Ourson qui écoute – ou plutôt, n'écoute pas – pendant que Maître Hibou lui explique la meilleure méthode pour retrouver la queue de Bourriquet. Jenny ne veut quand même pas venir me voir à la seule fin de discuter de ses problèmes de personnel de maison ?

— Ce matin ? Mais j'ai une ou deux choses à...

— *Je vous en prie,* Amy ! C'est vraiment important, je dois en parler à quelqu'un.

Je soupire (en silence) et me rassure à la pensée qu'au moins, elle me fournira une distraction.

— Très bien. Accordez-moi encore une heure, le temps de terminer deux ou trois choses, et nous pourrons discuter.

— Merci, dit-elle avec une telle gratitude que je me sens coupable.

— Cela va me faire très plaisir de vous voir, ajouté-je en parvenant à insuffler un peu de chaleur dans ma voix. Vers onze heures, alors.

À peine ai-je replacé le combiné sur son support que la sonnerie retentit de nouveau. Qu'est-ce qu'il y a encore ? C'est Gary. Il me parle d'une voix tendue, contrainte.

— Amy ? C'est moi, Gary. 'M'est arrivé un problème, ici, à l'hôtel. Vous pouvez venir tout de suite ?

Je me demande si je ne rêve pas. Je suis encore moins capable de donner des conseils sur la gestion d'un hôtel que de dénicher un homme à tout faire parlant anglais pour la mère de Jenny, au Portugal. Ils sont donc tous devenus fous ?

— À l'hôtel ?

— Oui. S'il vous plaît, venez, Amy. C'est vraiment urgent. Autrement, je ne vous aurais pas appelée.

Entre les besoins de Jenny et ceux de Gary, aucune hésitation :

— Je viens tout de suite.

Je replace le récepteur et je fouille dans mon carnet d'adresses à la recherche du numéro de Jenny.

— Hello, Jenny, dis-je, résolue à ne pas y aller par quatre chemins. Je suis désolée mais je vais devoir annuler notre rendez-vous de ce matin.

J'ignore le cri de détresse de Jenny et j'ajoute ce mensonge, destiné à lui montrer qu'une raison grave me pousse à lui faire faux bond :

— Un de mes amis a eu un accident, je dois partir tout de suite.

Silence absolu.

— Jenny ? Je suis vraiment désolée.

— Ce n'est pas grave, répond-elle d'une voix plate, sans espoir.

— Écoutez…

Voilà que c'est pour elle que je m'inquiète, maintenant.

— ... Je vous rappelle dès que je rentre et vous pourrez venir tout de suite. Qu'en dites-vous ?

— Ce n'est pas grave, répète-t-elle sur le même ton plat. Ça n'aurait pas marché, de toute façon.

Je commence à paniquer. Je veux vite aller rejoindre Gary, mais quelque chose dans la voix de Jenny me fait peur.

— Qu'est-ce qui n'aurait pas marché, Jenny ? Je vous en prie, ne soyez pas ridicule. Cela ne va probablement pas me prendre longtemps. Une heure ou deux ne pourront sans doute pas faire une telle différence.

Un autre silence.

— Non, dit-elle. Non.

— Non quoi ? demandé-je avec impatience. Je dois y aller, je vous téléphone plus tard.

— Oui.

Et elle raccroche.

Me sentant à la fois frustrée et impuissante, je me presse de rassembler mes affaires et de courir vers la voiture. Les questions roulent à toute allure dans ma tête, rivalisant avec mon style de conduite, et je prends un ou deux virages si dangereusement que je suis obligée de ralentir. Je me force à quelques profondes inspirations pour me calmer. Que peut-il donc être arrivé de si grave pour que Gary ait besoin de me faire venir de toute urgence ? Est-il tombé dans les escaliers et s'est-il à nouveau blessé à la jambe ? Certes, dans ce cas, un médecin ferait mieux l'affaire ! Je ne suis toujours pas parvenue à formuler la moindre hypothèse sensée au moment où je pousse la lourde porte vitrée pour pénétrer dans le hall de l'hôtel.

On m'attend. À la réception, un jeune homme lève immédiatement les yeux vers moi et vient à ma rencontre. Alors qu'il me demande mon nom, je suis momentanément distraite par un mouvement rapide derrière le comptoir et j'aperçois un jeune portier en uniforme qui tourne rapidement le dos pour se placer hors de ma vue. Je retiens l'image d'un visage blafard, aux yeux largement écartés, où se lit un éclair de triomphe et de crainte mêlés. Puis il disparaît. On me fait monter dans le bureau du gérant.

C'est un homme assez jeune, qui doit friser la quarantaine. Il se lève au moment où l'on m'introduit, faisant le tour de son bureau pour me serrer la main.

— Miss Wingate ?

Je hoche la tête, tout en prenant conscience de la présence de Gary, qui se tient debout près de la fenêtre. Je lui envoie un bref sourire et M. Barrett – c'est le nom du gérant – retourne à son fauteuil, tandis que je m'assieds moi aussi.

— Miss Wingate, commence M. Barrett, j'espère que vous nous pardonnerez de vous mêler à ce qui est vraiment une affaire interne.

Je hausse les sourcils, mais reste silencieuse.

— M. Blake, dit-il en lançant un coup d'œil à Gary, a beaucoup insisté pour que nous l'autorisions à vous consulter.

J'attends.

— Il se trouve, reprend le gérant sans soutenir mon regard – il baisse les yeux vers son bureau, sur lequel il saisit un stylo qu'il se met à tripoter –, que certains effets personnels appartenant à des employés de l'hôtel ont disparu.

Je continue d'attendre, réussissant à lui manifester un intérêt poli en lui faisant comprendre mon léger embarras à l'idée qu'il éprouve le besoin de me confier tout cela. Gary remue un peu et le gérant me fixe à nouveau.

— J'ai le grand regret de vous annoncer que certains de ces effets ont été découverts dans la chambre de M. Blake.

— Découverts ? (Je fronce légèrement les sourcils, comme si je cherchais à tirer cela au clair.) Pourriez-vous m'expliquer ce que vous entendez exactement par le mot « découverts » ?

M. Barrett semble troublé. Il ne fait aucun doute qu'il s'attendait à une tout autre réaction de ma part.

— Lorsqu'on nous a appris la disparition de ces effets, dit-il d'une voix un peu plus forte où s'est glissée une nuance d'irritation, car il semble ne pas apprécier d'avoir à s'expliquer, nous avons naturellement cherché en premier lieu dans la chambre de M. Blake.

— Naturellement ? répété-je, laissant transparaître ma surprise. Pourquoi « naturellement » ?

— Puisque M. Blake prétend que vous êtes amis, répond le gérant, agacé, vous savez sans doute que nous avons fait un effort à son sujet. Nous lui avons offert le poste qu'il occupe actuellement sans prendre ses références.

— Et cela, à votre avis, constitue une excuse suffisante pour le traiter comme un délinquant ?

J'entends Gary retenir fortement son souffle. M. Barrett prend un air courroucé.

— Dans la mesure où ces effets ont été retrouvés dans sa chambre, miss Wingate, répond-il sur un ton vindicatif, je crois hélas que cela prouve la justesse de mon opinion.

— Certainement pas, répliqué-je d'une voix égale. Tout ce que cela prouve, c'est que ces effets étaient dans la chambre de M. Blake. Quelles sont les autres chambres qui ont été inspectées ?

Il me fixe, incrédule ; je lui rends son regard, dans l'attente de sa réponse.

— Il n'y a nul besoin d'aller plus loin ! dit-il avec colère. Cela constitue une preuve suffisante, à mon avis, pour faire appel aux autorités. M. Blake a simplement demandé à être autorisé à vous appeler d'abord, ce qu'il a pu faire depuis cette pièce, ce matin même.

— Il en a été bien inspiré, dis-je d'un ton approbateur. Vous allez ainsi pouvoir éviter de commettre une très grave erreur. A-t-on retrouvé, dans la chambre de M. Blake, la *totalité* des objets manquants ?

— Non…

M. Barrett me laisse voir que, même si sa patience est mise à rude épreuve, il a décidé de me faire plaisir.

— Pas tous, en effet. Certains objets qui sont toujours portés disparus ont dû être placés ailleurs, j'imagine.

— Je pense que vous devriez vous méfier de votre imagination, monsieur Barrett. Seuls les faits comptent, ici. Quel est le nom de ce jeune portier au teint pâle et aux cheveux blonds ?

J'entends à nouveau une grande inspiration, derrière moi. Et M. Barrett me fixe, la bouche ouverte.

— Je vois mal ce que…

— S'il vous plaît, répondez donc à ma question, monsieur Barrett.

Cela lui déplaît tant qu'il peut à peine articuler. Il dirige son regard vers le jeune homme qui m'a escortée depuis le hall d'accueil et qui attend, près de la porte.

— Il doit s'agir de Martin Pooley, monsieur Barrett, répond celui-ci avec déférence, mais très rapidement – et j'ai la nette impression qu'il y prend un certain plaisir.

— Je souhaite parler à ce Martin Pooley, ajouté-je alors immédiatement.

M. Barrett commence à fulminer, mais je secoue la tête et lui lance :

— Je suis choquée par la façon très discriminatoire dont vous traitez M. Blake, sur des présomptions aussi futiles, monsieur Barrett, et je dois vous recommander la plus grande prudence. M. Blake a été convoqué dans ce bureau, sa chambre a été fouillée. Quelle que soit l'issue de cette affaire, son honnêteté a d'ores et déjà été publiquement mise en cause. Il ne devrait y avoir aucune réticence de votre part à ce qu'un autre membre du personnel soit interrogé. Vous auriez tout intérêt à vous assurer de bien maîtriser les faits avant d'en venir à une accusation définitive qui pourrait se révéler des plus dommageables.

Son visage est tout blanc et un muscle tressaille sur sa joue tandis qu'il me dévisage. Je le contemple d'un œil froid puis, au bout d'un moment, il hoche rapidement la tête en direction du jeune homme, qui se glisse sans bruit hors de la pièce. Nous patientons dans le silence le plus absolu. Je ne vois pas Gary, qui se tient derrière moi. M. Barrett garde les yeux fixés sur son bureau. Une certaine agitation se manifeste bientôt dans le couloir et l'on fait entrer le jeune homme au large visage et au teint blafard, qui proteste en proférant de violentes menaces. Je le dévisage et je lis la peur dans ses yeux. Sa peau pâle luit sous une pellicule de sueur. J'ai soudain une certitude absolue.

— Miss Wingate veut vous parler, Martin, déclare Barrett, qui par une subtile intonation réussit à faire comprendre qu'il est de son côté.

Martin Pooley n'a pas le temps d'enregistrer. Immédiatement, je frappe :

— Qu'avez-vous fait du reste de ces objets, Martin ? dis-je d'un ton sévère, en me dressant pour lui faire face. Il n'est plus question de nous mentir, maintenant. Je sais que vous n'aimez pas Gary et que vous essayez par ce coup monté de le faire renvoyer, mais cela ne prendra pas. C'est une affaire très grave, qui peut même devenir beaucoup plus redoutable pour vous, si l'on fait venir la police et si Gary dépose plainte contre vous. Seuls des aveux immédiats peuvent éventuellement convaincre M. Barrett de se montrer indulgent à votre égard.

Le tumulte s'installe dans la pièce avant que je n'aie fini de parler. M. Barrett s'est dressé sur ses pieds, il bafouille presque de rage. Martin s'est effondré et tente bruyamment de s'expliquer à travers ses larmes. Pas question de lui laisser le temps de se ressaisir.

— Où se trouve le reste de ces objets ? ! dis-je encore, criant presque pour me faire entendre. Si vous les restituez, il se peut qu'on vous laisse libre de vos mouvements.

Il en tire déjà quelques-uns de sa poche au moment où M. Barrett s'approche de moi, peut-être avec l'intention de me maîtriser. Martin, qui pleure comme un veau, dépose avec effroi son butin sur le bureau. Il plaide qu'il ne voulait rien faire de mal et que tout ça n'était qu'une blague. À mon grand plaisir, il avoue tout sans qu'il soit besoin de l'y contraindre davantage, et le gérant se mord les lèvres, mortifié, en refusant d'affronter mon regard.

— J'espère que vous êtes satisfait, monsieur Barrett ?

Il adresse un bref mouvement de tête au jeune homme, qui prend Martin par le bras et l'entraîne rapidement hors de la pièce.

Il y a un silence. M. Barrett ravale sa fierté. Je l'écoute avec intérêt présenter ses excuses à Gary, d'une voix hésitante. Compte tenu des circonstances, il ne s'en sort pas trop mal, mais il s'empresse de nous quitter dès qu'il en a terminé, prétextant qu'il lui faut maintenant s'occuper de Martin Pooley.

Nous restons seuls. Je fixe Gary, qui me regarde avec une expression étrange.

— 'Z'avez-vous fait comment ? demande-t-il enfin. Comment vous pouviez savoir que Martin en avait après moi depuis qu'il est arrivé ?

— Vous me l'avez dit vous-même. Lors de notre grande balade mystère. Vous m'avez tout raconté à son propos. Et quand je suis entrée dans le hall de l'hôtel, je l'ai entraperçu ; sur son visage, j'ai reconnu une expression que j'avais déjà vue. Un jour, à l'école, il s'est passé presque exactement la même chose.

— Z'avez été géniale, dit-il d'un ton plein de respect, avant de lâcher un éclat de rire des plus irrévérencieux. Ai cru que le vieux Barrett allait exploser. Vous l'avez bien remis à sa place, hein ?

Je me permets de sourire, moi aussi.

— J'avais un avantage suprême sur lui.

— Bien vrai ! approuve-t-il avec ardeur. Je me suis toujours dit qu'on vous avait nourrie au dictionnaire, quand vous étiez petite.

— Je ne pensais pas à cela. Mon avantage, c'est que je ne pouvais simplement pas croire un mot de tout cela.

Il me sourit chaleureusement, mais son visage change et je devine dans ses yeux une lueur d'amertume.

— Qui veut noyer son chien l'accuse de la rage, lâche-t-il, dégoûté. Pourquoi vous avez pas cru que j'aurais pu faire ça ?

— Très simple, mon cher enfant. Vous savez parfaitement que si vous faisiez quelque chose de ce genre, je viendrais vous casser l'autre jambe !

Il ne peut s'empêcher d'éclater de rire, mais je vois qu'il se sent blessé et bouleversé par ce qui s'est produit. Je crains qu'il ne mette un certain temps à oublier cette débâcle.

La conscience de mon triomphe me soutient jusqu'à la maison. Une fois rentrée, je m'enfonce dans un fauteuil, effondrée, soulagée. Je me remémore toute la scène, à la fois horrifiée et quelque peu impressionnée par ma réussite. Comment ai-je pu agir avec un tel aplomb ? Ce que j'ai dit à Gary n'était vrai qu'en partie. Cela visait à restaurer son estime de soi. Qu'il eût pu renouer avec ses vieilles tendances ne m'a pas effleurée, jusqu'à ce que le gérant évoque cette histoire de vol. Ensuite, pour être tout à fait franche, j'ai été assaillie par un doute affreux. Naturellement, je ne pouvais trahir mes craintes, et c'est cette expression sur le visage de Martin Pooley – ainsi que le portrait que m'en avait tracé Gary, en me rapportant son animosité – qui m'a donné le courage de contrer ces accusations. J'ai reconnu cette expression, chez lui. D'ailleurs, Gary m'aurait-il fait appeler s'il avait vraiment été coupable ? Et même... Je frémis en repensant au risque que j'ai pris. Au bout de quelques instants, je rassemble assez d'énergie pour redescendre me faire du thé.

Après une première tasse de breuvage chaud et revivifiant, je m'apprête à m'en verser une autre lorsque je me souviens de Jenny. Un tressaillement coupable me fait renverser un peu de thé et je me maudis tout bas. Ai-je encore assez d'énergie pour l'affronter ? Je ne peux imaginer qu'elle désire simplement recueillir mes conseils en matière de personnel de maison. Je pense qu'elle a quelque chose à me raconter au sujet de leurs vacances. Ma réticence à l'écouter vient sans doute de ma partialité : je suis du côté de Francesca. Je préfère entendre d'abord *sa* version. Francesca a des droits plus anciens sur mon amitié et c'est à elle que doit aller ma loyauté.

Voilà du moins mon raisonnement. S'il est spécieux – car je n'ai jamais vraiment aimé Jenny –, il s'agit tout de même d'un raisonnement solide. Néanmoins, je ne peux tout à fait ignorer Jenny. Je décide de déjeuner et de lui téléphoner ensuite. Mais quand enfin je l'appelle, personne ne décroche. J'éprouve un certain soulagement : elle s'est donc résolue à me ficher la paix. Cependant, ma culpabilité persiste et, plus tard, j'essaye à nouveau. Toujours aucune réponse. Le malaise qui n'a cessé de m'accompagner lorsque je songe à elle se renforce. Il me faudra attendre la soirée avant qu'on ne me réponde. C'est Rob.

— Elle est sortie, me dit-il d'une voix que je ne parviens pas à interpréter. Faut-il lui transmettre un message ?

— Nous essayons de nous voir, mais nous n'arrêtons pas de nous rater. Pouvez-vous lui dire que j'ai appelé ?

— OK.

Il est clair que nous n'avons rien à ajouter ni l'un ni l'autre. Nous raccrochons. Je ne devrais plus penser à Jenny jusqu'à ce que j'aie de ses nouvelles.

Vendredi, 19 février

Francesca est passée ce matin. Bronzée, en pleine forme, magnifique. Je note un changement, chez elle.

— J'ai passé un merveilleux moment, reconnaît-elle, postée une fois de plus à la fenêtre du salon, d'où elle admire la vue. Je me sens un peu idiote, pour te dire la vérité. J'ai exagéré les choses hors de toute proportion.

— Cela nous arrive à tous de temps à autre... Tu as l'air très bien.

Il me tarde de l'interroger, mais je décide d'attendre le bon moment. Je redescends nous préparer du café. Quand je reviens, elle m'offre un cadeau : un beau sac à main, taillé dans un cuir souple et doux. Son geste me touche et ma réaction lui fait plaisir.

— C'est juste une bricole, ajoute-t-elle d'un ton désinvolte. Pour te remercier d'avoir supporté mes élucubrations sans fin.

— Arrête, lui dis-je, en admirant mon nouveau sac à main sous toutes les coutures. Je suis simplement ravie que toutes nos craintes se soient révélées sans fondement.

J'espère que l'allusion est assez claire ; à mon grand soulagement, Francesca la relève tout de suite.

— Je pense que tu avais raison, Amy, me confie-t-elle. Je crois que Simon a quelques difficultés financières. Il s'est beaucoup enfermé avec Rob et j'ai pu constater qu'ils avaient de très sérieuses discussions. Je me suis demandé s'il avait besoin de ses conseils. Ou si Rob a accepté de lui faire un prêt ou autre.

— Rob est-il vraiment apte à lui donner des conseils ? dis-je, surprise. Je pensais qu'il était dentiste ou quelque chose de ce genre.

— Mon Dieu, non ! répond Francesca, très amusée par ma remarque. Il est conseiller financier. Quoi qu'il en soit, Simon a montré un tout autre visage. Nous avons passé un moment formidable.

Elle hésite.

— Bien sûr, la plupart du temps, Jenny n'était pas avec nous.

Je réponds par un « ah » que je souhaite aussi neutre que possible.

— Bon, honnêtement, Amy ! reprend Francesca, faisant fi cette fois de toute mesure. Soit elle affiche une mine aussi sinistre qu'un week-end de pluie, soit elle colle aux basques de Simon. Alors que nous trois, on s'accorde si bien ensemble… Les garçons ont été super-gentils. Ils ont pris les gamins pour que je puisse aller faire du shopping ou me reposer, ils m'ont apporté des petits cadeaux, ils ont même préparé le dîner à ma place. C'était génial.

— Eh bien, je suis ravie de l'apprendre, dis-je sincèrement. Espérons que Simon pourra régler son problème sans que cela déteigne encore sur vos relations.

— Je suis certaine que ça va aller, assure-t-elle, satisfaite.

— Je dois admettre, ajouté-je d'un air pensif, que Jenny semble très préoccupée par sa mère.

— Oh celle-là, qu'est-ce qu'elle est pénible ! lâche Francesca avec impatience, et je me demande laquelle des deux elle vise. Je sais qu'elle a de l'arthrite, ajoute-t-elle en me fournissant la réponse, mais elle en fait voir de toutes les couleurs à Jenny, tu peux me croire. Rob a été bien content de la quitter pour nous rejoindre.

— Jenny ne s'est-elle pas mise en rogne de rester à la traîne pour régler les problèmes de sa mère. Cela ne lui a rien fait, que Rob s'en aille ?

— Ehhh bieen...

Francesca fait la grimace, quelque peu gênée.

— Je ne pense pas qu'elle ait été ravie, mais on ne peut le lui reprocher. Quoi qu'il en soit, je me suis décidée à faire des efforts vis-à-vis d'elle, maintenant que nous sommes rentrés.

— Ils seront présents dimanche midi, alors ?

— Ah oui ! On ne peut pas les laisser sur la touche, et Rob est vraiment sorti de sa coquille, au Portugal. Tout est *différent*, maintenant, si tu vois ce que je veux dire. Ça va aller !

— Splendide.

Je nous verse encore un peu de café.

— Et les enfants, se sont-ils amusés ?

Une fois Francesca partie, je me sens doublement soulagée. Je suis heureuse que tout aille bien entre Francesca et Simon, et je suis désormais libre de voir Jenny et d'écouter ce qu'elle a à me dire.

Samedi, 20 février

La scène de l'hôtel m'a beaucoup turlupinée. Je me demande pourquoi il ne m'est jamais venu à l'idée de soupçonner que Gary puisse revenir à ses anciennes habitudes. Après tout, qu'est-ce qui me pousse à imaginer qu'il va se corriger si facilement ? Vingt ans de petite délinquance ont dû profondément enraciner en lui ce type de comportements. J'ai une théorie à ce propos, bien sûr. Elle est très simple. Je pense que l'intelligence de Gary, son goût des sensations fortes, son appétit de vivre, ont fait de lui une victime toute prête pour les garçons plus grands. Comme il a dû être facile de le convaincre, lui, l'enfant de cinq ans abandonné par sa mère et que son père rejetait, qu'il pourrait jouer un rôle crucial dans leurs escapades, qu'ils formaient une sorte de groupe de résistants, en lutte contre un pouvoir tyrannique et bourré de préjugés ! Les Démunis contre les Nantis. Leurs arguments ont pu lui paraître convaincants, justifiés de façon si séduisante, à la Robin des Bois. Un petit garçon solitaire doté d'une grande imagination et qui a soif d'aventure ne pouvait sans doute y résister. Pour eux, il *comptait.* Et sa rétribution, bonbons ou jouets, sa part du butin, a dû contribuer à amortir les carences affectives ainsi que la solitude dont il souffrait. Comme un remède à la réalité.

Est-il si difficile de comprendre pourquoi certains jeunes se tournent vers le crime ? Si j'avais été élevée dans une cité, au cœur d'une morne banlieue où le travail manque et où l'on a aucun espoir de réaliser ses ambitions, dans un environnement laid, ne me serais-je pas laissé tenter par des choses qui m'auraient permis d'échapper temporairement à ma détresse ? Je repense à ces années qui ont suivi la disparition de ma mère, me souvenant de ces jours vides, de ces heures solitaires à remplir, de mon désir d'amour et de romance. Avec quelle facilité David Lawes a-t-il pu enflammer mon imagination, comme j'ai dû être prête à l'aimer et à accepter tout ce qu'il voudrait m'imposer ! S'il n'y avait eu mon éducation et mon instruction, et s'il avait lui-même été un autre genre d'homme, j'aurais pu glisser dans la prostitution. Cette hypothèse n'est pas si tirée par les cheveux.

J'ai un peu dévié de ma thèse selon laquelle Gary n'est pas un filou par nature. Je suis certaine que, avec un peu d'amour parental et de meilleurs conseils, ses aptitudes auraient pu être orientées vers une carrière enrichissante. Je doute que son poste actuel puisse le satisfaire longtemps et je crains, maintenant, qu'il ne soit tenté de nouveau par ses anciennes habitudes. Ce scélérat de Martin Pooley a sans doute fait beaucoup de mal, en dépit de mon intervention. Heureusement que son expression sournoise a déclenché le souvenir de cet incident à l'école. Il s'est si vite plié à mon autorité que j'ai presque aussitôt remporté la bataille. On ne peut cependant rêver que cela encouragera M. Barrett à manifester autre chose que de l'animosité envers Gary : il a porté préjudice à Gary et, pour cette raison même, Gary doit lui rester en travers de la gorge.

Mais pourquoi m'inquiéter de tout cela ? Qu'est-ce que cela peut me faire, si Gary ne saisit pas la chance qui lui est offerte ? Je vais écrire honnêtement ce que je ressens. Dès le premier instant, dans la boutique du village, j'ai eu l'impression que nous étions destinés à faire un bout de chemin ensemble. Pourquoi, quand il m'a vue, n'a-t-il pas remis simplement en place les articles qu'il avait pris ? Pourquoi, quand je l'ai croisé à nouveau sur le pont, a-t-il fallu qu'il brandisse son paquet de gâteaux volé, avec cet air de défi ? Pourquoi ai-je cru devoir y répondre en le précipitant du haut du parapet ? Pourquoi, après avoir déguerpi à sa vue, à l'hôpital, ai-je senti le besoin de revenir ?

Lorsque je l'ai aperçu, de l'autre côté de la pelouse, j'ai cru pendant un instant épouvantable que Hugo s'était relevé de son tombeau pour m'accuser, et je me suis enfuie loin de lui, terrifiée. Mon bon sens a vite repris ses droits. Je me demande maintenant si, en revenant affronter Gary, ce n'était pas mon propre passé que je venais défier.

Assez de ces théories bancales. Comme il est séduisant de s'apitoyer sur son sort, en examinant continuellement ses actes et ses pensées ! Ce cher Moi a si facilement tendance à prendre le pouvoir... Mais je ne dois pas laisser ces pages se transformer en une spectaculaire reconstitution de ma petite vie plutôt calme. Heureusement, demain c'est dimanche. Ma visite au presbytère va me distraire de mes divagations psychologiques à la noix.

Dimanche, 21 février

Je suis revenue du presbytère avec largement de quoi réfléchir. Francesca a eu tout à fait raison de souligner qu'il y avait un changement dans l'atmosphère. J'ai soupé tôt, afin d'avoir le temps de méditer sur ce que j'avais vu et entendu, et je me sens maintenant prête à coucher mes conclusions sur le papier.

Je commence à me demander si Jenny n'est pas un peu... folle ? J'ai hésité un moment avant d'écrire ce mot, évaluant soigneusement sa pertinence.

Ou serait-il plus juste d'écrire « obsédée » ? Je dois détailler ce qui s'est passé.

Francesca est à la porte avec les enfants, prête à m'accueillir. Simon est juste derrière, une bouteille à la main. Il faut en passer par la pantomime habituelle, mais pour une raison quelconque, je trouve cela moins irritant que la dernière fois. Suis-je en train de m'adoucir avec l'âge ? À Dieu ne plaise ! J'ai hâte de devenir une vieille femme difficile, tyrannique et totalement désagréable ! Après tout, il faut se réserver *certains* plaisirs pour ne pas devenir sénile.

Une fois à l'intérieur, la première personne que j'aperçois est Jenny, debout, seule comme d'habitude, le verre à la main. Son air alarmé a disparu, pour laisser place à une expression désespérée, presque menaçante. Je vais tout de suite vers elle.

— Je suis tellement désolée de cette confusion, Jenny. J'essaye de vous contacter depuis plusieurs jours.

Elle me fixe avec apathie puis son regard glisse au loin, pour se poser sur Rob, qui parle avec Francesca. Mes yeux suivent la direction qu'ont prise les siens et je suis momentanément distraite. Rob est très animé, c'est indéniable. Il rit, il gesticule, ses traits d'habitude figés se sont détendus. Je suis frappée par le pouvoir de séduction que lui confère ce changement d'humeur. Je me ressaisis et me tourne à nouveau vers Jenny, qui continue à contempler Rob et Francesca.

— Pourquoi ne pas venir prendre le café la semaine prochaine ? suggéré-je, préoccupée par la fixité de son regard et désireuse de la secouer, de l'aider à sortir de ce qui la déprime, quoi que ce puisse être. De quoi vouliez-vous me parler ?

Votre mère a-t-elle trouvé un homme à tout faire ?

Son regard se fait méprisant et je sens que je l'ai mérité. Je n'ai jamais cru sérieusement que c'était des problèmes domestiques de sa mère dont elle voulait discuter.

— Qu'est-ce qui ne va pas, Jenny ? demandé-je avec plus de douceur.

Elle soupire lourdement et secoue un peu la tête.

— Ça n'a plus aucune importance, me répond-elle d'un air indifférent. J'ai cru un instant que je pouvais faire quelque chose. J'ai compris ensuite que c'était sans espoir, vraiment.

Je ne sais pourquoi, mais je me sens incapable de lui parler sur un ton de réconfort. Je ne suis pas encline à tenter le joyeux boniment habituel, pourtant souvent la bonne approche face à des gens trop négatifs. Je sens que ce serait en quelque sorte une insulte. Il y a un vrai désespoir chez Jenny, qui exige davantage qu'une réponse mécanique.

— Qu'est-ce qui est sans espoir ? J'aimerais bien que vous me le disiez, sans vouloir vous harceler.

Elle secoue obstinément la tête et je sens un trait aigu d'impatience percer le malaise nébuleux qu'inspire en général sa présence. Simon apparaît alors à côté de nous, avec un verre pour moi – très bien accueilli. Il regarde Jenny :

— Un autre ?

Quelque chose dans la voix de Jenny me fait m'interroger sur son degré d'ivresse. Elle boit d'habitude rarement plus d'un verre de vin en de telles occasions.

Elle fait un geste de refus, puis change d'avis. Elle vide en hâte le fond de son verre et le lui tend.

— Oui, je veux bien.

Il l'accepte à contrecœur. Je vois leurs regards se croiser ; le sien est méfiant, celui de Jenny suppliant, et j'avale en vitesse une gorgée. C'est Sophy qui rapporte à Jenny son verre, en nous présentant une assiette de cacahuètes salées. J'en attrape quelques-unes et Sophy se déplace vers le groupe suivant. Je bois encore un peu de vin, tout en me demandant si la tactique de choc que j'ai utilisée sur Martin marcherait sur Jenny. Mais quel effet cela pourrait-il avoir sur le reste des convives ?

Jenny avale une grande gorgée et laisse échapper une espèce de faible cri d'étouffement. Ses yeux sont fixés sur Rob et Francesca. Alors que nous les regardons toutes les deux, Simon se joint à eux. Il laisse tomber un bras sur les épaules de Rob et donne un petit baiser à Francesca, avant de passer à un autre groupe.

Jenny lève à nouveau son verre, buvant son vin comme si c'était de l'eau, puis elle me fixe avec dans les yeux un scintillement de désespoir absolu.

— Mais vous ne le *voyez* donc pas ? chuchote-t-elle, semblant écarquiller les yeux devant une vision terrible qu'elle seule peut distinguer. Vous ne *voyez* pas ! Ohhh !

Elle se décompose tout à coup en un sanglot interminable et, comme tous les regards se posent sur nous, Rob surgit à côté d'elle. Il lui saisit doucement le poignet, ce qui lui arrache un halètement de souffrance.

— Tais-toi !

Si ses paroles sont à peine audibles, son regard est terrifiant et je vois la peur dans les yeux de Jenny, levés vers lui.

— Tu m'avais promis, ajoute-t-il. Tu tiens vraiment à faire une scène ici même ?

Les larmes coulent sur ses joues, mais elle reste muette. Lui tenant toujours le bras, il se tourne vers les autres.

— Jenny ne se sent pas bien, dit-il d'un ton charmeur, en bon époux qui s'inquiète pour sa femme, faisant bouclier de son corps pour la protéger des curieux. Je lui ai pourtant assuré qu'elle n'était pas vraiment d'attaque, mais elle a insisté pour venir.

Cette dernière précision s'adresse à Francesca, qui a suivi Rob jusqu'à nous et qui semble navrée. Jenny paraît incapable d'étancher ses larmes ; encadrée par Rob et Francesca, elle est entraînée en hâte vers le hall. Je reste seule, franchement contrariée. Quelque chose dans la voix de Rob ainsi que dans son comportement m'a révulsée. Je m'efforce de me remettre avant de trahir mon humeur. Une nouvelle idée surgit alors. Est-il possible que Jenny soit déséquilibrée et que Rob demeure toujours à l'affût chez elle d'un signe de mauvais augure ? Cela expliquerait ses réticences initiales à se joindre au groupe. Si tel est le cas, il doit vivre dans la crainte continuelle d'une scène embarrassante. Car je reste convaincue que cette histoire de liaison entre Francesca et Rob, imaginée par Jenny, n'est qu'une obsession dénuée de tout fondement réel.

Simon fait le tour de la pièce avec la bouteille, il remplit les verres en murmurant quelques paroles d'explication. Toutefois, quand il ne se croit pas observé, sa mine est sombre. Un certain entrain se réinstalle parmi les invités et j'entraperçois Francesca, qui semble préoccupée. À ma grande surprise, Rob réapparaît juste avant que nous ne passions à table. J'entends dire qu'il a mis Jenny au lit mais qu'elle a insisté pour qu'il revienne ici.

— Au moins, tu seras rassasié sans qu'elle ait à s'en soucier, entends-je Francesca lui glisser au moment où je les suis dans la salle à manger.

Elle passe un bras sous le sien et il penche la tête vers elle, en lui adressant un tout petit clin d'œil.

Mon malaise revient et je les étudie avec soin tout au long du déjeuner. Rob est assis à côté de Francesca ; ils affichent une attitude décontractée. Francesca flirte un peu avec lui, ce à quoi il répond galamment, mais je n'arrive toujours pas à détecter chez eux cette intimité particulière qui règne entre deux amants. Une seule fois, quelque chose m'alarme. Pendant que Francesca est allée faire le café, Rob se retrouve seul. La jeune fille à sa droite est absorbée par son autre voisin de table et Rob se tient coi, tournant et retournant une cuillère entre ses doigts, les lèvres closes en une ligne déterminée. C'est alors qu'il lève les yeux et darde en direction de la table de Simon un regard scrutateur, calculateur, comme s'il le sondait. Celui-ci, presque physiquement frappé par ce regard, lève à son tour les yeux vers lui. Comment décrire sa réaction ? Est-ce de la peur, dans les yeux de Simon ? L'implore-t-il ? Jenny pourrait-elle avoir raison à propos de Francesca et Rob, et Simon être au courant, lui aussi ?

Francesca arrive avec le café et Simon quitte sa chaise pour l'aider, tandis que Rob se lance dans une conversation animée avec un convive. Je commence à me dire que c'est moi qui suis dérangée. J'accepte le café que me propose Francesca, en examinant avec attention son visage. Elle me sourit, mais je la sens toujours soucieuse.

— J'espère que ça va aller pour Jenny, dis-je à voix basse. Elle avait l'air terriblement affligée par quelque chose.

Francesca émet ce qu'on appelle en général une « exclamation désapprobatrice », et ferme les yeux en secouant brièvement le menton. C'est assez dédaigneux, et même plutôt désobligeant. Je me cale à nouveau sur mon siège, soulagée mais toujours perplexe. Juste avant de partir, je vais brièvement surprendre une scène qui encore maintenant me bouleverse.

Plusieurs d'entre nous (Rob inclus) se sont attardés au-delà de l'heure du thé et on les invite à prolonger jusqu'au souper. Je décline la proposition et vais chercher mon manteau dans le vestiaire, au fond du couloir. C'est alors qu'en passant devant la salle à manger, je distingue, par la porte entrouverte, un mouvement. Simon et Rob sont debout l'un près de l'autre, Simon avec son inévitable bouteille à la main tandis que Rob le tient par le haut des bras. Il semble lui faire des remontrances, avec une note dramatique dans la voix.

Je me retire très vite et rentre chez moi, confuse et anxieuse. Francesca m'a-t-elle menti en disant que tout allait bien ? Peut-être que cela va effectivement bien pour Rob et elle. Elle n'a tout de même pas pu vouloir me tromper, ni s'être montrée capable d'une indifférence aussi complète vis-à-vis de Jenny et de Simon ? Pourtant, elle a l'air beaucoup plus calme. C'est trop difficile pour moi. Halte aux spéculations, et au lit !

Mardi, 23 février

Il est évident que la semaine va être chargée d'angoisse. Je décide qu'il convient de fêter l'après-midi de libre de Gary par un tour en voiture, agrémenté d'un pique-nique à l'heure du thé. Le temps est beau quoique venteux et j'espère qu'une journée à la campagne lui remontera le moral. Sa voix m'a semblé plutôt faible quand je lui ai parlé au téléphone pour arranger notre rencontre.

Lorsque j'arrive au lieu de rendez-vous convenu, Gary affiche un sourire plutôt joyeux, auquel il manque toutefois son enthousiasme habituel. Nous partons vers la campagne et je me gare sur une haute falaise surplombant une mer agitée. Les vagues foncent sauvagement vers la terre ; l'eau, fouettée, se couvre de crêtes blanches. Alors que nous prenons notre thé bien au chaud dans la voiture, Gary me parle un peu de sa semaine.

— Le vieux Barrett s'acharne contre moi, dit-il d'un ton morose en acceptant un autre sandwich. Il essaie de me punir comme si j'avais réellement volé ces trucs, en fin de compte. Ça n'est pas juste.

Mon cœur se serre un peu. Rien n'est juste, la vie ne fait pas ce genre de promesses, et on est plus heureux quand on accepte une telle vérité, pourtant difficile à entendre.

— Je pense que tout cela l'a mis dans l'embarras, suggéré-je. C'est assez humiliant d'essuyer une honte pareille devant ses employés, même si on l'a cherché.

Gary hausse les épaules.

— C'est son problème. C'est moi qui devrais me sentir vexé, pas lui !

— Exact...

Je lui verse un peu de thé.

— ... Mais vous êtes trop intelligent pour gaspiller votre énergie à nourrir ce genre de rancune.

Il sourit un peu, voyant bien que je fais mine de le flatter pour qu'il retrouve sa bonne humeur.

— Peut-être que je suis trop intelligent pour rester bloqué dans ce boulot de portier.

— Certainement, répliqué-je très vite. Mais nous étions également d'accord pour estimer que ce n'était qu'une solution temporaire, faute d'avoir des références. Vous avez entendu ce que M. Barrett a déclaré à ce sujet. Cela vous montre combien il est important de partir sur le bon pied.

— Sans doute, oui, répond-il en fixant la mer d'un air songeur. Le problème, c'est que ça commence à me soûler.

Je cache mon inquiétude et m'efforce de trouver comment le persuader d'être patient.

— J'imagine bien que vous vous sentez déjà des fourmis dans les jambes, dis-je avec calme. C'est naturel. Après tout, le travail, cela repose d'abord sur beaucoup de discipline. Une discipline à laquelle vous n'avez pas été habitué. Il faut une grande force de caractère pour persévérer dans une tâche à laquelle on ne prend pas particulièrement plaisir. On a peut-être surestimé vos capacités en ce domaine.

Il s'agite, fronçant les sourcils, et je me demande si je n'ai pas exagéré.

— Soyez franche, Amy, fait-il avec humeur. Z'êtes en train de dire que j'ai pas assez de cran pour faire ce boulot à la con de portier d'hôtel ?

— Je n'irais pas aussi loin, dis-je d'une voix apaisante, et il éclate de rire.

— Jusqu'à ce que Barrett commence à en avoir après moi, c'était OK, ajoute-t-il, l'air dépité.

— Un coup de malchance, concédé-je. Essayez de tenir un peu plus longtemps. Empêchez-le de croire qu'il va finir par vous avoir.

Gary serre les mâchoires de façon agressive. Je vois que j'ai trouvé la bonne formule.

— Il faut du courage pour refuser d'être victime d'une injustice, dis-je d'un ton songeur. Vous êtes dans une situation très difficile. M. Barrett doit se sentir ridicule chaque fois qu'il vous voit. Vous lui rappelez qu'il a fait une très grave erreur de jugement et qu'il a été publiquement humilié. Naturellement, il va essayer de vous pousser dehors. Si j'étais à votre place, je ne lui donnerais pas cette satisfaction. Moi, je ne me suis jamais laissé intimider par quiconque.

— Moi non plus ! proteste Gary, indigné, comme si je l'avais accusé de lâcheté. J'veux bien être pendu si je le laisse me déstabiliser.

— Parfait. Vous déciderez de partir quand vous serez prêt, et pas avant. Travaillez dur, de sorte qu'il sera obligé de vous donner de bonnes références lorsque vous vous en irez. Cela va bien l'embêter !

À cette perspective, le visage de Gary s'éclaire et je me demande, pas pour la première fois d'ailleurs, si je n'aurais pas dû cultiver plus tôt dans la vie mon talent naturel pour la manipulation.

Je le reconduis à l'hôtel, puis je rentre à la maison avec une sensation de fatigue. Faire se plier les autres à votre volonté, c'est épuisant.

Vendredi, 26 février

J'ai enfin terminé de déblayer le grenier et toutes mes affaires ont été triées, empaquetées ou rangées sur des étagères. La pièce a l'air plus agréable maintenant, même si elle est inoccupée. Je suis fière de mon œuvre. Ma grande déception, c'est qu'il n'y a toujours aucun signe de *Portrait de Claire*. L'aurais-je détruit quand j'ai brûlé la lettre ?

Après en avoir fini avec le grenier, je n'étais toujours pas calmée. J'erre alors un moment sans but dans la maison puis, tout à fait impulsivement, je décide de téléphoner à Jenny. Si je continue à méditer sur leur situation à tous, je ne suis toujours pas arrivée à une conclusion précise et il me devient de plus en plus difficile de faire sortir Jenny de mon esprit.

Elle décroche si vite que je suis momentanément prise au dépourvu.

— Comment allez-vous ? dis-je, non sans maladresse. Mieux ? Je me faisais du souci pour vous, et à propos de ce que vous m'avez déclaré dimanche.

— C'est gentil à vous de prendre de mes nouvelles, répond-elle, choisissant d'abord ses mots de façon plutôt bizarre. Comme c'est aimable de votre part ! rectifie-t-elle.

Sa voix rayonne alors de gratitude, elle semble presque surprise. Une fois de plus, je commence à m'inquiéter pour sa santé mentale.

— Mais c'est bien naturel, ajouté-je, légèrement irritée, d'une certaine façon – comment fait-elle pour réussir toujours à m'agacer ? Vous avez glissé dimanche quelques allusions assez étonnantes…

— Ah non, la malchance continue de nous poursuivre. (Elle me coupe allégrement, comme si je n'avais rien dit du tout !) Si vous pouviez m'aider, je vous en serais tellement reconnaissante. Ma pauvre maman est très inquiète. Attendez... Juste une minute...

On dirait maintenant qu'elle étouffe sa voix en plaçant la main sur la partie inférieure du combiné.

« C'est Amy », entends-je, et j'imagine que Rob est à côté d'elle. Eh bien, sa présence explique au moins son comportement extraordinaire !

— Non, je suis navrée, dis-je alors rapidement. Mais, bien sûr, si jamais une solution me vient à l'esprit, je vous en parlerai aussitôt. Venez donc prendre un café prochainement.

Je raccroche et je reste quelques instants assise pour me remettre de cette conversation totalement étrange. Je décide de tout consigner par écrit, de la même façon que j'ai noté toutes mes conversations antérieures avec elle et les autres. Cela fait, je sors et vais marcher au bord de la mer, en espérant que l'air frais me videra la tête et dissipera ma nervosité.

Mardi, 8 mars

Enfin, la vérité a éclaté et je ne sais comment raconter cela ! J'ai été aveugle et stupide, même s'il est toujours facile de se morigéner après coup. Comme ils ont été malins ! Avec quelle facilité nous ont-ils trompés ! Je vais essayer d'être brève.

Je n'ai plus entendu parler de Jenny après l'avoir appelée. J'espérais la voir venir prendre le café, pour m'entretenir avec elle de façon sensée, mais la semaine s'est écoulée sans aucun signe d'elle. Francesca m'a téléphoné pour me dire qu'elle devait faire une visite éclair à sa propre mère, qui n'allait pas bien ; il n'y aurait donc pas de déjeuner du dimanche, ce week-end. Je lui ai demandé des nouvelles du presbytère et elle m'a répondu que Simon était plutôt silencieux, mais qu'à part ça tout allait bien. Elle a promis de m'appeler à son retour. Nous n'avons pas poursuivi la conversation plus loin.

Le week-end a passé lentement. J'ai rendu visite à ma vieille amie et j'ai écrit à Gary pour lui suggérer de venir profiter de sa prochaine journée de congé chez moi, dans ma maison tout en hauteur au bord de la mer. Je pense qu'il lui faut s'habituer à vivre dans un environnement domestique, imaginer un endroit où il puisse se sentir comme chez lui. Je suis tentée de mettre le grenier à sa disposition, afin qu'il vienne dormir ici à l'occasion s'il le souhaite. Toutefois, quelque chose pour l'instant m'empêche de lui faire cette proposition. Mes réflexes d'autopréservation sont encore bien vivaces.

Ce matin, alors que je m'apprêtais à monter au grenier pour faire deux ou trois dernières petites choses, comme nettoyer les étagères où sont rangés tous mes trésors d'enfance, le téléphone a sonné. La voix de Francesca jaillit du combiné. Elle tient des propos incohérents, se lamente et hurle alternativement, j'arrive à peine à la comprendre.

— Simon m'a quittée ! me crie-t-elle. Il est parti ! Oh, je ne peux pas le croire ! Il est parti avec *Rob* ! Mon Dieu, Amy ! Je viens de rentrer et j'ai trouvé cette lettre...

Suit une tempête de pleurs. Je dois hurler pour me faire entendre et la supplie d'être plus claire. Lentement, elle répète ce qu'elle m'a dit, en ponctuant ses paroles de sanglots. Je me glace peu à peu sous le choc, incrédule.

— J'arrive immédiatement. Ne fais rien tant que je ne suis pas là.

Je raccroche et reste figée debout un assez long moment. C'est déjà bien triste quand votre mari – ou un amant – vous abandonne pour une autre femme. Mais quand il s'en va avec un autre homme…

Quand je débarque au presbytère, Francesca se trouve dans la cuisine. Jenny est avec elle ; son expression d'angoisse et de désespoir a disparu, elle a l'air fatiguée. Elle prépare du café pour Francesca, qui se tient assise à la table de cuisine, recroquevillée, le visage strié de larmes. Une lettre se trouve à proximité, écrite, j'imagine, par Simon.

— Il m'annonce qu'il veut vivre avec Rob, déclare Francesca, les lèvres tremblantes. Il dit qu'il n'y peut rien. Et *elle* savait, depuis le début.

D'un coup de menton, elle désigne Jenny, qui la regarde avec compassion et qui précise, en réponse à mon interrogation muette :

— Pour Simon, je n'en savais rien. Pour Rob, je m'en suis rendu compte il y a quelque temps. J'ai toujours vécu dans la terreur qu'il s'en aille avec quelqu'un, mais il m'a promis qu'il ne le ferait pas, aussi longtemps que je ne soufflerais mot de *ça* à personne. Nous étions tous les deux terrifiés à l'idée que les gens le découvrent. Il ne m'a jamais traversé l'esprit que Simon puisse être… (elle hésite, en lançant un regard déchirant à Francesca, qui garde la tête baissée) … comme

Rob. Je me suis très vite aperçue que Rob, vraiment... l'appréciait beaucoup et j'ai prié pour que Simon n'ait aucun soupçon. J'ai imploré Rob de ne pas... s'approcher de lui. C'était insupportable, Francesca est mon amie, je lui ai dit qu'il prenait le plus terrible des risques. Puis j'ai commencé à avoir l'effroyable sentiment qu'il se passait bel et bien quelque chose entre eux.

Elle pousse une tasse de café plus près encore de la main de Francesca, qui ne réagit pas.

— Bois, lui dit-elle gentiment, et Francesca lance en silence vers elle un regard accusateur. Je voulais te prévenir, ajoute Jenny d'un air suppliant. J'ai essayé de détourner l'attention de Simon, mais ce fut inutile. Et puis j'ai deviné qu'ils avaient entamé une liaison. J'ai alors prié pour que celle-ci n'aboutisse à rien, comme toutes les autres.

— Tu aurais dû me dire tout ça ! éclate Francesca. Comment as-tu pu simplement ne rien faire ?

— J'y ai pensé et repensé, répond Jenny, la voix en lambeaux, épuisée. Ce n'est pas facile, tu sais, d'avoir à admettre que... à raconter... Et Rob m'a menacée. J'ai eu peur. De toute façon, aurais-tu pu croire que Simon... ?

Francesca reste silencieuse et Jenny secoue la tête. J'interviens :

— Elle a essayé de me le dire...

Je m'en aperçois, maintenant. Je me sens coupable, mon attitude à son égard m'inspire du remords.

— ... Je suis désolée, Jenny.

— J'étais si désespérée, reprend-elle en soupirant. J'ai imploré le Ciel, je souhaitais que ce ne soit pour Simon qu'une expérience, quelque chose qui lui passerait, et qu'ensuite il ne voudrait plus entendre parler de Rob. Je me suis dit qu'il serait mieux alors que tu n'en saches rien. Il est parfois préférable de rester dans l'ignorance. Lorsque j'ai réalisé, à propos de Rob, ça n'a plus jamais été pareil.

— Comment as-tu pu... ? demande Francesca, qui tente de soulager sa propre douleur en considérant Jenny avec dégoût. Comment pouvais-tu vivre avec lui, sachant ce qu'il faisait ?

— Je l'aime, répond Jenny avec calme. Du moins, je l'aimais jusqu'à ce que cette affaire survienne. Mais tout dernièrement, j'ai commencé à le haïr, je crois.

— Oh, Jenny. Je suis désolée... (Francesca tend la main, en signe de repentance.) Ce n'est pas ta faute. Tu dois avoir vécu l'enfer, toi aussi, mais je n'arrive tout simplement pas à encaisser. Oh, mon Dieu ! (Elle éclate de nouveau en larmes.) Que vais-je bien pouvoir raconter aux enfants ?

À nous deux, nous réussissons à la calmer. Une suggestion est faite : Jenny va s'installer au presbytère pour quelques jours, afin de donner à Francesca un coup de main pour s'occuper des enfants. Avec soulagement, je constate que Francesca est toute prête à accepter cette offre. Jenny sera bien plus à même que moi de l'aider à traverser ce moment difficile, même si je me rendrai disponible en cas de besoin. Au fur et à mesure que la journée avance, c'est de plus en plus vers Jenny que se tourne Francesca. Chose naturelle. Jenny a subi ce que Francesca traverse et elle est capable de la consoler car elle sait ce qu'elle ressent. Tandis que moi, je ne peux que l'imaginer ou tenter de le deviner.

Quand je les vois contentes d'être ensemble, je les abandonne pour rentrer chez moi. Le choc a été grand, mais maintenant, lorsque je regarde en arrière, toutes les pièces du puzzle s'agencent si bien que je me demande comment je n'ai pas compris toute seule. Peut-être est-ce simplement que, malgré l'expérience que me confère mon grand âge, une telle chose ne m'aurait jamais traversé l'esprit. Je ne sais comment cela aurait pu se terminer si Jenny était venue prendre le café chez moi, ce matin-là, avant que je ne me précipite vers Gary. Pauvre Jenny ! Elle n'a pas été comprise et, à chaque occasion, on l'a repoussée. Je me sens coupable de m'être montrée si myope et si intolérante envers elle.

Je n'arrive toujours pas à m'y faire. Simon doit avoir perdu la tête. Quoi qu'il en soit, Francesca va-t-elle être capable de se débrouiller seule ? Je suis soulagée à l'idée que Jenny et elle se tiennent compagnie pour le moment, mais je m'interroge encore sur l'issue de toute cette affaire.

Jeudi, 10 mars

J'en suis toujours à tenter de me remettre du choc. En m'efforçant d'accepter la situation, j'essaye de déterminer qui, parmi eux quatre, doit avoir ma sympathie. J'espère qu'un simple préjugé ne suffira pas à faire pencher la balance en faveur des femmes, mais je crains que ce soit le cas. Je devrais me sentir plus encline à une certaine pitié vis-à-vis de Rob, s'il n'avait mêlé Jenny à tout cela, profitant de son amour pour lui avant de l'utiliser comme bouclier quand elle a découvert la préférence qu'il avait pour son propre sexe.

Le problème est que je n'aime pas Rob. Il m'est donc assez facile de rester indifférente à ses souffrances.

Quant à Simon... En ce qui le concerne, ma réaction est plus claire. Je n'arrive pas à lui pardonner de s'être montré aussi stupide. S'enfuir comme cela, en laissant Francesca seule, sous le choc, abandonner ses enfants et son travail, et tout ça pour *Rob* ! Non, non. Je suis incapable d'éprouver autre chose à son égard qu'une profonde irritation. Il est trop vieux pour commettre inconsidérément un geste aussi lourd de conséquences. Une idée me vient. Je commence à me demander si nous sommes vraiment au bout de nos surprises. Quelques semaines en compagnie de Rob vont sûrement suffire à ramener Simon à la raison et à lui faire reprendre ses esprits. Je soupçonne que le charme facile de Rob, si séduisant soit-il, ne compensera pas tout ce que Simon aura sacrifié. L'aspect physique de l'affaire va probablement perdre de son attrait une fois l'interdit bravé. Après tout, Simon a longtemps vécu parfaitement heureux avec une femme et je crains que la satisfaction de désirs jusque-là frustrés ne lui suffise pas. Simon ne voudra certainement pas vivre dans une clandestinité permanente, privé de cette armée d'amis qu'il aime tant recevoir.

Je me sens toute honteuse de mon attitude passée vis-à-vis de Jenny et, par là même, je cours le danger d'un excès de sentimentalisme à son égard. Cela a sûrement été un choc terrible, quand elle a découvert la vraie nature de Rob. Peut-être suis-je un peu trop prompte à juger qu'elle aurait dû le quitter dès qu'il a commencé à la menacer.

Elle reconnaît qu'elle l'aimait et qu'elle était prête à tolérer son comportement. De plus, je peux difficilement en vouloir à Rob d'avoir tourné à son avantage la fidélité de Jenny. Je pourrais m'étonner qu'elle soit capable d'aimer un tel homme, mais guère le lui reprocher. On ne choisit pas toujours ceux que l'on aime. Elle a fait de son mieux, dans des circonstances difficiles, pour nous alerter et pour éviter une catastrophe. Les choses auraient-elles pu prendre une autre direction si j'avais été disposée à l'écouter ? Je continue à me le demander.

Francesca a ma sympathie absolue. Elle n'a pas mérité une telle calamité, ni d'être laissée seule face à tant de responsabilités. Je suis surprise par la profondeur de mes sentiments à son égard et souhaite sincèrement pouvoir lui rendre le sourire. Serait-elle capable de se résoudre à reprendre Simon, au cas où il voudrait revenir ? Et serait-ce une bonne chose pour eux, en tant que famille ? La durée de l'absence de Simon peut être déterminante. J'ai ce pressentiment qu'il reviendra, mais n'est-ce pas un simple vœu pieux ? Leur couple n'était peut-être pas parfait, mais ils s'accordaient sur tant de points…

Samedi, 12 mars

J'ai relu les premières entrées de mon journal, et je me demande si le désir de Francesca qu'on l'approuve et qu'on l'envie n'était pas au fond un indice. Savait-elle confusément que Simon n'était pas tout à fait à elle ? Peut-être sentait-elle qu'une part de Simon (celle qui a cédé à Rob) lui restait fermée, et peut-être faut-il y voir la cause de son insécurité. À plusieurs reprises, Francesca a eu tendance à faire montre d'un certain manque de confiance vis-à-vis des sentiments de Simon à son égard. Avait-elle percé de façon intuitive son secret ?

L'admiration devant sa réussite, l'envie que suscitait tout ce qu'elle possédait, devaient renforcer sa confiance en elle et, d'une certaine façon, l'aider à enterrer ce qu'elle pressentait au fond de son subconscient. Voilà peut-être pourquoi ils étaient plus heureux entourés d'une foule d'amis, ou en présence d'un tiers devant qui ils pouvaient mimer le couple parfait et y croire eux-mêmes. Il n'est pas impossible qu'ils aient tous deux si bien caché leurs secrets qu'ils les aient presque oubliés.

Ici, je dois faire une pause. J'ai sincèrement (quoique avec un certain amateurisme) tenté de m'y retrouver dans mes sentiments personnels vis-à-vis des actions et réactions de Francesca et Simon, de comprendre leur fonctionnement… Or, je réalise que cela m'entraîne dangereusement vers mon propre cas. N'ai-je pas écarté mon passé, ne l'ai-je pas dissimulé sous de multiples couches d'oubli, jusqu'à me convaincre qu'il n'existait plus et qu'il n'affectait en rien mon existence actuelle ? En une phrase ou deux, j'étais déjà prête à porter un jugement sur Francesca et Simon, à pontifier sur le danger d'être rétif à l'honnêteté vis-à-vis de soi. Je tirais déjà des conclusions sur les conséquences négatives, pour autrui comme pour soi-même, du refus délibéré de faire face à ses fautes et faiblesses.

Tant que je ne suis pas prête à considérer enfin ce recoin sombre au plus profond de ma mémoire, comment puis-je juger les autres ? Pour commencer, ils sont peut-être authentiquement inconscients des risques qu'ils prennent. Je ne le suis pas. Au fil de ces pages, j'ai graduellement et péniblement déterré mon passé et je lui ai permis de se replacer dans sa perspective naturelle. Jusqu'à présent, ce processus m'a épanouie, m'a guérie. J'en suis heureuse. Grands furent mon apaisement et mon soulagement. Je vois désormais quelle paralysie peut infliger la dissimulation délibérée de la souffrance et des larmes. Mais comment dépasser ce stade ?

Même scellée entre ces pages, la révélation d'un secret aussi terrible ne pourra me consoler ! Au contraire, elle risque de libérer à nouveau dans toute son horreur le cauchemar qui m'a harcelée jusqu'à ce que, craignant pour ma santé mentale, je ne l'écarte loin de moi, violemment, de manière irrévocable, pour ne pas basculer dans la folie. Alors que les échos solennels du chagrin et du remords retentissent comme pour m'avertir, instinctivement, je les chasse.

Dimanche, 13 mars

Je suis allée plusieurs fois au presbytère cette semaine. Les filles semblent se débrouiller. Jenny se porte mieux, probablement parce qu'elle était prévenue. Elle a donc pu se préparer au choc. Elle redoutait sans doute depuis si longtemps cette conclusion explosive, qu'elle a même pu ressentir une sorte de soulagement lorsque, enfin, c'est arrivé. J'ai eu plusieurs conversations avec elle. Il n'est pas question pour Jenny de reprendre Rob. C'est fini et, me dit-elle, dès que Francesca sera assez bien pour être laissée à elle-même, elle ira au Portugal. Elle a l'intention de vivre avec sa mère, elle veut entamer une nouvelle phase de son existence.

Francesca est dans un état d'engourdissement. Elle ne parvient pas encore à accepter que Simon ait pu se comporter d'une telle façon. Je n'arrive pas à décider si je dois lui faire part de ma conviction : selon moi, Simon va vouloir revenir. J'ai peur de susciter de faux espoirs. Pour le moment, je pense qu'elle serait tout à fait disposée à accepter son retour. Il est clair qu'elle l'aime, qu'il lui manque et que, pour elle, Rob est une sorte de sorcier maléfique qui a jeté un sort à Simon, le faisant agir contre sa volonté et son caractère. Francesca n'est pas prête à prendre au sérieux la révélation de nouvelles tendances sexuelles chez Simon ; elle insiste sur le fait qu'il se trouve sous l'influence de Rob. Jenny, à ma grande admiration, l'encourage dans cette voie.

— Après tout, m'a-t-elle dit en privé, ça ne fait aucun tort à Rob et ça pourrait offrir à Simon une porte de sortie. Aucune des relations de Rob n'a duré et, au cas où Simon voudrait revenir, il est préférable que Francesca le croie victime d'une sorte d'envoûtement.

Je suppose qu'elle a raison. Mais je m'interroge : devrais-je préférer penser que mon mari s'est comporté comme un imbécile qui se laisse manipuler facilement ou tenter de vivre avec la conviction qu'il est bisexuel ? Trop de clairvoyance peut être un inconvénient, après tout.

Jeudi, 17 mars

Il est deux heures du matin et je suis assise à mon pupitre depuis un certain temps, à me demander si je dois consigner dans mon journal ce petit tour en compagnie de Gary. Cela sonne si calme ! Si raisonné ! Sans donner toutefois aucune idée de ma confusion mentale, ni des affres dans lesquelles me plonge ce dilemme. L'instinct de conservation, si développé chez moi, résiste à mon désir croissant d'être honnête à tout prix, et il pourrait bien une nouvelle fois triompher. Il est plus fort, plus robuste que ce récent réflexe dont les racines sont encore mal assurées.

J'ai eu raison de considérer Gary comme un catalyseur. Et il est naturel que cela m'ait amenée ensuite jusqu'au point de non-retour. Mon esprit chancelle encore sous le choc et j'ai... Encore maintenant j'hésite, ma plume retombe... Mais j'ai décidé de le raconter. Ou, au moins, tout ce que je peux me résoudre à écrire. Je me sens déjà épuisée devant l'énormité de ce qui s'est passé. Il se peut que je n'aie pas la force d'aller jusqu'au bout. Et au fur et à mesure, ma peur risque d'augmenter encore. Mais essayons.

Je suis ravie de revoir Gary. Après tous les drames survenus au presbytère, il est bon de pouvoir me changer les idées. Gary arrive par le bus, bien avant l'heure du thé. Nous partons nous promener le long de la plage de sable, poussant même jusqu'au petit port. Nous retrouvons tout d'abord l'atmosphère insouciante de notre balade mystère avant l'arrivée au pub. Il grimpe sur les rochers et fait rebondir des galets sur la surface tranquille de la mer, qui ondule à peine. Puis nous allons nous appuyer contre le parapet du quai, pour regarder les bateaux de pêche. Sa gaieté s'évapore un peu.

— Ça m'aurait pas dérangé de prendre la mer, dit-il. (J'imagine très bien les images excitantes que ces simples mots font naître dans son esprit.) Je me serais enrôlé dans la marine.

— Peut-être, dis-je en approuvant de la tête. Ou dans l'armée. Mais je me demande si la vie de régiment vous aurait plu.

— Z'avez peut-être raison, concède-t-il à regret. Ça doit ressembler à la prison. C'est déjà bien assez à l'hôtel. Je suis fatigué de porter cet uniforme et d'avoir à faire tout comme une horloge.

— Très peu de gens aiment vraiment leur travail, à mon avis, dis-je alors que nous tournons nos pas vers la maison. La plupart y voient un moyen plutôt qu'une fin. Il faut gagner de l'argent pour vivre et on ne vit vraiment qu'en dehors des heures de travail.

— Moi, ronchonne-t-il, je ne vis jamais. J'ai rarement du temps libre et aucune chance de me faire de nouveaux amis.

Une fois rentrés, il me regarde préparer le thé puis il monte le plateau au bureau, où il fait encore assez froid pour qu'un feu brûle dans la cheminée. Il n'oublie pas la fourchette à griller les toasts.

— Comment va M. Barrett, au fait ? dis-je. S'est-il lassé de s'en prendre à vous ?

— Non, répond Gary en faisant la grimace devant les flammes. C'est pire encore, si possible. Il est sarcastique. Voyez ce que je veux dire ? Il essaie de me faire passer pour un imbécile devant les autres.

— Quel homme idiot !

Je soupçonne Gary de vouloir ajouter autre chose. Mais « vouloir » n'est peut-être pas le bon mot car il semble en plein conflit intérieur.

— Aucun nouvel arrivant, à l'hôtel ? Ont-ils remplacé Martin Pooley ?

— Pas encore. (Il se met à beurrer son toast.) J'ai revu un vieil ami à moi, hier.

Mon cœur fait un bond. Gary penche la tête et prend un air secret, il est sur ses gardes. Je sens que je dois être très prudente.

— Oh, très bien, dis-je d'un ton léger.

Il hausse les épaules.

— Il m'a offert de travailler pour lui.

— Je vois.

Gary sait exactement ce que je pense. Il me lance un regard direct.

— C'est de l'argent propre, explique-t-il, sur la défensive. Et au moins, je ne serai pas coincé à l'intérieur toute la journée.

— Qu'est-ce que c'est, cette offre d'emploi ? demandé-je d'une voix neutre.

Il reste silencieux si longtemps que cela confirme toutes mes craintes. Il affiche un air vulnérable. Il a à peine touché à son toast.

— Gary, dis-je doucement. Je veux juste que vous ne reveniez pas en arrière, c'est tout. Vous le savez, n'est-ce pas ? Je veux que vous arriviez à accomplir quelque chose de positif, pour votre propre bien.

Il hoche la tête.

— Je le sais. Mais ils ne pensent pas que j'en sois capable. Ils disent que mon passé me rattrapera toujours, que je n'ai aucune chance de réussir.

— Qui « ils » ?

À nouveau, il hausse les épaules.

— Cet ami. Et mon père.

Je suis surprise.

— Votre père ? Je ne savais pas que vous aviez gardé contact avec lui.

— Ça faisait une éternité que je l'avais pas vu. Il a pas de temps à me consacrer. Et puis je me suis dit que j'allais lui montrer que je m'en sortais, que tout était OK pour moi. Je suis allé le voir.

— Et que vous a-t-il dit ?

— Il m'a ri au nez, répond Gary, et son visage semble triste à la lueur des flammes. Il a dit que je serai pas capable de tenir le coup. Que ma place, elle était dans le caniveau, comme ma mère.

Je l'entends déglutir. Il a détourné le visage. Je sens monter en moi une vague de rage pure contre ce père que je ne connais pas. À quoi bon faire appel à la fierté de Gary ? Il a réveillé ses vieilles peurs, son insécurité psychologique, démolissant la fragile confiance que Gary commençait à avoir.

— Mais que sait-il vraiment de vous ? dis-je avec mépris. Votre mère a eu le courage et l'intelligence de s'en aller, n'est-ce pas ? Si sa place était réellement dans le ruisseau, elle y serait encore – avec lui.

— Il dit pourtant vrai, non ?

Gary me regarde et, cette fois, je me rends compte qu'il va être très difficile de l'aider à reconstruire son estime de soi.

— C'est comme avoir un poids mort autour du cou en permanence. Les gens posent tellement de questions, aujourd'hui. Si vous avez fait quelque chose de mal, après il ne vous reste plus qu'à abandonner.

— Non ! répliqué-je vivement. Ce n'est tout simplement pas vrai, Gary. Je vous assure que vous pouvez vous élever au-dessus de ça si vous en avez le courage. Et la volonté de le faire. Car il faut d'abord que vous le vouliez vous-même.

— Pour vous, c'est pas pareil, me répond-il, sans amertume, comme s'il ne faisait qu'énoncer un fait. Vous savez pas ce que ça fait, d'avoir enfreint la loi et commis des trucs qui choqueraient les gens s'ils l'apprenaient. On est forcé de le cacher tout le temps. Vous savez pas ce que c'est.

Je me tais un si long moment qu'il me dévisage d'une mine curieuse.

— Si, je le sais exactement, lui dis-je, et il se penche alors vers moi pour bien saisir mes paroles. Je le sais, Gary, je vous le promets.

— Comment *vous*, vous pourriez savoir ? reprend-il en me regardant avec indulgence, avec tendresse, même. Comment *vous*, vous auriez pu faire ça ? Ça marche pas, Amy. Je sais que vous voulez m'aider, mais je suis de l'autre côté de la barrière, comme dit mon pote. Vous comprenez pas. Tous les papiers qu'on vous force à remplir, les questions qu'on vous pose sans arrêt. Où vous vivez, où vous êtes allé à l'école, ce que vous avez eu comme diplôme, les boulots que vous avez faits. Des références, des vérifications. (Il serre les poings.) Je ferais aussi bien de laisser tomber et d'accepter ce job. Tout le monde dit la même chose. M. Barrett comme les autres, je vous l'assure. À la première occasion, il me mettra dehors. Je perds mon temps. J'aurai toujours un M. Barrett sur mon dos.

— S'il vous plaît, Gary…

J'ai conscience d'être en train de le supplier, mais je ne peux supporter de l'entendre parler avec tant de désespoir.

— … N'abandonnez pas tout de suite. Vous n'êtes pas obligé de laisser votre passé détruire votre existence. C'est une question de courage et de détermination. Vous devez mettre ça derrière vous. Si j'ai pu le faire, vous aussi, vous le pouvez.

— Qu'est-ce que vous avez dû mettre derrière vous ? me demande-t-il, d'un ton plus sérieux, cette fois, et je sens que j'ai une chance de le ramener à moi. J'arrive pas à croire que vous ayez un passé chargé. Dites-moi ce que c'est. On va faire un marché. Si vous avez vraiment un passé comme le mien, alors je promets de continuer à faire des efforts !

Il plaisante à moitié, il essaye de me calmer sans réellement porter attention à ce qu'il dit, mais sous la surface, je sens qu'il tend de nouveau la main vers moi, en quête d'un peu d'espoir, d'une promesse d'avenir. À cet instant, je réalise avec effroi que je ne vais pas pouvoir faire autrement que d'aller au bout des choses, pour restaurer sa confiance en moi et sa foi en lui-même. Je le regarde, cherchant désespérément la bonne formule, celle qui me permettrait de lui répondre tout en préservant mon secret. Comment ai-je pu me laisser entraîner vers un aveu aussi énorme ?

— Est-ce que ça va, Amy ?

Il a l'air préoccupé et je devine qu'il repense à nos conversations précédentes, se souvenant de ma réaction devant les photos, puis au pub.

— Toujours ce gars, hein ? dit-il d'une voix douce, mais je sens qu'il est déçu car il a vraiment cru, un bref instant, que j'allais lui révéler un passé rivalisant avec le sien et le sauver de lui-même. Alors, vous avez fait quoi ? poursuit-il, toujours aussi doucement, non sans une note d'humour cette fois. Vous l'avez trompé avec son meilleur ami ?

— Non, dis-je enfin quand je comprends qu'il m'est impossible de revenir en arrière. Non. Je l'ai tué.

L'expression choquée de Gary, le reflet des flammes dans la pièce, tout semble se fondre et s'effacer, et je revois la maison de pierre au-dessus du lac, avec Hugo qui me regarde de la fenêtre de son bureau tandis que je me promène sur la terrasse. Le terrain autour de la maison n'est pas clôturé, pour que les moutons puissent paître librement. Fougères et ajoncs grimpent jusqu'à la balustrade qui borde la terrasse dallée. Je fais signe à Hugo, mais j'ai peur. Quelque chose d'indéfinissable a rendu ces vacances différentes des précédentes. Hugo est différent, lui aussi : moins passionné, plus préoccupé... Il m'aime moins ? J'écarte violemment cette pensée perfide et me dirige d'un pas rapide vers la maison, puis la cuisine. J'ai besoin d'un verre.

C'est le dernier jour de nos vacances d'été. J'ai déjà emballé mes affaires et effacé tous les signes révélateurs de ma présence. Je vais partir la première, tôt demain matin. Hugo doit rester un jour ou deux de plus. Comme d'habitude, cela me déchire le cœur de savoir que notre précieux temps ensemble est terminé jusqu'aux prochaines vacances, cet automne. Plus j'avance en âge, plus je trouve difficile de ne survivre que grâce à ces maigres rations, mais il ne m'a jamais effleuré d'en réclamer davantage à Hugo. Quelque instinct me fait comprendre que c'est justement parce que notre temps est rationné qu'il nous paraît précieux. Ensemble, nous vivons le meilleur, débarrassés des soucis de la vie quotidienne, de tout ce qui use une relation. Nous répondons mutuellement à nos désirs, nous nous plions mutuellement à nos fantasmes, et nous évitons la lassitude qu'engendre une trop longue familiarité.

Je me trouve un verre et vais chercher la bouteille dans le cellier. Au printemps, nous n'avons pas eu notre semaine ensemble. Hugo était malade et j'ai dû rentrer à la maison, chez l'oncle Charles. J'étais amèrement déçue. Nous ne pouvions nous voir que très occasionnellement au cours du trimestre – le pub était alors notre refuge préféré. J'attendais donc avec d'autant plus d'impatience ces trois semaines d'été. Hélas, je suis assez âgée (et même assez vieille) pour savoir que les grandes espérances sont invariablement frappées de déception. Hugo doit respecter une date limite pour son travail et il s'y consacre plus que d'habitude.

Tout en cherchant l'ouvre-bouteille, je me demande si notre relation n'est pas elle aussi en sursis. Nous vieillissons. Hugo a atteint la cinquantaine. Peut-être sommes-nous maintenant trop mûrs pour poursuivre ce chassé-croisé amoureux. Mais je prendrai tout ce que Hugo peut encore m'offrir. Il doit partager sa vie en fonction d'exigences multiples : celles de sa femme, de ses élèves, de son éditeur, de sa maîtresse. Il a accepté un poste à l'université de la ville où il vit et il est plus occupé que jamais.

Il entre dans la cuisine. Je me retourne vers lui, la bouteille à la main.

— Je me disais qu'un *drink* ne nous ferait pas de mal.

— Bonne idée ! Dieu, je suis raide de courbatures, dit-il en roulant la tête pour se relaxer la nuque.

— Cela fait des heures que tu écris, réponds-je, essayant de ne pas donner l'impression que je lui en veux de consacrer à son travail notre précieux dernier jour ensemble. Tu as besoin d'un bain chaud.

Il fut un temps où nous nous baignions ensemble dans l'immense baignoire à l'ancienne ; nous ne l'avons pas fait pendant ces vacances.

— Mmm. Plus tard, peut-être, dit-il, comme préoccupé. Je vais d'abord faire un petit tour sur la terrasse. J'ai besoin de me détendre. Apporte les verres dehors.

Il disparaît et je reprends ma quête de l'ouvre-bouteille, désespérant d'aller retrouver Hugo, frustrée par ce nouveau gaspillage de temps. Je me rappelle qu'hier, au déjeuner, j'ai eu du mal à ouvrir le vin et que je suis montée réclamer l'aide de Hugo. L'ouvre-bouteille est sans doute encore sur son bureau. Dois-je le prier d'aller me le chercher ? Car il n'aime pas que l'on dérange ses papiers. Mais je vois qu'il a déjà descendu la longue volée de marches de pierre, pour aller faire quelques pas sur le petit quai, en bas.

Je me précipite dans le couloir, puis dans le bureau. Je fouille du regard les notes et les ouvrages de référence éparpillés sur le plan de travail. Je déplace doucement deux ou trois choses, tâtonnant à la recherche de la forme tortueuse du tire-bouchon. Le voilà, à moitié caché derrière plusieurs gros volumes. Avant de repartir, je remets soigneusement en place les documents de Hugo. Coincée par le sous-main en cuir, une feuille de papier pliée en deux apparaît lorsque je replace l'un des livres. Trois mots, dans la partie visible du texte, me sautent aux yeux : « Ma petite chérie ».

Je reste quelques instants immobile, le regard fixe. Je me suis toujours dit que Hugo devait écrire à sa femme pendant nos vacances. Il n'y a pas le téléphone ici et s'il ne lui donnait aucune nouvelle, cela pourrait paraître étrange. Néanmoins, je me sens surprise, et jalouse qu'il choisisse de tels mots. Combien de fois m'a-t-il dit qu'ils n'étaient mariés que de nom ; qu'après plusieurs fausses couches, elle s'était retirée dans une vie de quasi-invalide, et que seule leur fidélité à la religion catholique les empêchait de demander le divorce ?

« Ma petite chérie ». Après une courte lutte intérieure, je retire le papier et le déplie. Cela commence par ces mots : « Angela chérie ». Le prénom de la femme de Hugo est Sarah.

Angela chérie,

Tu me manques tellement, mais ce sera la dernière fois. Je ne pouvais m'en sortir aussi facilement cette fois-ci qu'au printemps, tu le sais. Je vais le lui dire, ne crains rien, mais il me faut choisir ce que j'estimerai être le bon moment. Je lui dois ***au moins*** *ça. Tu sais que pour moi avec elle c'est fini depuis longtemps et je te promets que nous serons bientôt réunis à jamais, mais tu dois être patiente. Pas le temps de t'en écrire davantage, ma petite chérie que j'aime. Sois prête pour moi mardi. Je t'aime pour toujours.*

Hugo

Le choc fait battre mon sang si fort dans ma tête que j'ai peur que mon crâne explose, répande son contenu sur le bureau et asperge cette chère petite Angela. Je saisis l'ouvre-bouteille, fourre la lettre dans ma poche, puis retourne à la cuisine. Mes mains tremblent tellement que j'y arrive à peine, mais bientôt, j'ai rempli deux verres de vin, et je sens toujours cette lettre qui se froisse dans ma poche quand je traverse la pièce. Je tiens prudemment les deux verres d'une main, la bouteille de l'autre. Une voix hurle dans ma tête, si fort que je suis surprise que Hugo ne l'entende pas. Je sors sur la terrasse, avec cette chère Angela dans ma poche.

Il vient d'atteindre le haut de l'escalier. Il saisit le verre que je lui tends.

— Fais attention, me dit-il. Tu vas en renverser.

La voix qui crie dans ma tête parvient alors à en sortir et elle hurle un instant par ma bouche, emplissant toute la terrasse, avant que je ne réussisse à la réprimer. Hugo me dévisage. Il a l'air totalement choqué. Je réalise que tout en criant je ris, ce qui lui arrache une moue de dégoût.

— Allons, ressaisis-toi ! fait-il d'un ton sec. Pour l'amour de Dieu ! J'avais l'intention de te le dire. J'avais prévu de le faire ce soir. Tu n'aurais pas dû avoir l'indiscrétion de fouiller dans mes papiers. J'ignorais que tu étais du genre à lire la correspondance personnelle des autres.

Mes cris cessent un moment. Déjà, je devine ce qu'il prépare, derrière son masque froid et sévère. Il va utiliser mon indiscrétion comme une arme. Il va justifier sa trahison, ce qui me semble indigne. Il espère me faire sentir coupable. Je bois mon vin d'une traite et repose mon verre sur la balustrade, comme si je voulais le remplir. Je tiens fermement la bouteille pour maîtriser le tremblement de mes mains.

Il commence à parler, très vite, comme si cela pouvait atténuer la portée de ses paroles.

Son « j'ai rencontré quelqu'un d'autre » ne sonne pas aussi alarmant que s'il le prononçait à vitesse normale. « Je ne t'aime plus » paraît moins cruel, ainsi bafouillé. « Je veux épouser Angela » n'est pas une trahison si...

Il se fait un profond silence. Hugo affiche un air farouche, quoique vigilant, et j'avance d'un pas de plus dans sa direction.

— L'*épouser* ?

Il a l'air un peu honteux mais déterminé.

— Si tu t'arrêtais de crier un instant, je pourrais t'expliquer !

Je ferme hermétiquement les yeux, l'espace d'une seconde, pour ne pas voir son expression dénuée de tout amour.

— J'ai fait la connaissance d'Angela il y a près d'un an. Nous voulons vivre ensemble. Je pense que Sarah doit envisager le divorce ou au moins une séparation. Écoute...

Sa voix s'adoucit. Je sais qu'il va essayer de me persuader que sa décision de m'abandonner au profit de sa chère petite Angela est ce qu'il y a de plus raisonnable, après dix ans ensemble.

— Enfin, Amy... ajoute-t-il d'une voix câline. Admets-le. C'est devenu un peu routinier, entre nous, n'est-ce pas ? Tu ne peux continuer à jouer les Juliette à presque cinquante ans. C'est assez pathétique, non ?

Il fait alors de sa main libre un geste qui balaie toute notre passion, tout notre amour, toute la magie entre nous, comme pour les condamner à l'oubli, et moi, à la vitesse de la lumière, je m'approche et lui fracasse la bouteille sur le visage. Il tombe à la renverse dans l'escalier, dégringolant jusqu'à ce que son crâne produise un craquement sec en heurtant la pierre. Je regarde en contrebas, vers l'endroit où il se trouve, puis je descends avec précaution. Sa tête forme avec son buste un angle bizarre et ses yeux sont ouverts mais ils ne me voient pas. Tout de suite, je comprends.

Hugo est mort et je l'ai tué. En me penchant vers lui, je sens une sorte de froissement dans ma poche. C'est cette chère petite Angela, témoin de mon crime, qui me fait sentir sa présence, et tout à coup un réflexe de survie m'empêche de céder à la colère qui bout en moi. Vite, je m'active. J'essuie la bouteille sur ma jupe avant de la laisser tomber à côté de Hugo. J'emporte mon verre à la cuisine pour le nettoyer, ainsi que tout autre élément qui pourrait trahir la présence d'une deuxième personne.

Une fois la maison redevenue vierge des traces de mon passage, je prends ma valise, la charge dans la voiture et m'en vais, pendant que le cadavre de Hugo se raidit sur les marches et que sa chère petite Angela continue à se froisser, impuissante, dans ma poche.

J'ai déjà oublié ce qui s'est passé lorsque j'arrive chez l'oncle Charles, dans la maison tout en hauteur au bord de la mer. Le médecin qui m'examine diagnostique une sorte de fièvre cérébrale et je ne retourne à l'école qu'à la fin du trimestre, accueillie par la triste nouvelle de la mort de

Hugo Warrender, tombé d'un escalier, qui s'est cassé le cou. On chuchote le mot *ivresse* – « après tout, ma chère, il était à moitié français » – mais pas devant les filles. Et puis on finit par ne plus y penser.

Cela se change en une sorte de rêve, un demi-souvenir. Pour qu'il ne devienne pas réalité, je le repousse dans ce coin de mon crâne où gît le souvenir de mon amour pour Hugo.

Je sens Gary s'agiter.

— Qu'est devenue la lettre ? me demande-t-il, et je suis soulagée de constater que, comme auparavant, il ne cherche ni à me consoler ni à m'offrir quelque platitude apaisante pour tromper ma douleur.

— La lettre ?

Je me sens faible, vide et terriblement fatiguée.

— Mais oui, vous savez : « Chère petite Angela… ».

Ce genre de question sensée est ce qu'il y a de mieux pour m'aider à me ressaisir, si bien que je parviens à rassembler assez d'énergie pour finir mon histoire.

— Je l'ai détruite, réponds-je, et je me sens soudain transportée à l'époque qui a suivi la mort de Hugo. J'ai dû avoir une panne temporaire. Je me suis souvent demandé si l'oncle Charles avait deviné, mais il ne m'a jamais posé de questions. Lorsque j'ai commencé à aller mieux, j'ai retrouvé cette lettre dans la poche de ma jupe et je l'ai jetée au feu. Pendant longtemps, cette terrible scène n'a plus été pour moi qu'un rêve. J'ai pu la repousser, l'ignorer.

— C'est sans doute une réaction naturelle, commente Gary, qui semble fasciné. Les gens sont comme ça après un choc, parfois. J'ai lu un truc à ce sujet. Comme une sorte de mécanisme de défense. Vous empêche de devenir fou.

— Exactement, c'est ça.

Avec effort, je parviens à me souvenir de l'étrange qualité onirique que prirent ces jours-là.

— Une fois de retour à l'école, la réalité s'est réinstallée. Au début, j'ai pu résister, mais après un certain temps, je me suis mise à faire des cauchemars. Quand ils ont commencé à surgir au beau milieu de la journée, je me suis dit que j'allais peut-être devenir folle. Je me suis sentie horrifiée par ce que j'avais fait, et Hugo a fini par me manquer, désespérément. Je me posais des questions : pouvait-on découvrir que ce n'était pas du tout un accident ? Chaque jour, je m'attendais à l'arrivée de la police, qui allait m'accuser d'être une meurtrière.

— Ils n'auraient pas parlé de meurtre. Ça aurait été un homicide involontaire, précise doctement Gary, et je le bénis de se cantonner ainsi aux faits. Un crime passionnel, en réalité. Vous vous en seriez tirée, quand ils auraient été au courant des détails.

— J'étais incapable de réfléchir, voilà tout. J'avais perdu l'amour de Hugo, je l'avais tué et ma vie me semblait terminée. J'étais terrifiée que les gens le découvrent et j'ai décidé de prendre une retraite anticipée puis de tourner la page. Oncle Charles est mort, il m'a légué sa maison, j'ai donné ma démission et je suis partie.

Gary se relève pour aller alimenter le feu, qui se meurt.

— Et vous n'en avez jamais parlé à personne ?

— Jamais. Comment aurais-je pu ? Je me suis raisonnée : il n'y avait pas lieu de me livrer.

C'était fini et bien fini. Sa femme n'a jamais su qu'il l'avait trompée pendant toutes ces années. S'il y avait eu enquête, elle l'aurait appris. À quoi bon ? Ça n'aurait pas fait revenir Hugo et cela aurait ruiné sa réputation. Une notice nécrologique est parue dans le *Times*. Je ne savais absolument pas qu'on accordait tant d'importance aux livres qu'il avait écrits. Cela expliquait qu'on lui ait proposé cette chaire, à l'université. Je n'ai pas voulu salir sa mémoire… Et je ne voulais pas aller en prison.

Gary me regarde. Je vois alors que j'ai passé le test.

— Je vous jure que je ne le répéterai à personne. (Son visage se fait soudain inquiet.) Ça va, Amy ? Vous avez l'air toute retournée.

— Ça va, dis-je, trop fatiguée, incapable même d'accepter sa sympathie. Vous avez loupé votre bus. Je vais vous reconduire.

Il hésite, mais finit par accepter.

— OK. Merci.

Une autre pause, puis :

— Amy ? Je suis désolé de vous avoir obligée à déterrer tout ça. Je ne savais pas…

— Nous avons fait un pacte.

Il hoche la tête et je sais qu'il accepte maintenant mon défi.

J'ai enregistré tout cela aussi fidèlement que je m'en souvienne. Mes mots pour décrire la façon dont j'ai tué Hugo peuvent ne pas être ceux que j'ai employés devant Gary. J'ai revécu deux fois la scène ce soir, une fois pour la raconter, une fois pour l'écrire. Désormais, elle s'est détachée de moi et je me sens purgée, vide, légère comme du duvet. La collision a été évitée à la dernière minute ; mon passé et mon présent ont fini par se rejoindre, leurs fils se sont renoués en douceur pour recréer ce tableau complet, que je suis enfin en mesure d'accepter. Je dois dormir.

Jeudi, 24 mars

Au cours de ces derniers jours, j'ai laissé sans crainte mes souvenirs aller et venir. Jamais je ne pourrai me réconcilier avec ma faute. Cela, je le sais. J'ai tué Hugo, j'ai mis un terme à sa vie et, bien que ce ne fût – même dans ce moment de folie – ni prémédité ni intentionnel, je suis responsable.

Je me souviens de ces mois de remords, de ces « si seulement » qui me conduisirent au bord de la folie. Me disant que je n'étais pas apte à prendre en charge des jeunes filles, je fus bientôt certaine que je devais renoncer à mon travail. À présent, je vivais avec la conscience quotidienne de l'acte terrible que j'avais commis et ce fut à cette époque que je réalisai qu'Angela, elle aussi, pouvait constituer une menace. Elle savait que j'étais là-bas, avec Hugo. Allait-elle sortir de l'ombre, demander une enquête sur sa mort ? A-t-elle pensé que je pouvais l'avoir tué dans un accès de jalousie ?

Maintenant que je suis capable d'y réfléchir posément, je suis certaine qu'Angela ignorait mon nom. Hugo a certainement gardé mon identité secrète. Après tout, je n'aurais moi-même rien su de leur liaison si je n'avais découvert cette lettre. Je me demande quelle raison il m'aurait donnée de vouloir mettre fin à notre relation. La pauvre Sarah, sans doute, aurait été mêlée à cela. Chaque fois que je me rappelais avec quelle facilité il était prêt à se séparer de sa femme, quelques mois seulement après avoir rencontré Angela, je me sentais humiliée, remplie de tristesse. En dix ans, jamais je ne l'avais pressé de quitter Sarah. Si j'en faisais à peine la suggestion, comme d'ailleurs au moindre souffle d'insatisfaction, Hugo devenait froid, distant. Or, j'étais terrifiée à l'idée de le perdre.

Au fil des semaines, je compris qu'Angela avait décidé de garder le silence, peut-être pour protéger sa propre réputation, peut-être parce qu'elle préférait conserver elle aussi à Hugo une certaine dignité plutôt que de traîner son nom dans la boue. Je cessai alors en tout cas de redouter qu'elle puisse me démasquer et entamai mes efforts pour enterrer le passé.

Je soupçonne que mes craintes, quoique condamnées dans leur prison, ont continué à prospérer, conduisant petit à petit à ces crises de colère qui, finalement, me firent demander conseil à Marion Westlake. Comme elle a bien fait de m'encourager à écrire ! Combien cette thérapie s'est avérée bénéfique !

Samedi, 26 mars

Je suis allée me promener au bord de la mer, réfléchissant au passé, en tentant de le replacer dans une perspective plus rationnelle. Hugo m'a-t-il jamais aimée, en fin de compte ? Combien de fois me suis-je déjà posé cette question ? Mes vieux doutes relèvent leurs têtes cabossées, je fixe leurs yeux sombres et cyniques où je reconnais un sentiment familier – très faible, à peine visible : la jalousie. Comme j'ai pu détester cette Angela, cette inconnue, sa « chère petite » ! Je savais que je ne faisais pas le poids et que je m'étais montrée idiote. Il m'avait menti, au printemps, au sujet de cette maladie, il avait disparu pour être avec elle. Ils avaient dû discuter de moi. À la seule idée de leurs conversations, je frissonnais d'humiliation. Je l'imaginais aussi jeune et belle que je me sentais vieille et ridicule d'avoir entretenu cette passion romantique. Hugo, naturellement, restait pour moi un homme distingué, expérimenté, désirable. L'écho de ces émotions pénibles me tourmente encore. Il était prêt à quitter Sarah pour Angela, ou bien alors… ? Une pensée surgit, claire et fraîche, dans mon cerveau fatigué. Peut-être Angela le harcelait-elle davantage et peut-être s'est-il servi de cette promesse à la fois pour la calmer et me convaincre que notre amour était mort. Cela lui ressemble beaucoup plus. Oui, quelque chose me dit que c'est cela.

La mer descend, se retirant au milieu des galets, et le fin croissant d'argent de la nouvelle lune se suspend au-dessus du promontoire qui protège la baie. Un sentiment de paix envahit mon âme, comme si la mer emportait mon angoisse, ma culpabilité, dont je me sens heureuse de me séparer.

Lundi, 28 mars

J'ai reçu ce matin une lettre de Margery et un petit mot de Gary, ainsi rédigé :

« Impatient de vous revoir. J'oublie pas ! J'espère que tout va bien pour vous. Love, Gary. »

Cher Gary. Il m'assure qu'il va tenir parole en ce qui concerne notre marché, mais je crains que cela ne se révèle difficile. Combien de Gary, je me le demande, ai-je moi-même rejetés, convaincue qu'ils ne *méritaient* aucune amitié, aide, éducation, au seul vu de leur apparence ? Ou peut-être ai-je été effrayée, comme ce fut le cas devant lui, par l'uniforme qu'ils arboraient. Où cela commence-t-il ? À quel stade de la vie de Gary aurais-je commencé à le trouver intimidant ou indigne de la moindre attention ? Quand il avait six ans et que déjà il volait ? À douze ans, quand il faisait régulièrement l'école buissonnière ? À quinze ans, quand il arborait cette panoplie agressive, cuir noir clouté, boucles d'oreilles, cheveux teints d'une couleur vive ou crâne rasé ? Comme nous sommes prompts à cataloguer autrui ! Est-ce la peur qui est à la racine de tout cela ? Je cours sans doute le danger d'être trop sentimentale, mais j'aimerais tellement mieux comprendre.

La lettre de Margery est en réalité une invitation à venir faire la connaissance de son futur mari. Elle suggère que je lui rende une dernière visite avant qu'ils ne partent dans le sud, où aura lieu la noce. Apparemment, Roger est « impatient » de me rencontrer. Oui, eh bien j'en doute, mais je vais quand même y aller. Puisqu'ils ne sacrifient pas à cette tendance moderne à vivre ensemble avant même la cérémonie, j'ai là une dernière chance de me retrouver seule avec Margery, et cette fois je compte en tirer meilleur parti.

Mercredi, 30 mars

Je suis interrompue ce matin par l'arrivée de Francesca. Elle papillonne au milieu du salon, tripote les bibelots, tire quelques livres de leur étagère puis, enfin, s'immobilise devant la fenêtre. Ses merveilleuses jambes semblent interminables dans leur fourreau de nylon bleu marine et il est évident qu'elle a pris grand soin de son apparence.

— Le fait est que... dit-elle en se retournant vers moi. Le fait est, Amy, que j'ai eu un appel téléphonique de Simon. Il veut rentrer à la maison.

Je lève à peine les sourcils et lui verse du café.

— Tu n'as pas l'air très étonnée, ajoute-t-elle d'un ton plutôt maussade, avant de venir s'asseoir.

Il y a une très bonne raison à cela. J'ai eu un coup de fil de Jenny m'avertissant que Francesca était en chemin et pourquoi. Quoi qu'il en soit, je m'attendais de toute façon au retour de Simon.

— Je ne peux pas dire que ce soit une grande surprise, concédé-je en sirotant mon café. À mon avis, tout cela n'était qu'une aberration passagère.

Francesca semble perplexe. Je décide de ne pas trop la dorloter. Elle a souffert, mais il n'est pas question de la laisser se changer en martyre. Si leur couple est destiné à repartir, il faut aussi peu de récriminations et de ressentiments que possible.

— Il doit se sentir un âne complet, dis-je d'un ton allègre, voulant appliquer tout de suite ma résolution. Franchement... Quel idiot ! Penses-tu que tu vas le reprendre ?

Francesca est encore plus surprise.

— Eh bien... Eh bien, je n'ai pas encore vraiment décidé...

— Je comprends ta réticence, dis-je avec sympathie. Il ne s'agit pas simplement de cette aventure bébête avec Rob – et je pense que le coupable, ici, c'est bien Rob, quel sale type, celui-là ! Non, ce qu'il y a, c'est que Simon a été assez faible pour se laisser mener par le bout du nez, d'une certaine façon, vers quelque chose dont je suis sûre qu'il n'avait pas vraiment envie. Cher vieux Simon. Il *adore* plaire à tout le monde, n'est-ce pas ?

— Il est... Il est très populaire... répond Francesca, sur la défensive.

— Exactement ce à quoi je veux en venir ! Il a *besoin* d'amour, même au point de laisser Rob l'entraîner dans une aussi ridicule escapade.

Je ris – un joyeux mélange de tendresse et de dérision – puis m'arrête net, comme frappée par une idée nouvelle.

— Ne serait-ce pas un appel au secours ?

— Comment... ? Que veux-tu dire ?

La pauvre Francesca semble si confuse et anxieuse que je suis presque désolée pour elle.

— Eh bien, j'ai toujours soupçonné qu'il pouvait être un homme *jaloux*, bien qu'il mourrait plutôt que de te le laisser voir. Son flirt, son « harem », toutes ces absurdités ne seraient qu'une tentative pour te rendre jalouse. (Je hausse les épaules.) Cela a toujours été ma théorie, d'ailleurs. Simon est comme un enfant qui pleure pour réclamer l'attention. Cher petit. J'ai tellement d'affection pour lui.

Je viens de réussir à précipiter Francesca dans la confusion mentale la plus totale et je lui jette un regard rayonnant par-dessus ma tasse de café. Elle n'a aucune idée de mes véritables sentiments au sujet de Simon et de son éventuel retour. Elle est incapable de *réfléchir* et, par conséquent, libre de toute attitude conditionnée ou de toute réaction « apprise ». Elle retrouve sa simplicité instinctive, son authenticité.

— Il me manque, dit-elle tristement avant de se mettre à pleurer comme une gamine.

Ce qui me donne une autre idée.

— Et il doit terriblement manquer aux enfants, dis-je très vite en lui passant un mouchoir. Simon est un merveilleux père. Toutes ces histoires qu'il leur raconte, les modèles réduits d'avions pour Henry...

— Oh, Amy, se lamente Francesca, le visage plongé dans son mouchoir, puis-je le laisser revenir ?

On dirait qu'elle m'en demande la permission, mais je sais quelle vraie question elle se pose, et je pense maintenant que tout ira bien.

— Mais pourquoi diable ne le reprendrais-tu pas ? dis-je, au comble de l'étonnement.

— Oh. Je ne sais pas. (Elle se mouche et sèche ses yeux, en réussissant à rester très séduisante.) Je ne peux supporter l'idée de les savoir ensemble. C'est... Ooh !

Voilà que son visage plonge à nouveau dans le mouchoir. Je lui en tends un autre.

— N'y pense pas, ordonné-je. Il n'a peut-être rien fait du tout. Il a probablement pris peur avant de passer à l'acte. Si tu veux qu'il revienne, tu dois apprendre à accepter cela. (Comme il est facile de distribuer des conseils !) Tu ne dois pas sous-estimer le pouvoir de Rob. C'est un homme *mauvais*. Je tire mon chapeau à Simon, qui a eu le courage de se libérer de lui et de te demander de le reprendre. C'est très brave de sa part. Cher Simon.

À l'évocation de ce « cher Simon », la voilà repartie.

— Oooh !

Ses lamentations durent un bon moment, si bien que j'ai le temps de finir mon café et même de m'en servir une autre tasse. Je fais du *très bon* café et je déteste le gaspillage. Au bout d'un moment, Francesca refait surface. Difficile de ne pas avoir une certaine aversion pour une femme qui peut sangloter dix minutes et en resurgir aussi fraîche qu'une rose, mais je fais de mon mieux pour surmonter mes vils sentiments et lui verse une nouvelle tasse.

— Je vais le laisser revenir, Amy, dit-elle en tremblant. Au moins, nous pourrons parler de tout cela. Je l'aime.

Ses lèvres adorables se mettent à trembler. J'ai déjà à la main un autre mouchoir, mais elle se contente de quelques reniflements et me sourit.

Convaincue qu'en ce qui concerne Simon, nous avons fait le tour de la question de façon plus que satisfaisante, je décide de changer de sujet.

— Et comment va Jenny ?

— Elle va bien. Elle a été formidable. Honnêtement ! Sans elle, je n'y serais pas arrivée. Elle pense que je devrais reprendre Simon. D'après elle, Rob séduit toujours les hommes par la ruse, mais ça ne dure qu'une semaine ou deux. C'est comme s'il leur jetait un sort.

— Eh bien, tu es fixée, alors. Que va faire Jenny ?

— Elle va repartir chez son horrible mère, répond Francesca en secouant la tête avec compassion. Pauvre Jenny ! D'un autre côté, ajoute-t-elle en prenant un air pensif (retors même) qui correspond davantage à son ancien moi, au cas où Simon rentrerait à la maison, il serait plutôt morbide de l'avoir avec nous.

— Au moins, elle va pouvoir se mettre à la recherche de l'Anglais que lui réclame sa mère, fais-je observer, avant d'être soudain frappée par une nouvelle idée.

C'est une si bonne idée, si évidente, que je m'étonne de ne pas y avoir pensé plus tôt. Je peux à peine attendre de me débarrasser de Francesca, tant je veux être seule pour y songer très sérieusement.

Vendredi, 1er avril

J'ai discuté de mon idée avec Jenny. Elle est enchantée par ma proposition. Il ne me reste qu'à en parler à Gary. Je lui envoie un petit mot pour lui demander de me téléphoner et, quand il le fait, je ne tourne pas autour du pot.

— Cela vous plairait-il d'aller travailler au Portugal, Gary ? Une vieille dame anglaise a besoin d'un chauffeur et d'un homme à tout faire pour s'occuper d'elle ainsi que de sa villa.

— C'est un poisson d'avril, Amy ? demande-t-il, méfiant.

— Certainement pas ! réponds-je, indignée. Il s'agit de la mère d'une de mes amies. Elle a plus de quatre-vingts ans et préférerait que ce soit un

Anglais qui s'occupe d'elle. Avez-vous un permis de conduire valide ?

— Oui.

Il peut à peine parler tant son excitation monte. J'imagine l'expression sur son visage.

— Est-ce que c'est vraiment réglo, Amy ?

— Mon cher petit ! dis-je en laissant filtrer une pointe d'exaspération. Suis-je du genre à perdre mon temps à inventer une plaisanterie aussi alambiquée ? Venez prendre le thé mardi, je vous raconterai tous les détails. Oh, et vous aurez un entretien avec la fille de cette dame, alors soignez votre mise.

Ce n'est qu'après avoir replacé le récepteur que je réalise ce que j'ai fait. Je me suis sentie si heureuse à la perspective d'offrir à Gary une position convenable, loin de ses anciens amis, que je n'ai pas réalisé à quel point il allait me manquer. Je n'y songe que maintenant. Comme les journées seront vides, sans ses cartes qui tombent sur le paillasson et l'apparition de sa silhouette, lors de ses jours de congé.

Sans doute aurais-je fini par le perdre tôt ou tard, me dis-je fièrement, et au moins il aura un emploi bien rémunéré, peu monotone, dans un bel endroit. Il sera moins enclin à se sentir insatisfait ou à être tenté de replonger dans la petite délinquance. Il est bon qu'il bénéficie d'une telle opportunité.

Tout à coup, je me sens profondément déprimée. Lorsque le téléphone sonne, je suis à peine capable de rassembler l'énergie nécessaire pour répondre. C'est Francesca, qui m'apprend que Simon est rentré à la maison.

— Tu avais raison, fait-elle, après m'avoir précisé qu'il se trouvait dehors avec les enfants.

C'était une sorte de coup de folie. Apparemment, il avait fait cette chose une fois avec un garçon à l'école et cela continuait un peu à le titiller. Rob l'a déstabilisé et l'a amené à croire qu'il niait ses instincts naturels.

Je manque de m'étouffer devant le degré de candeur que prête Francesca à Simon. Elle interrompt un instant son récit.

— Ça va, Amy ?

— Parfaitement, je te remercie. Je suis si heureuse que Jenny quitte cet homme affreux.

— Moi aussi. Il est carrément diabolique.

J'acquiesce et lui demande comment cela se passe entre Simon et elle, maintenant qu'il est de retour.

— Il se sent si humilié, Amy, dit-elle, d'une voix dégoulinant de tout le lait de la tendresse humaine. Il ne s'est rien passé, semble-t-il. Ça s'est terminé avant d'avoir commencé et Simon est on ne peut plus navré. Pauvre Simon. Heureusement, personne n'a rien su, à part Jenny et toi. Et les enfants sont aux anges de le retrouver. Ils le croyaient en voyage d'affaires. Je suis tellement soulagée que ce soit fini et que nous soyons à nouveau réunis.

— C'est très généreux de ta part de lui pardonner si facilement, dis-je. Si vous parvenez à mettre ça derrière vous de façon positive, je suis sûre que tu n'as aucune crainte à avoir pour l'avenir.

Elle me dit qu'ils ont l'intention de reprendre leurs déjeuners du dimanche comme si rien ne s'était passé. Je la félicite pour cette sage décision. Elle ronronne d'autosatisfaction, sûre d'agir avec magnanimité.

— Eh bien, honnêtement, Amy, dit-elle, et c'est maintenant l'ancienne Francesca qui parle – l'épouse accomplie qui s'adresse avec condescendance à la pauvre demoiselle inexpérimentée. Il faut être réaliste. Les hommes ne sont que des petits garçons, sous leurs airs bravaches, tu sais. À moi de prendre les rênes pendant un certain temps. Les déjeuners du dimanche serviront *a*) à prouver à nos amis que rien ne cloche entre nous ; et *b*) à montrer à Simon que j'ai toute confiance en lui. J'en suis venue à la conclusion qu'il se sentait peu sûr de lui et je dois l'aider à surmonter cela.

Pas question de me laisser dicter par Francesca une leçon en *a*) et *b*).

— Je suis très heureuse que tu aies su écouter mes conseils sur ce point, répliqué-je sèchement. Il est temps pour vous deux de grandir un peu et je suis ravie que vous vous y mettiez, puisque vous semblez avoir l'intention de continuer ensemble. Transmets mes amitiés à Simon. Je me réjouis à l'idée de vous revoir tous les deux dimanche.

Et je raccroche sans attendre un au revoir.

Ensuite, j'ai un peu honte de moi – mais pas tellement.

Mardi, 5 avril

Gary est venu cet après-midi, presque pâle d'enthousiasme. Il avait mis son pull en cachemire, son pantalon de velours, et s'était fait couper les cheveux. Sachant qu'il serait incapable d'avaler la moindre bouchée jusqu'à ce qu'il l'ait rencontrée, j'ai pris mes dispositions pour faire venir Jenny tôt. Je les laisse ensemble. Je vais marcher seule sur le front de mer. J'ai assuré à Gary que je n'avais rien dit à Jenny des premières années de sa vie, excepté que sa mère l'avait abandonné et que son père l'avait rejeté. Mais j'ai évité de lui confier que ces deux informations suffiraient presque à lui assurer le poste. Le cœur tendre, maternel de Jenny a été facilement touché par mon émouvante description de tout ce dont Gary a été privé, et le job lui a été pratiquement acquis avant même qu'elle ait fait sa connaissance.

À mon retour, Jenny refuse une tasse de thé et prend congé.

— Il va être parfait, m'affirme-t-elle dans le couloir, en chuchotant de peur que Gary ne l'entende. Maman va l'adorer !

Je soupire intérieurement. Cynique, je déduis à ses joues enflammées et à ses yeux brillants que Jenny risque bien de l'adorer, elle aussi ! Et comment, moi, pourrais-je le lui reprocher ? Je ne doute pas que son solide instinct maternel lui permettra de maîtriser leur relation, mais Jenny mérite bien un peu d'amusement, un peu d'amour. Gary m'attend dans le bureau, débordant d'envie de me raconter leur entretien. Toutefois, ses propos au sujet de Jenny ne trahissent rien d'autre que de la gratitude. Il arrive à peine à s'arrêter de parler pour manger quelque chose et il ingurgite son thé sans se rendre compte de ce qu'il boit. Nous revenons encore et encore sur la question ; je vais chercher l'atlas pour lui montrer la localisation du village où se trouve la villa. Il l'étudie avec attention et nous voilà repartis à envisager une nouvelle fois ce qui va se passer.

— Vous allez me manquer pendant tout ce temps, Amy, dit-il soudain, et mon cœur devient lourd. Mme Clarke m'a dit que vous viendriez nous voir.

Cette proposition, Jenny me l'a faite dès qu'elle a décidé d'aller vivre avec sa mère, et j'ai aussitôt accepté.

— Je pourrai vous faire visiter la région. (Ses yeux brillent à cette pensée.) Et quand je rentrerai à la maison... (il hésite, puis se lance) ... pourrais-je séjourner chez vous ?

— Ici ?

— Bien sûr, dit-il en me regardant avec surprise. Ce sera toujours chez moi, ici. Je détesterais ne plus jamais revoir l'Angleterre. Je pourrais venir ici pour Noël et vous, pendant l'été.

Cette idée le ravit et – brusquement – moi aussi. Je sens un bonheur tranquille couler dans mes veines. Mon cœur s'allège.

— Pourquoi pas ? Vous dormirez au grenier, qui était ma chambre lorsque j'étais enfant.

— Mais il y a un grenier ?

Cela semble presque aussi excitant pour lui que la perspective d'aller au Portugal.

— Venez, dis-je, en abandonnant le plateau à thé. Je vais vous montrer.

La chambre mansardée est remplie de cette lumière nacrée, presque tremblante, qui vient de la mer. Tout arrache à Gary des exclamations de joie. Il teste les ressorts du petit lit étroit, jette un regard par la fenêtre du pignon et finit par s'avachir sur le tabouret près de la bibliothèque, d'où il tire quelques livres – les chers amis de mon enfance –, sans cesser de parler. Puis, au bout d'un moment, nous redescendons et je fais un peu de thé avant qu'il ne parte attraper son bus.

Oh, comme il va me manquer !

Dimanche, 10 avril

Je viens de rentrer du déjeuner du dimanche au presbytère. Francesca et Simon m'ont remplie d'admiration. Simon a honte de lui-même, c'est évident, mais puisque seules Francesca et moi-même sommes au courant de son écart de conduite, il parvient à s'en tirer, en faisant preuve d'un peu de sang-froid. Francesca, regonflée par sa propre générosité, se comporte à merveille et Simon ne la quitte plus d'une semelle. Peut-être tout cela n'aura-t-il pas été une si mauvaise chose, après tout. Il subsiste néanmoins une certaine part de comédie dans ce genre d'occasion et, lorsque je m'en vais, il y a un je-ne-sais-quoi de « on a été bien sages, non ? » dans leur attitude vis-à-vis de moi. Comme s'ils exigeaient mon approbation avant de me libérer.

Lundi, 18 avril

En préparant ma visite à Margery demain, une idée s'est peu à peu installée en moi. Je sais que, Gary parti, je ne pourrai me contenter de retomber dans cette oisiveté dont je me satisfaisais avant de le rencontrer. Alors que ma confiance revient, je me sens à nouveau la nécessité de travailler, d'accroître et de tester mes aptitudes.

Mais vers quoi m'orienter pour répondre à ce besoin ?

Mes amies avaient eu raison de me déconseiller un départ à la retraite anticipé, mais elles ignoraient mes véritables motifs. Je suis maintenant parvenue à accepter ces motifs comme mon passé, et je suis prête à aller de l'avant. Je n'ai aucune intention de rester ici à ne rien faire, seule, dans l'attente des lettres que Gary m'enverra du Portugal, en priant pour qu'il rentre lors des vacances de Noël. Notre amitié doit reprendre ses justes proportions. Je dois compter sur mes propres capacités pour me tenir occupée et me distraire. Je me demande s'il faudrait ou non me tourner à nouveau vers l'enseignement, mais je ne me sens plus aucun désir pour le type de poste que j'ai occupé. J'ai besoin de conseils. Peut-être devrais-je tester mon habileté face à d'autres jeunes Gary, comme il y en a tant dans ce pays. Mon passé me prémunirait contre toute tendance à les juger ou à faire preuve de condescendance à leur égard. Mais je n'ai pour l'instant aucune idée de la façon de m'y prendre.

J'ai peur, bien sûr. J'ai toujours vécu si protégée, si privilégiée. Peut-être suis-je trop vieille pour relever un tel défi.

Vendredi, 22 avril

Combien mystérieux sont les rouages du destin ! J'ai passé quelques jours très heureux auprès de Margery et, après avoir rencontré Roger, j'ai davantage confiance en son bonheur futur. C'est un homme gentil, sensible, qui de toute évidence prend soin d'elle et va faire de son mieux pour assurer le bien-être de mon amie. Il dispose encore de contacts dans plusieurs établissements d'enseignement et, après quelques heures en sa compagnie, j'ai rassemblé mon courage pour leur confier à tous deux ma nouvelle idée. Ils m'ont tellement approuvée et se sont déclarés si optimistes que j'en suis confuse. Roger va écrire pour moi à ses contacts. Après avoir discuté de tout cela en profondeur avec eux, je me sens plus confiante.

Jeudi, 28 avril

Gary a passé chez moi les quelques jours précédant son départ. Nous avons vécu de joyeux moments et nous aurons hâte l'un comme l'autre de nous retrouver à Noël. Il a dormi sous les combles, et nous avons passé nos journées à faire du shopping, achetant des vêtements ainsi que tout ce que nécessite sa nouvelle vie. Le soir, nous avons discuté tranquillement au coin du feu, renforçant encore nos liens.

Ce matin, je l'ai conduit à l'aéroport, où nous avions rendez-vous avec Jenny – ils prenaient le même vol – et je l'ai embrassé pour lui dire au revoir. Il n'y a eu cette fois aucun signe de cette vague perfide de désir qui m'avait menacée lors de nos précédents contacts physiques. À sa place, j'ai ressenti une profonde affection pour lui ; cependant, c'est avec un sentiment de perte et de solitude que j'ai repris la route, vers ma petite bicoque tout en hauteur au bord de la mer. La maison est silencieuse et je sais que je dois rester gaie, si je le peux, me tenir occupée, conserver une attitude positive. J'ai reçu deux réponses par l'entremise de Roger. Je suis tout excitée mais je me sens nerveuse, aussi, et peu sûre de mes capacités. Je retarde le moment où il faudra me mettre à rédiger ma réponse puis finalement accepter de m'engager. J'aimerais un signe pour me pousser en avant, me faire franchir la dernière haie, celle de la peur, du doute de soi.

Lentement, la maison m'enveloppe de son atmosphère d'amour et de sécurité. Je monte au grenier pour faire un peu de rangement. Gary a tiré les draps sur le lit. La pièce a l'air nue, maintenant, sans toutes ses affaires. J'en fais le tour, d'abord attirée par la fenêtre où je m'agenouille comme lorsque j'étais enfant, puis par la bibliothèque. Gary a abandonné plusieurs livres sur le tabouret, que je ramasse pour les replacer sur leur étagère. Ils coincent, refusent de se remettre correctement en place ; je lorgne de l'œil pour voir quel obstacle les en empêche. Quelque chose a glissé contre le mur, derrière les livres. Je passe la main à cet endroit, pour en retirer un paquet : rigide, de forme rectangulaire, enveloppé d'un morceau de flanelle rouge qui se trouve être un vieux sac à chaussures portant mes initiales brodées.

Je dénoue le cordon enserrant le col du sac et j'en sors un livre, dans sa reliure en cuir bleu foncé, avec ce titre en lettres d'or : *Portrait de Claire*. Je m'assieds sur le tabouret et tourne les pages. Les notes envoûtantes du *moderato* de Dvořák tremblotent dans ma tête et je me souviens de la chambre haut perchée, au-dessus de la vieille ville ; des parfums mêlés du tabac et du café frais ; de notre amour et de notre bonheur partagés. La honte qui a terni puis déformé mes souvenirs pendant près de quarante ans a disparu. Avec gratitude, paisiblement, je commence à relire, à revivre le cadeau d'amour que j'ai reçu de David Lawes.

10581

Composition
NORD COMPO

Achevé d'imprimer en Espagne
par BLACKPRINT CPI
le 5 janvier 2014.

Dépôt légal janvier 2014.
EAN 9782290054031
OTP L21EPLN001229N001

ÉDITIONS J'AI LU
87, quai Panhard-et-Levassor, 75013 Paris

Diffusion France et étranger : Flammarion